5

周年
影视
纪念版

大鱼

有爱的青春陪伴者

/

这个世界
再没有了我爱与爱我的那个人。
过去的记忆与未来的时光
一同被埋葬于此。

Early
Morning *I forgot you*

籽月 著

Early Morning I forgot you

初晨，
是我故意忘记你 2

北方联合出版传媒（集团）股份有限公司
春风文艺出版社
·沈阳·

图书在版编目（CIP）数据

初晨，是我故意忘记你. 2 / 籽月著. — 沈阳 ：春
风文艺出版社，2020.10
ISBN 978-7-5313-5827-5

Ⅰ. ①初… Ⅱ. ①籽… Ⅲ. ①长篇小说－中国－当代
Ⅳ. ①I247.5

中国版本图书馆CIP数据核字(2020)第146475号

初晨，是我故意忘记你 2

责任编辑：	尹明明
特约编辑：	邻居家的猫　伍　利
责任校对：	陈　杰
封面设计：	小茜设计室 Minqian Designstudio/QQ:310094811
版式设计：	孙欣瑞
幅面尺寸：	880mm×1230mm
字　　数：	269千字
印　　张：	9
版　　次：	2020年10月第1版
印　　次：	2020年10月第1次

出版发行：	北方联合出版传媒（集团）股份有限公司
	春风文艺出版社
地　　址：	沈阳市和平区十一纬路25号
邮　　编：	110003
购书热线：	024-23284402
印　　刷：	长沙鸿发印务实业有限公司

ISBN 978-7-5313-5827-5　　　　　　　定价：39.80元

/ 序 /

【 可惜不是我陪你到最后 】

邻居家的猫

"夏木"三部曲责编 / "初晨 1"初版责编
籽月百万销量"少年"系列小说初创人和执行人
2010 年罹患重症 /2014 年秋恶化 /2015 年 12 月 20 日，永远离开了我们

　　也许这会是我写过的最不像序言的序，说是序言，不如说是写给籽月的一封信吧！原谅我这时候已经不能用左手打字了。不过还好，上帝让我的右手还能活动，所以我用手写下了这些文字。

　　原谅我现在思绪混乱，也许以下文字和这本书关系不大，但相信我，我对"初晨"的期待绝不小于当年对"夏木"的期待。

　　2014 年底的时候我就已病重了，但是为了不影响籽月写"初晨 2"，我让公司瞒过了她。当然我知道，到了今天，即使没有我的"三万字一审"的跟稿进度，她也会完成得很精彩。

　　放弃"初晨"这本书的制作工作一度让我感到心痛，就像自己的孩子再也回不到身边了一样。可是我不得不停下来，不得不去面对命运这恶意的挑衅。

　　和月月合作这五年来，她基本上了解我的每一次生病、复发，然后我不得不停下她的项目去治疗。她慢慢写着稿子，等我治疗好后又

回来。很荣幸，虽然病了那么多次，病了那么久，但我没有缺席过她之前"夏木"系列的制作。

我想上天还是爱我的，让我陪着"夏木"，让我们依旧在彼此身旁。

可是这一次，我不知道上天还会不会一如从前。你要我等一等，等"初晨2"写完，等"夏木"电影上映。说实话，我很害怕，我对生病没有预知能力，我提前写了这些文字，虽然身体已经不好了，但这毕竟是我答应你的事，我要尽力去完成。

还记得2014年的时候，我们为了"夏木3"去北戴河拍照，那时风很大，阳光刚刚好。我们四个人站在沙漠里青春飞扬的年轻模样，还有一袭红裙的你，在我的脑海里格外深刻。我们把"夏木"的记忆留在了那片黄沙中，眼泪、笑脸还有歌声，如果有一天我不在了，请你相信，是夏木带走了我吧。

如果这样，我会帮你和他说，嘿，好久不见。

邻居家的猫
2015 年 7 月 29 日

目录 ◎

CHUCHEN
SHIWOGUYIWANGJINI

初　晨　，　是　我　故　意　忘　记　你　②

目录 ◎

CHUCHEN
SHIWOGUYIWANGJINI

初 晨， 是 我 故 意 忘 记 你 ②

第一章

初晨，
我从未想过会变成这样

（一）小聚

窗明几净的咖啡厅里，黎初遥穿着棉质的白衬衫，悠闲地仰靠在浅白色的沙发椅上，漫不经心地玩着手机，她裹着黑色裤子的大长腿斜斜地倚在桌子下面，修长的身体完全舒展开来。

片刻之后，林雨终于风风火火地从咖啡厅外面走进来。这几年，林雨的穿衣风格越来越火辣，连大冬天都穿着小短裤，上身套着白色的狐狸毛皮草大衣，涂着烈焰红唇，一副妖艳的样子。她气势汹汹地走到黎初遥对面的沙发椅边，小香包一扔，气壮山河地一坐，雪白的腿一架，风情万种地挑着眉说："我说黎初遥，你不会在这儿坐了一个小时一直喝柠檬水吧？"

黎初遥瞅着她笑："我怎么知道你林大小姐会不会失约啊，你要不来我就回家吃饭啦。"

林雨连连"啧"了好几声，乜斜着眼看她："得了吧，抠就抠，有什么不好意思承认的。这么多年了，我还不知道你什么德行？吃什么点吧！"

林雨把桌上的菜单丢到黎初遥面前。黎初遥又推了回去，她不喜欢点菜，每次看到花花绿绿的菜单都犯难："你点，我和你点一样的就行了。"

"行，那我看着点了啊！"林雨叫来服务员，随便点了一些食物后问，"哎，你弟呢？"

黎初遥揉了揉有些痒的耳朵说："在家啊。"

"你怎么不叫他一起来吃饭？"

"天气太冷了，我怕他出来冻着了。"

林雨了然地点头，有些担心地问："他现在身体怎么样了？每个月还要去医院检查吗？"

黎初遥点头："嗯，还是要去，不过已经好多了。"

"那就好。"林雨放心地说，"我都好久没见他了。"

"你哪里有空去见他啊，忙着当你的新娘呢！"黎初遥忍不住取笑一脸喜气的林雨。

"别弄得好像我重色轻友一样，我也是很关心他的。"林雨连忙甩开黎初遥给她扔过去的黑锅。

黎初遥连忙点头："是啦，我知道你关心他。"

初晨刚出事那会儿，林雨借了不少钱给她，也帮了她很多忙，对于这份恩情，她一直铭记于心。

林雨扑哧笑了一声，忽然想到什么说："哎，你要真想谢我，就来给我当伴娘。"

黎初遥一囧，连忙拒绝："不要不要，我去给你帮忙可以，伴娘就算了，我穿不来裙子的。"

林雨伸手帮服务员把端上来的食物摆好，又把给黎初遥点的奶茶推给她："别这样嘛，你总有一天要嫁人的。"

黎初遥怔了怔，脸色又恢复了原样，接过奶茶低头喝了一口，轻声道："我可没想过嫁人。"

"你怎么没想过嫁人了？当初韩子墨向你求婚的时候，你不是答应……"林雨说了一半忽然住口，小心翼翼地抬起头，嘴巴里还塞着满满的芝士炒饭，两腮鼓鼓的，有些抱歉地打量着黎初遥。

黎初遥喝着奶茶，安静地看着她，脸上神色未变，好像那个名字在她这儿已经泛不起任何涟漪一样。

林雨真想抽自己两巴掌，她是傻了吗？一定是自己好不容易嫁出去，高兴傻了，居然口无遮拦地提起这个人！

明知道这个名字对黎初遥的杀伤力有多大，那个男人骗光了黎初遥家里所有的钱，抛弃她远走美国，还让她欠下了巨额债务，差点害死她的弟弟。

那两年，在她心里一向坚强的黎初遥差点崩溃了，整个人暴瘦三十多斤。本来就不胖的她，一瘦下来似乎就只剩下皮包骨头了，脸上连一丝血色也没有，整个人就像一具僵尸一样，除了那双漆黑的眼睛还在转动之外，真的感觉不到一丝生气。

林雨用力地将嘴里的东西咽下去，挺不好意思地道歉："对不起啊，我不该提他。"

黎初遥云淡风轻地挥了挥手："没事啦，你不提，我都快忘记这个人了。"

林雨静静地和她对视，见她的眼里没有一丝波澜，脸上的表情也并不紧绷，这才松了一口气。

也许，黎初遥真的看淡了吧，不是都说时间是最好的疗伤药吗？

六年，也已经够久了啊。

可为什么她觉得，那件事就像发生在昨天一样，那无助的初遥，抱着她号啕大哭的初遥，那在抢救室里濒死的初晨，那两年的牢狱之灾……

居然，就这样熬过来了。

小聚结束，两人并肩从咖啡厅走出来，外面的风很大，吹得林雨的长发四处乱飞，她裹紧身上的皮草，说："我送你回去吧。"

"不用了，我还得去公司。"黎初遥指了指就在咖啡店对面的公司大楼说。

"那好吧，我先走了哦，拜拜。"林雨抱了抱黎初遥，踩着她的高跟靴子，在风中摇曳着走了。

黎初遥浅笑着目送她离开，然后转身，踱向人行横道，红灯，高高的读秒灯一秒一秒地往前倒数着。寒风很大，黎初遥从咖啡厅出来时只是穿上了大衣，并没有系纽扣，风吹着她的衣摆剧烈地摆动，额前的刘海被吹得向后翻飞。她笔直地望向前方，脸上的浅笑渐渐消失，神色安静而冰冷，眼神空洞而麻木，整个人像是笼罩在一层黑暗的雾霾之中……

韩子墨啊……

时隔多年，我已经快要记不清你的样子了，却依然记得你总是一副好像没有我就会死的虚伪模样。

我已经记不起我为什么会爱上你，却依然记得你留给我的羞辱。

我已经记不起你说的那些甜言蜜语，只记得你不辞而别后留下的那些债主，他们的谩骂声吵得我好几年都无法安睡。

我以为一切已经过去，噩梦已经清醒，却没想到，一直到现在，只要听到你的名字，依然会像是被人当街扒光了衣服一样，那么难堪、愤怒、委屈与不甘。

韩子墨啊，这辈子，你一定要躲得好好的，一定不要回来！不然，我一定会……

黎初遥缓缓抬起头，那双空洞的眼睛里，已经填满了可怕的仇恨。

（二）出界

"姐。"忽然，一声深切的呼唤传入黎初遥耳中。

嘈杂的世界忽然安静下来，杂乱又刺眼的车灯也瞬间变得柔和起来。黎初遥动了动有些僵硬的身子，缓缓转过身去，望着离她不远的地方，站着的那个漂亮男孩。

哦，他已经二十六岁，不能再叫男孩了。

只是，不知为什么，在她眼里他似乎永远是那个满眼闪着渴望的男孩。

他一步一步、缓慢地向她走过来，就像这些年来，他一次又一次地向她走来一样。记得他有一次说过，每一次向她走去，就像是一条变成人类的美人鱼，一步一步踩在刀尖上，疼得刺骨，疼得钻心，可因为前方的人是她，所以，再苦也能忍。

他走到离她只有一步的地方，轻轻伸手，将她冰冷的手握住，柔声问："你怎么站在这里发呆？"

当他把手心的温度传递给她，将她冻僵的手指暖得有知觉的时候，黎初遥才如梦初醒一般，轻轻地叫出他的名字："初晨……"

他低下头，轻轻扬起嘴角，给她一个暖暖的微笑，应道："嗯。"

人行横道上，行人依旧神色匆匆，红绿灯也在轮番变着颜色，车水马龙，笛鸣四起，即使在寒冷的冬夜也显得那么嘈杂。可奇怪的是，因为他的出现，黎初遥的世界缓缓安静了。他总是有这股魔力，能很轻易地就将她从可怕的情绪里拉出来。

黎初遥定了定神，望着他冻得有些发红的鼻子，皱着眉心疼地责备说："这么冷的天，你跑出来干吗！"

不等他答话，黎初遥立刻反过手，将他的手握在自己手里，拉着他走到路边，挥手拦下一辆出租车，将黎初晨塞进了温暖的车后座，自己也跟着坐了进去。车上的暖气热得她吸了吸鼻子，她搓着手对司机说："师傅，麻烦你去龙井中心小区。"

"好嘞。"出租车司机爽快地答应了一声，发动车子。

"你怎么跑到我公司楼下了？"黎初遥倚在车座里，转过头，好奇地问黎初晨。

黎初晨笑："我是去前面的书店买书，顺路就想来看看你下班了没。"

"书呢？"黎初遥怀疑地看着两手空空的他。

"没买到。"黎初晨耸耸肩，抿着嘴唇笑了。他的笑容干净又清澈，棉服帽子上毛茸茸的人造毛蹭着他白皙的皮肤，瘦削俊秀的脸颊上还透着被寒风吹红的色泽。

黎初遥伸手，将他外套上的拉链往上拉了拉，不满地嘀咕："真是的，出来也不知道多穿点衣服，一会儿回去腰腿疼，又有你受的。"

"你还说我，你穿得就多吗？"黎初晨也伸出双手，帮她把大衣的纽

初晨，是我故意忘记你

扣一粒一粒扣上。

"我没事，我再穿少点也不会觉得冷。"黎初遥无所谓地倚靠在椅子上，任由黎初晨帮她扣着扣子，无事闲聊，"对了，林雨要结婚了。"

"这么快？上次见她不是还在和你哭诉自己嫁不出去吗？"

"现在流行闪婚，你懂吗？"黎初遥伸手在电脑包里面掏了掏，拿出一盒红色的喜糖，望着他说，"吃吗？"

黎初晨点点头，黎初遥打开盒子，挑出一粒巧克力剥开，很自然地喂到初晨嘴里。黎初晨张口轻轻咬住巧克力，然后双手抓起她的大衣领子，将她微微扯起来一些，让她秀美的脸庞面对着他。他就这样，毫无声息、毫无征兆地，猛然俯下身去，用嘴巴将巧克力喂给了黎初遥。黎初遥愣了一下，有些慌张地望向司机的方向，司机正在专心地开车，似乎没发现后排的乘客在做什么。黎初遥有些恼怒地推了推黎初晨，黎初晨却强硬地伸出舌头，将她的牙齿撬开，然后将圆圆的巧克力顶了过去。黎初遥脸颊微红，挣扎地推开黎初晨："你干吗啊！"

"想让你先吃啊。"黎初晨一副理所当然的样子。

黎初遥抿着嘴巴，皱着眉头，不爽地瞪了他一眼。她实在无法弄懂这家伙，他好像总是热衷于从她的嘴巴里面抢食物，或者把自己嘴巴里的食物强塞给她，好像这样才能证明他们是最亲密的人。小时候她和初晨经常这样，也不觉得恶心，但是，真的从没想过长大后还要和一个挂着自己弟弟名字的男人，继续玩这种游戏。

黎初遥单手托着腮，有些懊恼地看着窗外，嘴巴里的巧克力化开来，甜甜地弥漫在口腔里。

黎初晨安静地低着头，看着林雨的喜帖，大红色烫金龙纹花边，打开喜帖，里面用漂亮的楷书写着新郎新娘的名字，旁边还贴着他们的甜蜜婚纱照。新郎戴着眼镜，很斯文的样子，个子比林雨高上很多，林雨在他怀里显得那么小鸟依人。

车子不知不觉已经到了目的地，黎初遥付了车费，和黎初晨下来，一前一后往小区走着。忽然，黎初晨一个大跨步冲上前去，一把抓住黎初遥，眼神特别渴望地望着她问："姐，我们会结婚吗？"

黎初遥愣了愣，似乎没想到他会突然问一个这么爆炸性的问题，她皱着眉头，张了张嘴，用不可思议的眼神看着他反问："你觉得呢？"

他和她虽然没有血缘关系，可还是名义上的姐弟啊，而且自从亲弟弟早夭后，爱子如命的母亲受到巨大打击，神志不清，怎么也不肯接受弟弟初晨已经去世的现实，便把来家里做客的李洛书当成了儿子。而李洛书本身就是孤儿，便默默认下了母亲，成了黎家的养子，改了姓名。

这一改，就是十二年，别说母亲了，就连身边的亲戚朋友，也全都忘记了李洛书原来的名字，甚至忘记了这个人，他们记得的，只有黎初晨。

有的时候就连她自己，如果不是特意去想，也不会想起李洛书这个名字。

所以他们别说结婚了，连现在的关系都偷偷摸摸不敢见人。就连和她关系最好的林雨，也不知道他们已经发展到这种地步了。

紧紧抓着她胳膊的手，一根手指一根手指地慢慢松开，黎初晨抿了抿嘴唇，有些难过地垂下手臂。

黎初遥有些心疼，却又不知道怎么安慰他，只能转过身去，紧了紧手里的电脑包，沉声道："回家吧，天冷了。"

黎初晨没答话，只是垂着头，双眼微红地跟在她身后走着，一步、两步、三步……他安静地看着她的背影，这么熟悉，他从很小的时候，就这样沉默地跟在她身后走着，总是期盼着她回过头来看他一眼，对他笑一笑，那他就能忘记所有不愉快。

可是，随着得到的越多，他越来越不满足，总是想要更多、更多。一开始他不管不顾地放弃自己的姓名，只为了代替她死去的弟弟抚平她的伤痛，后来又不知不觉地爱上她，想要得到她的爱，强烈地渴望着得到……

后来，她终于给他了，允许他靠近，允许他亲吻，允许他拥抱……允许他一切想要的。

可是自己现在居然想要和她结婚，想要永远地、光明正大地和她在一起……

李洛书……

你真是太贪婪了。

"对不起……"黎初晨用很轻很轻的声音道歉。

黎初遥停下脚步，紧紧地握住双手，微微皱眉，又来了，这个该死的小鬼，总是用一副欲求不满又渴望到死的样子和她说话，每次他这样，就会让她莫名地烦躁，烦躁得想把一切都给他，想填满他的渴望，抹去他眉宇间的忧伤。

黎初遥满眼怒火，猛然转身，一个大跨步走到他眼前，然后抬手，一把拉下他，踮起脚，用力地、深深地吻住了他。她的吻像狂风暴雨一般碾压下来，一点也不像黎初晨亲吻她那般总是小心翼翼，像蝴蝶展翅一样轻柔。她用力咬着他的嘴唇，舌头探进他的口腔里，和他的纠缠在一起，她的手拉住他脖子，非常用力地将他贴近自己的身体。

黎初晨睁大眼睛，静静地看着闭着眼睛的黎初遥，她的气息喷在他的脸上，她的手紧紧攀附着他，她那么主动，那么强势，似乎在安慰他，又似乎在责怪他。他能感受到她那狂暴的吻里的怒火，却也更清晰地感觉到，那埋在怒火下的一颗很温柔很温柔的心，一颗他倾尽一生付出所有、都想要得到的心……

黎初晨闭上眼睛，伸出双手，将黎初遥紧紧抱住，像是用尽全身力气一样，将她揉进身体里，揉进骨头里，揉进血液里。只有这样，他才能真实地感觉到，这一刻，她真的，在他身边。

直到脚踮得酸了，黎初遥才结束这个吻，放开紧紧抓住他衣领的手。黎初晨有些不舍地弯下腰来，抱着她用微热的脸颊在她耳边磨蹭着。黎初遥伸手，拍拍他的脊背，用哑了的声音说："回去吧。"

"嗯。"黎初晨点点头，放开抱紧她的手，直起身子，用闪着喜悦光彩的眼睛紧紧地望着她。他轻轻扬起的嘴角有一丝红肿，似乎是被她刚才咬的，黎初遥脸颊上闪过一丝尴尬，抬手拨弄了一下额前的刘海，然后转身往家里走。黎初晨很快跟上，抿着嘴唇，伸出右手，轻轻牵起她冰冷的左手。黎初遥微微挣扎了一下，可他握得更紧了，她在心里叹了口气，算了，随他去吧，只要他高兴就好了。

（三）伤痕

两人手牵手走到家门口时，黎初遥甩了甩相握的手，轻声说："到家了，还不放手？"

"哦。"黎初晨有些不舍地轻轻松开手。

黎初遥用被他握得发热的手从大衣口袋里掏出家门钥匙，熟练地打开大门。屋子里的人听到门口的动静，连忙往门口走来，人还没到，声音已经到了跟前："晨晨回来啦。"

屋子里走出一个六十多岁的老妇人，满头白发，身材瘦削，穿着厚重，脚上蹬着一双墨绿面的绣花棉鞋，迈着有些蹒跚的步子朝黎初晨走过来，用粗糙的手紧紧地拉起他的手问："你上哪儿去了啊？也不打声招呼，外面这么冷你出去干什么啊？冻着了吗？哎呀，怎么就穿这么点啊……"

慈母一般的关怀问话接连说出来，不知道的人还以为黎初晨离家很久了呢，其实他只出去不到三个小时。而初遥的妈妈，似乎完全没看见站在初晨身边、比他穿得还要单薄的黎初遥。

"妈，我出去买个东西，这不是很快就回来了嘛。我都饿了，你有没有做好吃的给我啊？"黎初晨特别温柔地安抚着母亲。黎初遥对这样的情景已经见怪不怪了，打开鞋柜拿出两双棉拖鞋，一双扔在自己脚边，一双扔给黎初晨换上。

"做了哦，晚上我给你炖了鱼汤。那个鱼啊，是你爸爸去外面钓的呢，可新鲜了，熬的汤和牛奶一样白呢。你爸就钓到了三条，今晚给你做了一条，还有两条明天给你炖。"黎妈听到儿子喊饿，连忙说着自己给他准备好的

初晨
是我故意
忘记你

晚饭，说到这里还忍不住白了一眼黎初遥，"你可不许吃，没有你的份。"

"妈！"黎初晨忍不住不满地叫了一声。自从六年前那件事后，黎妈好像越来越偏心了，而且似乎对黎初遥有很大的意见，在家里几乎不怎么和她说话，就算说话也总是在挑刺。

黎初遥低头换着拖鞋，一脸风平浪静，似乎对母亲这样偏心的行为也早已习惯，脸上连一丝不快也看不出来。

吃完晚饭，黎妈吃了药早早就睡了，黎初晨吃完饭也早早回房间去了，黎爸还有一年才能从警队退休，今晚又是他值班，晚上值完大夜班就睡在局里的宿舍里。

黎初遥洗好碗筷，将厨房收拾干净之后，端来一个铁盆，放了一条毛巾进去，往里面倒了满满一盆开水，又用剩下的水灌了一个热水袋，才端着盆推开黎初晨的房门。

黎初晨正躺在床上，整个人蜷曲在被子里面，房间冰冷又黑暗。黎初遥放下水盆，把热水袋往他被窝里一塞，才腾出手来打开灯，又从他书柜上面拿起空调遥控器，打开空调，将温度调到 27 摄氏度。

"别开空调了，我睡被窝里不冷。"黎初晨蒙在被子里说。

黎初遥没理他，放下遥控器走到床边，拉开他蒙着头的被子，只见他紧紧皱着眉头，一头的冷汗，她心疼地凑上前问："今天疼得厉害吗？"

"还好。"黎初晨咬着嘴唇笑，连眼睛也没睁开，只是那表情一点也不像还好的样子。

"你就别逞强了，你要不是疼得厉害，晚上会不和我抢着洗碗？"黎初遥压根儿不相信他的话，弯下腰从冒着热气的热水盆里捞出毛巾。毛巾特别烫，她连换了几次手指拎，才勉强把毛巾捞起来，拧干热水，握在手上，然后将黎初晨的被子直接掀至腰间。

黎初晨穿的蓝色格子睡衣露了出来，黎初遥伸手就去掀，他连忙抓住她的手，刚才闭着的眼睛都睁开了，他半边脸颊埋在枕头里，露出的半边脸颊不知道是疼的还是怎么的，有一点点泛红："我来，我自己来。"

黎初遥忍不住翻了个白眼："拜托，都帮你做过多少次了，还害什么羞啊。"

　　说完，她掀开他的睡衣，黎初晨腰间白皙的皮肤露了出来，一条横在右边腰胯之间的刀疤也狰狞地露了出来，歪歪扭扭的缝合线像蜈蚣一样。黎初遥记得，一共三十六针。她的心脏一阵微微刺痛，屏住呼吸，紧紧皱着眉头，将热毛巾敷在上面，用手心按住，倔强的嘴唇用力地抿着。

　　黎初晨偷偷地看了她一眼，轻轻地在心里叹了一口气，不让她看不是因为害羞，而是因为她每次看见这个伤口就会难过、自责……

　　他不想她这样，一点也不想。

　　黎初遥用热毛巾细心地为黎初晨敷了好几次之后，又动手给他按摩了腰部和腿部，缓解他在湿冷冬天的酸痛。

　　随着她的按摩，以及屋里的温度逐渐升高，他的疼痛得到了缓解，额头上的冷汗渐渐消失，漂亮的五官也不再纠结在一起，安静地闭着眼睛，似乎已经睡着了。

　　黎初遥将热水袋放在他的腰上，然后给他盖好被子，关上灯，轻轻地走出他的房间，带上门，身后，似乎传来黎初晨非常轻柔的声音："晚安，初遥。"

　　这一次，初遥没有立刻纠正他，在家里一定要叫她姐姐，而是关上门，站在门口，静默了一会儿，然后低下头，闭上眼轻声说："晚安……"

　　黎初遥回到房间，躺在床上，放在床头柜上的台灯只照亮了小小的一个角落。她睁着眼睛，望着天花板，脑子里空空荡荡的，可是想到初晨腰上的伤痕，她心里又难受起来，这种难受的感觉让她有些窒息。黎初遥裹着被子，用力地深吸了一口气，又长长地吐了出来，其实，现在这样的情况，已经算很好的了。六年前，她甚至不敢想，他还能再次站起来，六年前，她更想不到，他们会变成现在这样的关系……

　　说是男女朋友，却连最亲的亲朋好友也不敢告诉。

　　说是姐弟，却又做了一些姐弟不该做的事情。

对初晨的内疚和这段隐秘的关系，有时候几乎压得她喘不过气来，她不知道自己对他到底是什么感情。

是从什么时候开始，他们之间变得这样不清不楚的呢？

那些记忆太久远了，可闭上眼睛，总是能清楚地出现在眼前……

第二章

初晨，
那些回忆多么可怕

（一）医院

六年前。

那天晚上，黎初晨为了保护黎初遥，被要债的人用匕首捅伤了，被送进医院抢救。医生说他被捅了两刀，都在腰腹部，命是抢救回来了，可腰部以下一直没有知觉。

医生用遗憾的语气告诉黎初遥：你弟弟已经被确诊为神经横断，也许一辈子都站不起来了。

黎初遥听到这个消息时，全身冰冷，就像掉入一个冰窖一样，寒冷刺痛了她身上的每一寸肌肤、每一个毛孔，直直扎入她心里。

她疼得整整一个下午没说话，一个人坐在医院病房外的长廊上，用力地咬着手指，死死地瞪着前方。

都是她害的！都是她！她简直恨死自己了！她为了一个男人，一个骗光她所有钱财、感情的男人，把弟弟一个人留在危险的地方自己走了！那晚要不是摆夜宵的老伯收摊晚，想早点回家，从小巷子抄近路时发现了昏迷的黎初晨，后果真的不堪设想！

一想到这里，黎初遥觉得自己的心都快揪在一起了，疼得没办法呼吸，眼泪疯狂地往下掉着！

初晨，
是我故意
忘记你

如果没人发现，如果没人发现，他可能、可能真的会一个人死在那冰冷又黑暗的小巷里，真的会像初晨一样离开她，再也看不见了！

想到这些，黎初遥死死地捂着脸，哭得无法自已。她恨死自己了！一想到那晚她说的那些绝情的话，就恨不得抽死自己！

黎初遥忽然抬起头，狠狠地在自己脸上抽了几巴掌。

都怪她，都怪她！

初晨那样出色的人，光是站着就美好得像是一道风景的人啊，就这么被她害了啊。

不、不可以，不管怎么样，她都要想办法治好他。一定要想办法！

黎初遥拼命控制住自己颤抖的手，将自己哭到有些沙哑的喉咙清了清，拿起手机给朋友打电话，询问有没有认识的好医生，医院的病房里却忽然传出惊叫声。黎初遥回头，只听声音是从黎初晨病房的方向传来的，她连忙挂上电话，推开安全出口的门跑出去。

跑过走廊，只见黎初晨的病房门口围着好几个彪形大汉，黎初遥疯狂地跑过去，对着带头的光头吼："你们干什么！"

"姐，你快走！快走啊！"病房里，黎初晨焦急的声音传来。

黎初遥用力推开堵在病房门口的人冲进去，只见病房里，两个男人正拽着黎初晨，往病房外面拖，吊瓶被打翻在地上，玻璃碎了一地，针头还插在黎初晨的手背上，鲜血被针管吸出来，滑过皮管往外滴着。黎初遥瞪大双眼，尖叫一声疯狂地冲过去，推开拖着黎初晨的两个人："你放开他！放开！放开啊！"

"干什么！来找你还钱啊。"

黎初遥紧紧把黎初晨抱在怀里，抬手扯掉黎初晨手上的针管，用手指紧紧地按住他的伤口，已经有点崩溃了："我昨天晚上说过了！韩子墨的债务和我没关系！你们要钱找他去，再这样我报警了。"

要债的光头明显不信："和你无关？你不是他老婆吗？"

黎初遥疯狂地喊道："我不是他老婆！我没和他结婚！"

"没结婚？当初韩子墨见人就说你是他老婆！你还说没结婚！我能信吗？我告诉你，你今天要么还钱，要么把韩子墨找出来，不然我弄死你。"

"你们弄死我也没用，我真没钱。"

"没钱？你弟弟不是还在住院吗？住院的钱哪里来的？既然没钱，那医院也不用住了！"光头老大一挥手，两个打手又往黎初晨身上扑去。

黎初遥要疯了，使劲和那两个大男人拉扯着："你们干什么！放开他！放开！"

黎初晨刚做完手术，脸色苍白，腰部的伤口在拉扯中似乎裂开了。他紧紧地皱着眉头，不让自己疼得叫出声，双腿一点感觉也没有，可双手还是不停地帮黎初遥挡住大部分攻击。

"住手啊！住手！"黎初遥大喊着，可是没有人理她，也没有人帮助她，她感觉到黎初晨正被一点点地从她怀里拖出去，沿着破碎的玻璃被一路拖出病房，拖到走廊上，被那些好事的人围观。

她不要，不要这样！不要再伤害他了！

黎初遥忽然放开死死抱住黎初晨的手，快速地爬到光头的腿边跪了下来："大哥，大哥你别这样，你要钱，公司真的还有钱，你容我缓两天，我把工地上的材料还有机器卖了，钱都给你好不好，那也有好几百万的！我都给你！你别伤害我弟弟了，求你了大哥。"

"姐！你起来！你干什么啊？"黎初晨半躺在地上心疼地看着这一幕！他忽然伸手，一把握紧地上的玻璃碎片，拿起来对着抓着他的人疯狂扎下去，由于碎片四面都有尖锐的切口，他扎别人的时候，自己的手也被狠狠戳穿，鲜红的血洒了一地，被刺到的人尖叫着放开了手。黎初晨对着他们的手和腿连着扎了十几下，玻璃碎片深深地割进了他的手心，他抬起双眼，平日里像春水一般温柔的眼睛里，满是同归于尽的狠绝，吓得抓着他的两个人连连后退。

黎初晨死死地瞪着光头老大，光头老大心里一惊，这小子的眼神他这个混江湖的太懂了，这是要和他玩命了！

他心里有点毛，可这么多小弟在这里，他也不能退却。

"妈的！一个躺地上的废物你们怕什么！"光头老大一脚踢开黎初遥，走上前去想踹黎初晨。

"住手！"黎初遥站起来想拦住他，却见他扬起手，一个巴掌就要扇过来，黎初遥别过头，紧紧闭着眼睛。可奇怪的是，等了好一会儿，预料中的疼痛却没如期传来。她睁开眼睛，只见一个穿着一身得体黑西装的男人，握住了光头老大的手："熊光头，你这样好像太难看了吧。"

"哎呀，是单老板啊！不好意思，不好意思，脏了您的眼睛，我收拾赖账的呢。"光头老大指着黎初遥姐弟说。

单老板低头瞄了一眼黎初遥，挑眉道："熊光头，今天给我一个面子怎么样？"

"单老板，您的面子我能不给吗？"光头老大一挥手，让手下的兄弟们撤，他瞪着黎初遥道，"今天算你运气好，有单老板给你出头，哼，老子明天再找你。"

黎初遥松了口气，马上爬到初晨身边蹲了下来，拉起他的左手，只见他的手已经血肉模糊，整块玻璃碎片已经被他捏碎，一小片一小片地扎进肉里，黎初遥看着都疼得直皱眉头。她用力咬着嘴唇，眼泪在眼眶里打着转，她必须使劲儿憋着才能不哭出来。

"姐，我没事，不疼。"黎初晨小声在她耳边说。

"骗人，你当你是木头啊！从小就这样，你这双手，是不想要了！你看你，割了多少疤痕在上面！"黎初遥含着眼泪，一边念叨一边为他把大的玻璃片拔出来。

黎初晨好像一点也不知道疼一样，任由她弄着，抬头，看着和他靠得很近的脸，忍不住伸手摸了摸，心疼地说："姐，你的脸伤了。"

"这点伤，能和你比吗？"

"我没事。"黎初晨不在乎地笑笑。

"喂，你们不应该谢谢我吗？"站在一边的单老板对于他们姐弟俩的无视很不满，忍不住出声提醒。

黎初遥这才缓缓抬头，清冷的双眼望着面前这个西装革履、头发一丝不乱的男人，语气不善地说："单依安，别在我面前装好人，一点也不像。"

单依安咧着嘴，笑得特别邪恶："黎初遥，你别每次见到我都这么凶。"

"要幸灾乐祸的话请滚远一点。"黎初遥站起身来，叫来护士把黎初晨扶上床，又帮他包扎手上的伤口。

"你觉得我是那种会浪费时间幸灾乐祸的人吗？"单依安摸着下巴问。

"你当然不是，不管你想和我谈什么生意，都给我出去等着，我现在没空。"她要看着护士帮黎初晨包扎好才能放心。

"你怎么知道我要找你谈生意？"

黎初遥抬手，看了看手表道："十五分钟，你在我面前已经站了十五分钟，对于你这种人来说，十五分钟可以创造巨大的经济效益，你根本不屑拿这十五分钟来看我笑话，除非在我身上有着比这些效益更可观的价值。"

黎初遥对这个男人还是有一点了解的，他是她前任未婚夫韩子墨家的商业对头。S 市地产业的两大龙头，一个是韩家，一个就是单家。她还没毕业的时候，单依安就来拉拢过她，但当时的她被爱情迷住了双眼，义无反顾地进了韩氏企业，韩子墨接手韩氏后，大事小事都让她做主，而她曾经为了韩家，和单依安在商场上较量过几次，抢了他不少生意。

比起什么都不懂的二世主韩子墨，单依安简直是另外一种人。他高中毕业就拒绝上大学，直接进入家族企业，他说比起无用的知识，他更看重实战经验，更喜欢的是社会这所大学。

"呵呵呵……"单依安轻声笑起来，声音里带着愉悦，狭长幽暗的双眼，贪婪地紧紧盯着黎初遥，"我真是佩服韩子墨，他居然可以蠢成这样，为了两千万就抛弃你，哈哈哈哈，你可比两千万值钱多了。"

"认识这么久，这是我第一次听到你说人话。"黎初遥淡淡地说。

"那么我在楼下的花园恭候大驾啦。"单依安说完，弯腰，行了个标准的绅士礼。

黎初遥对黎初晨微微点头，转身退出了病房。

（二）恶魔

医院住院部楼下，有一个专门给病人散步休息用的小花园，花园里种着常见的桂花树，还不到开花的季节，绿油油的枝叶正长得茂盛。花园中心有一个不大的人工湖，湖边建着一个小八角亭，亭外种着鲜艳的蔷薇，在夏季的夜风中轻轻摇曳。

黎初遥走进凉亭，往石凳上一坐，抬头望着单依安。单依安走到离她几步远的地方，站得笔直。他从来不会在公共场合靠着或坐着，他不喜欢一点点灰尘沾在他身上。

“说吧，你来找我到底什么事？”黎初遥早就知道他有洁癖，知道他不会坐下，所以故意坐着，想占他一点便宜。

单依安何等聪明，她那些小心思他看得通透，歪着头盯着她不说话，过了一会儿才说：“你这么聪明，不妨猜猜看。”

“最近发生太多事了，脑子已经糊涂了，猜不到。”黎初遥打着哈哈，在谈判中，先亮底牌的人总是吃亏的。如果真如她所猜的一般，单依安就会断定，她既然肯跟他出来，就是愿意为他做那件事，那他给的价码将会比他拿不准她是否愿意做这件事时低。

而黎初遥，必须争取最高的价码。

单依安精明的双眼紧紧地盯着黎初遥，可她冷静的脸上连一丝破绽也看不出来。

单依安笑了，这个女人，一直是这么不简单，她本身聪明又冷静，几乎很难被找到弱点。可往往这种人，总是把自己爱的人照顾得很傻很天真，于是她爱的人，便成了击败她的弱点。

“刚才我去见过你弟弟的医生，他很好心地跟我聊了聊你弟弟的病情。"单依安扬起嘴角，挑着双眼微微弯下腰来，居高临下俯视着她，用缓慢低沉的声音说，"真可怜，小小年纪就这么残疾了，以后再也站不起来了吧？"

黎初遥嗖的一声站了起来，死死地瞪着他说："我弟弟的事不用你操心！我一定会找医生治好他的！"

单依安用手指关节抵着鼻子笑，那笑声瘆得人恨不得掐死他。他忽然停住笑，残酷地说："腰部神经横断，还想治好？除非发生奇迹。"

"如果你只是来和我谈我弟弟的病情，那就算了吧！我没时间！"黎初遥怒极，转身就想走。

单依安也不阻止她，只是在她快走出凉亭的时候才开口道："别生气嘛，我都说了，除非发生奇迹。难道你不相信奇迹？"

黎初遥转身，盯着单依安问："你到底想说什么？"

单依安笑："我不但相信奇迹，还见过哦。"

黎初遥不说话，等着他继续说下去。

"我的一个朋友，以前跟人打架的时候也伤了腰部神经，当时国内的医生也说没得治了，美国方面的专家也摇头，但是他父亲不愿意放弃，从德国找了个退休的老医生来做手术，手术非常成功，现在又开始开着跑车出去'浪'了，我们都说这就是奇迹。

"黎初遥，我不敢保证那个老医生能治好你弟弟，但是我能肯定地说，这个世界上能给你弟弟奇迹的人，只有他了。"

"好，我答应你。"黎初遥望着他的双眼说，"你要我做的事，我会帮你做。只要你能帮我把这个医生请来。"

"你不是说你没猜到吗？"单依安得逞地笑了，他就说吧，这种人的弱点，往往就是她身边的人。

黎初遥冷冷地看着他说："你的狼子野心，怎么可能猜不到。"

"需要我给你几天时间考虑吗？怎么说这件事也是犯法的，说不定要坐牢的哦。"

初晨，是我故意忘记你

黎初遥想都不想，一口回绝："不用，你只要赶快帮我把医生联系好就行，还有，要债的那些人，我不希望他们再来烦我。你知道的，他们让我心情不好，绝对会影响我为你做事的心情！最后，捅伤我弟弟的人，我要让他坐牢，最少二十年！"

单依安皱眉咂嘴："哇，好麻烦！"

"麻烦？我可是在拿自己的人生换呢。"黎初遥冷哼着低下头来，眼里都是决绝的恨意。

"成交。"单依安优雅地戴上了雪白的手套，对黎初遥伸出右手道，"合作愉快。"

黎初遥瞥了他一眼，抬手与他的手心拍了一下后，转身走出凉亭，右转往住院部走去。

急着回病房的黎初遥，没有注意到，在八角亭边上的蔷薇花丛中，有一个坐着轮椅的少年，正紧紧地咬着嘴唇，似乎不愿意相信，自己所听到的一切。

他残疾了，治不好了，再也不能走了！

而他的姐姐要为了他，为了虚无缥缈的奇迹，和一个贪婪得像魔鬼一样的男人做不法交易？

晚上八点，医院的小花园里已经没什么人了，昏暗的路灯下，一个少年推动着轮椅，缓缓地碾过开得正旺的月季花丛。那些长着刺的根茎从他的手背上、脸上划过，留下一道道血痕，而他好像毫无知觉一样，紧紧地盯着眼前的人工湖，眼里满是绝望和黑暗。

这一刻，他想不出任何……活下去的意义。

这一刻，他鼓不起任何……活下去的勇气。

轮椅离人工湖越来越近，越来越近，他没有一丝停下来的意思……

一个小小的下坡，再也由不得他停止，轮椅飞快地滑了下去，扑通一声……岸上再也没有他的身影。

（三）噩梦

黎初遥回到病房，却没看见黎初晨的身影，连忙摇醒在隔壁床铺休息的病人问："我弟弟呢？看见我弟弟了吗？"

那病人揉揉眼睛，困意十足地说："刚刚不是跟着你出去了吗？"

"跟着我出去了？"黎初遥呆呆地重复了一句他的话，猛然睁大眼睛，飞快地往电梯跑去！她使劲儿按了按，可电梯一直没来！她等不及地冲向楼梯口，一口气从七楼跑了下去，跑到刚才和单依安谈判的八角亭，却一个人都没看见！

"黎初晨！"黎初遥焦急地喊了一声！没有声音回应，黎初遥又急得往前跑，丝毫没有注意到人工湖上浮起的泡泡。黎初遥一口气跑到医院门口，四处张望着，抓住看门的保安就问："你有没有看见我弟弟，腿不方便的！自己推着轮椅！"

保安摇头说："没看见单独推着轮椅出来的年轻人。"

黎初遥又急着跑回八角亭附近找。

黎初遥强迫自己冷静下来：黎初晨一定是听见自己和单依安的对话了，所以到现在还没回来！她和单依安谈话的时候，是站在这边，前面是湖，他不可能躲在这里，她坐在左边，他不可能躲在右边，她转头回去的时候也没看见他！那么他当时一定是躲在左边！

对！黎初遥连忙跑向八角亭的左边，果然看见了被轮椅碾坏的月季花，是了，在这里！

黎初遥借着昏暗的灯光，顺着痕迹往前看，断掉的月季花丛像被劈开的一条路，一直通向人工湖！

黎初遥猛地睁大眼睛！

"啊！"她近乎崩溃地大喊一声，飞快地跑过去，跳下人工湖。湖水并不深，只到她的肩部，混浊的湖水、黑暗的夜色，让她什么也看不清，

初晨，是我故意忘记你

只能沉到湖底，一点点、一寸寸地摸着！第一次没摸到他，她浮上来换了口气再沉下去摸！第二次！第三次！

她终于摸到像是金属一样的东西，她顺着金属杠摸着，确定了是黎初晨的轮椅！黎初遥激动得差点憋不住气，她使劲儿用手捏着鼻子！不能上去！上去了再下来就不是同一个位置了！黎初遥拼命憋着气，不停地围着轮椅的四周摸索着，终于摸到了一个软软的东西，再摸了几下，确定是个人体，她顺着他的身体摸到了他的手臂，然后是肩膀。她用力地托起他的双肩，双脚在湖底用力一蹬，带着他往上游去。

黑暗的夜色中，黎初遥拖着黎初晨破水而出，焦急地将他推上岸，自己随后爬了上去。她将黎初晨翻了过来，用膝盖抵住他的肺部，然后用力地拍他的背，可这样并没有让他把水吐出来，黎初遥又将他翻过来，开始给他做心肺复苏！她用力地按着他的心脏，一下一下，一边按一边还在大声喊："来人啊！有没有医生？救命啊！医生，护士！"

可这个小花园本来就处在住院部比较偏僻的地方，而住院部的医生都在值班室里，根本听不见黎初遥的喊声。

就在黎初遥要放弃，跑去病房求救的时候，黎初晨终于吐出一口水来！

黎初遥见有了成效，又开始用力地按压！很快，黎初晨又吐出几口水。他落水的时间并不长，前后不过几分钟。一连串咳嗽声之后，他终于悠悠醒转，缓缓睁开眼睛，迷茫地望着黎初遥，习惯性地叫着："姐……"

这一声姐，将已经陷入疯狂按压中的黎初遥唤醒，她有些呆滞地望着黎初晨。这一瞬间，她才知道她有多害怕，她差点失去他了，差点就再也听不见他叫她姐姐了！黎初遥一想到这里就害怕得不行，她忽然抬手，一巴掌使劲儿打在黎初晨身上："你是不是疯了？去自杀！你是不是疯了？你疯了啊！为什么要自杀？为什么？有什么事不能好好说！为什么想不开啊！"

黎初遥骂到最后，终于泣不成声，再也忍不住趴到黎初晨身上，放声大哭："初晨，初晨，你不要死。你不要再丢下我了！求求你了，我再也受不了了，你别再这样吓我了！求你了！我错了，我错了还不行嘛，我再也不说你恶心了，再也不拒绝你了，再也不惹你伤心了。"

黎初晨呆呆地睁着眼睛，似乎还没从死亡边缘彻底清醒过来。他缓缓抬手抚上黎初遥的头发，轻轻地拍着，像是哄着伤心哭闹的小女孩，温柔地说："姐，你别哭了，我只是一时想不开而已，以后不会了。"

"我知道，是我不好，我不该瞒着你病情。"黎初遥终于冷静下来，吸了吸鼻子，用湿透的衣服擦了擦脸，轻轻扶起黎初晨，从后面用力地抱着他的肩膀说，"我只是想找到解决办法了再告诉你，这样你就不会那么难过了，我没想到你会跟来。初晨，你别怕，没事的，我已经找到好医生了，他会治好你的。你别放弃啊，知道吗？"

黎初晨无意义地笑了一下，被湖水泡得惨白的脸上，依然满是绝望。他摸了摸自己的双腿，轻声说："姐，你知道吗？你每次给我按摩，我连一点感觉都没有，我一个人的时候连坐也坐不起来。其实我早就感觉到了，我的腿废了，可我还是抱有幻想，我相信你说的，相信你一次次安慰我，会好的，会好的，我还可以走路。其实我心里比谁都清楚，我再也不能走了。"

"初晨，你相信我，我一定能找人治好你，就像……就像单依安朋友的父亲一样，我绝对不会放弃你的！不管是中国、美国、德国，不管那个能治好你的医生在哪里，我都会找到他，我会找到他治好你。"黎初遥哭了出来，使劲儿拉住黎初晨的手，近乎疯狂地说，"再不行……再不行我改行啊，我去学医，你知道的，我从小学习就好，我过目不忘的，我学医一定能学得又快又好。初晨，你相信我，你会好的，你一定会好的。"

黎初晨缓缓闭上眼睛，轻声说："姐，你为什么要这么固执……"

"你才是，你为什么要这么固执？"黎初遥打断他说，"为什么要这么悲观，不试试怎么知道？"

黎初晨摇头道："姐，现在的医疗水平连腰部经脉损伤都治不好，何况是被切断了。"

"可以治好的，可以做手术接回去的，那个德国的医生可以治好你的！"黎初遥连声说，一声比一声坚定。

"单依安是骗你的，他就是骗你为他做事，为他犯法。你不是一直很聪明吗？全世界都说你聪明，可是我怎么看你这么笨呢？你居然答应帮他做事，就为了这种虚无缥缈的奇迹吗？"黎初晨一把推开黎初遥，气恼地责问着。

黎初遥固执地说："我没有疯，凭什么别人身上能发生奇迹，你就不能！"

"我不需要！不需要这种奇迹，不需要你去犯法换来的奇迹！"

"我没有犯法，单依安他乱说的，哪里来的犯法！我怎么可能会犯法？"黎初遥抓住他的手，紧紧地握着不让他推开，"他只是想要韩氏的一些工程资料而已啊，对，这是有些游走在法律边缘，但是韩子墨他已经跑了，他的那些东西放在那边也是没用的，单依安要就给他，就算韩子墨回来，他也没有脸告我。"

"如果只是一些资料，他需要让你去拿？需要答应你那么多条件？"黎初晨别过脸，轻轻闭上眼睛说，"姐，你别骗我了。"

黎初遥却不听他的劝，她现在唯一的希望就是那个德国的医生，她绝对不会放弃的！

黎初遥紧紧地抱住黎初晨，眼里满是坚定，在他耳边轻声说："初晨，只要能治好你的腿，别说去犯法，杀人我都敢。"

"姐！"黎初晨用力地闭了下眼睛，扭过头说，"你根本不用为我做这么多，我又不是你亲弟弟。"

"对，你不是我亲弟弟。可是这么多年，你住在我家里，叫我父母爸妈，叫我姐姐，你做了初晨应该做的所有事，除了弟弟我不知道用别的什么称呼叫你。"黎初遥用力地按着他的肩膀，扭过他的头，用力地望进他的眼睛，坚定地说，"不管你怎么想，在我心里，你是我最重要的亲人。"

"我知道你当我是亲人，一开始我也只是想每天见到你，叫你姐姐，跟你在一起就好了。后来我发现，我那个时候真的太小了，只要你对我笑一笑就满足了。可是现在已经不行了，我不想你和别的男人在一起，不想看你们拥抱，不想看你对着他笑，不想看见你们亲吻。我甚至恨自己当年为什么非要跑去你家当你弟弟。"黎初晨有些激动，"我把自己爱你的资格剥夺了，我简直是一个傻瓜。

"不，我不是傻瓜，我是贪婪的自私鬼，我明明得到了你的亲情，却还想得到你的爱。"黎初晨痛苦地闭上眼睛说，"就像你说的，我真是一个恶心的家伙。"

黎初遥一句话也没说，忽然一声不响地伸过头，亲吻住他的嘴唇。她的眼睛并未闭上，望着黎初晨干净的双眼里满满的震惊和难以置信，不知道为什么，她的心情忽然好了。

"才不是，你才不恶心。"黎初遥轻轻地咬了下他的嘴唇，退开来，望着他的眼睛说，"我为那天晚上说的所有的话道歉。

"和你亲吻，一点也不恶心。

"我一点也不讨厌你。

"你对我来说很重要。

"所以，留下来，永远陪着我。

"要健康、快乐。"

黎初遥说一句，就亲吻他一下，眼睛、额头、鼻梁、嘴角、耳垂，每一处都留下她温柔的吻。

黎初晨像是被蛊惑了，呆呆的一动也不敢动，连呼吸都不敢。而她，像是没有要停止的意思，依然轻柔地吻着他。她的动作有些生涩，有些僵硬，甚至从她半掩的目光下，能看出一些极力隐藏的羞涩。

黎初晨那冰冷又绝望的心，就这样，被她一下一下，温柔地暖热了。

他轻轻闭上眼睛，伸手，将她紧紧拥抱在怀中。

他现在一无所有，连健康的身体也失去了，未来可怕得像个巨兽一样等着吞噬他，可是，就算这样，只要能拥抱她，就好像，没什么可怕的了。

人的生命中，就是有这些对自己来说十分重要的人，他们只要稍稍靠

初晨 是我故意忘记你

近，只要一个小小的举动，就会让我们觉得，这世界多美好，能活下去，真是太幸福了。

夜色下，花园里黑暗一片，只有天上皎洁的月，将两人的影子映照在地上，他们紧紧相拥，身上还是湿漉漉的，明明应该冷得发抖，却因为彼此的拥抱、亲吻，暖透了心扉。

第三章

初晨，
痛苦的日子都过去了

（一）蜜糖

　　清晨，黎初遥被手机闹铃吵醒。她缓缓睁开眼睛，望着天花板，脸上一片木然。她抬起手，用手背盖住双眼。她又做那个梦了，六年前的事，还是那样清晰地印在脑子里，连一丝一毫都没忘记。

　　是她，先开始了这段不清不楚的感情，初晨只是跟着她而已。

　　那时的初晨，其实是想假装从来没有越界，也从来没有和她告白，当作什么也没发生，继续当她的弟弟，她却扑上去吻了他。

　　黎初遥忍不住叹了一口气，用力地揉了揉眼睛坐起来继续想着，其实过了这么久，连她自己也不知道，她怎么会那么冲动地去吻他，只知道，当时的自己，真的很怕他会活不下去，真的很怕失去他。所以她想留住他，用尽全身力气。

　　她掀开被子下床，走到窗边推开窗户，让冰冷的寒风涌进温暖的房间，冷热的交替让她打了一个寒战，一下子清醒过来。

　　其实……说全是为了初晨也不是，当时的她被未婚夫抛弃，被逼债，也觉得很痛苦，她想要一个温暖的怀抱，一个温柔的人，抱着她，爱她，告诉她，自己是被需要的，自己有多么重要。

　　想想，自己对黎初晨，好像自始至终都这么自私，觉得麻烦就骂他恶心，

初晨
是我故意
忘记你

觉得他很重要的时候又想紧紧拥抱他，现在又觉这段不清不楚的关系让她很烦恼。

她简直是那种不能更讨厌的女人啊！

而且他，明明清楚她的德行，还总是一副好脾气的样子，由着她这般任性。

黎初遥有些烦恼地抓抓头发，唉！不管了，走一步算一步吧。

她回身，穿好衣服，打开房门，刚一脚跨出去，就一头撞进黎初晨的怀里。黎初遥俊挺的鼻子被撞得有点疼，她抬起头来不爽地瞪着他问："大清早的，又堵在我门口干吗？"

黎初晨抿着嘴，笑意暖暖："我看你上班快迟到了，来叫你起床啊。"

即使看了很多次，黎初遥依然觉得，黎初晨的笑容总是让人如沐春风。

她忍不住在心里翻了一个白眼，大清早就笑得这么好看是想干吗，真讨厌。

她抓了抓头发，低着头推开他："我怎么可能会迟到，我们老板死抠的，迟到一次全勤就没了。"黎初遥一边打了个哈欠，一边走到洗漱间，拿起自己的牙刷，直接塞进嘴巴里。牙刷上已经挤好了牙膏，连刷牙杯里的水也是兑好的温水，黎初遥已经习惯了这样。她埋着头刷牙，偶尔抬眼看看镜子，就能看见黎初晨站在她身后，靠着墙，安安静静地看着她。虽然只是简单地看着，却像是有什么在使劲撩拨她的心。

黎初遥有的时候真想回过头去，把他的眼睛捂上，他的目光真让她受不了。

她真的不明白，为什么有人能这么喜欢一个人，只要她出现在他身边，他的目光就一刻也离不开她，再这么明显地看下去，早晚会被父母发现。

黎初遥郁闷地翻了个白眼，低头将嘴巴里的泡沫吐掉，用毛巾擦干净，转身对着他，有些凶凶地问："看什么看？我脸都没洗，头发都没梳，有什么好看的啊？"

"呃……"黎初晨没想到她会忽然转头来凶他，一时反应不过来，只能呆呆地看着她。

可这呆呆的样子特别萌，弄得黎初遥心里痒痒的。她侧耳听了听家里父母的动静，确定两人在别的房间之后，忽然转过身去，迅速在黎初晨嘴唇上偷了一个吻，很短暂的一秒，快得像是没发生过一样。

黎初晨完全没反应过来，眨了眨眼睛，舔了舔被她亲得有些痒痒的嘴唇，挺不好意思地揉了揉鼻子问："不是说好在家里要保持距离吗？"

他的语意似乎在责怪，嘴角却挂着藏不住的笑容，连漂亮的眼睛也闪亮起来。

黎初遥一边往脸盆里倒热水，一边瞅着他问："干吗，有意见啊？"

黎初晨连忙摇头，有些讨好地靠上去一步问："那我下次在家是不是也可以……"

"你不可以。"

"为什么？"

"没有为什么，就是不可以。"黎初遥特别霸道地拍板之后，迅速洗好脸，吃完早饭出门上班了。以前她亲吻黎初晨，是为了让他高兴，可是不知道什么时候开始，每次亲完他之后，自己心里也会有一种甜甜的感觉……

唉，她一定是疯了。

（二）消息

黎初遥撑着黑色的雨伞走到小区门口等车，雨水夹杂着雪子啪啦啪啦地打在她的伞上。今天特别冷，呼出的气都变成白色的雾气，黎初遥打伞的手没一会儿已经冻得麻木了。

还好，没等五分钟，一辆金色的劳斯莱斯出现在路的尽头，由于是雨天，车速并不快，在快到黎初遥身边的时候，车子打了转向灯靠边停下。坐在驾驶座上的中年男人见到黎初遥便隔着车窗向她招手，黎初遥走过去，打开副驾驶的车门弯腰坐了进去。

开车的中年男人见她坐定，立刻特别客气地招呼道："黎秘书，早。"

"早啊，陈师傅。"黎初遥客气有礼地招呼道。

陈师傅是公司的司机，专门负责接送董事长的，自己今天有一份材料必须在开会前送去给董事长，所以司机先来接她。

车子在路上平稳地行驶着，黎初遥扭头看着车窗外神游，陈师傅咳了一声，拉回了黎初遥的注意力。黎初遥转头看他，眼里带着一丝询问。

陈师傅的脸上露出憨厚的笑容，有些小心地问："黎秘书啊，那个……你知道我们公司车队要裁员的事吗？"

黎初遥摇了摇头道："这个我不是很清楚，这种事归人事部管。"

"哦。"陈师傅有些失望，可语气里带着不相信，他觉得黎初遥不是不知道，而是不愿意告诉他。这个四年前空降到公司的董事长秘书，深得老板信任，这种事她怎么可能不知道。

陈师傅开了一会儿车，又缓缓开口道："我女儿刚上高中，开销可大了，我老婆也没工作，我年纪大了，也没什么文化，真不知道万一被裁了可怎么办……"

黎初遥转头看了陈师傅一眼，他的脸上满是对未来生活的不安和焦虑，这种情绪黎初遥特别能理解，因为四年前她刚出狱的时候，也是这样的焦急和恐慌。

一个有案底的精算师，一个被吊销从业执照的高级会计师，到底还有什么用？该去哪里找工作？该怎么照顾有精神疾病的母亲和腿脚不便的弟弟？

从小到大一向自信骄傲的自己，在那段时间，真的特别害怕。不管投了多少简历都石沉大海，不管面试了多少家公司都毫无音信，最窘迫的时候，她居然重操旧业，晚上去夜市摆起了地摊。

一直到那个人……再次给她打了个电话。

电话里的声音依然是那样高高在上，不可一世，甚至还能听到他在电话里取笑她的声音："哎，黎初遥，听说你混得很惨啊！怎么样？要不要来帮我做事？"

黎初遥记得当时她蹲在夜市的天桥底下，穿着十块钱的 T 恤、二十块的牛仔短裤，踩着五块钱的夹脚拖，望着和她穿得一样廉价还拄着拐杖的黎初晨，她握紧拳头，眼神坚定地说："可以啊，只要给我钱，我什么都能给你做。"

然后，她听见电话那头，单依安尖锐地笑着，那愉悦的声音刺痛了她的耳膜，却没有刺痛她的心。

从那天起，她懂了，当生活让你低下头的时候，你不得不低下头；当现实将你践踏到尘埃里的时候，你不得不好好地躺在那里。

不要挣扎，挣扎无用；不要叫喊，叫喊也没人会听见，没人会帮助你。

陈师傅还在说着自己的苦楚，他希望能通过这些话，让黎初遥心生怜悯，帮他在董事长面前说说好话。

可是一路上黎初遥始终没有搭腔，陈师傅失望又沉默地开着车。

车子开进了本市最奢华的江景别墅区水映豪廷。水映豪廷本来就是单家自己开发的地产项目，而单家老爷子自然是给自己留了最好的一块地，临江建了一个占地两千平方米、上下三层的观景别墅，这套别墅，一度被评为本市的楼王。

车子稳稳地在别墅门口停下，自动铁门缓缓打开，车子开了进去，经过前庭的花园，停到别墅的车库。黎初遥下了车，从车库的偏门走了进去，刚进门就已经有帮佣阿姨等在那里，帮佣阿姨和黎初遥已经很熟了，小声地对黎初遥说："董事长在西餐厅用早饭，你是在客厅等一会儿，还是去餐厅找他？"

黎初遥想都没想说道："我去找他吧。"

说完，她换上拖鞋，脱掉了厚厚的羽绒服，然后从和车库相连的保姆房穿过，轻车熟路地走过富丽堂皇的客厅，经过玄关的时候自己打开玄关边上的柜子，将羽绒服挂了进去。别墅里很暖和，南方没有暖气，空调制

初晨
是我故意
忘记你

暖效果又差，很多别墅都建了地暖，烧起来和北方的暖气一样。黎初遥走到西餐厅门口，就见欧式装潢的餐厅里，长长的餐桌尽头，一个人坐在主位上，桌面上放着样式丰富的早点，主位上的人，一手拿着叉子，一手拿着今天的财经报纸，看得津津有味。

他似乎听到了门口的脚步声，抬头望向她，扬起嘴角笑了笑，特别亲切地说："来啦，吃早饭了没？"

黎初遥瞥了他一眼，抬手看了看手腕上的手表说："你还有三分钟的早饭时间，不然就赶不上今天的会议了。"

"别这样，每次见到你我就感觉见到了讨债的一样。"单依安嬉笑着说。

黎初遥不理他，继续报时："还有两分钟三十秒。"

单依安依然故我，优雅地用着刀叉，像是要和她作对似的，故意慢慢吃着。

"哈哈，单依安，初遥姐叫你快点吃，你还在那边慢悠悠的！"忽然，黎初遥身后蹿出一个长相甜美的女孩，一头漂亮的黑发，娃娃一般卷在耳边，大大的眼睛闪着少女特有的天真和纯美。她穿着白色欧式长袖花边睡裙，像舞动的精灵一样，从餐厅门口穿过，轻巧地跑到单依安面前，用手抓起一块培根塞进嘴巴，咀嚼道："你别吃了，快上班赚钱去！"

单依安佯装要用叉子叉她的手："没筷子啊，脏不脏？就知道叫我去上班赚钱，你怎么不去赚？"

单依安似乎只有对着自己同父异母的妹妹单单时，才会有这样真实又俏皮的表情。

单单鼓着一嘴的食物坏坏地笑："反正你赚的又花不完，我勉强帮你花花。"

"你还真勉强。"单依安伸手在她脑袋上戳了一下，眼里都是疼爱。

单单用鼻子哼了哼，对着他做了个鬼脸，像是报复一样，抢过他的牛奶杯，端到面前，一口喝了下去，然后又猛地放下，漂亮的五官紧紧地皱在了一起，一副喝了毒药一样的表情，把嘴巴里的东西吐回杯子里。单依安一脸嫌弃地往后退了退，动作优雅地拿起手巾挡在面前。

单单不爽地大叫："什么啊，你又捣鼓了什么进去啊？难喝死了！为什么会有滑滑的味道！好恶心！呸！呸！"

"我叫阿姨放了橄榄油进去，你知道的，橄榄油利肠道的嘛。"单依安笑着说。

"呸！单依安，你这个非人类！"单单一边大喊着一边跑向一楼的卫生间漱口去了。

黎初遥特别同情地望着她的背影。单依安是个养生狂魔，他喝的东西，都是用几十种不明物兑在一起的，黎初遥有一次不小心尝了一小口，那可怕的味道，害得她三天都没有味觉。

单依安单手托腮，特别开心地听着卫生间里单单一边呕吐一边愤恨的骂声。

真是恶趣味，有人会因为捉弄了自己的妹妹就这么开心吗？好吧，自己也会因为调戏了自己的弟弟而开心，就不鄙视他了。

单依安忽然眼神一转，像想到什么有意思的事一样，开口道："喂，黎初遥。"

黎初遥挑眉看他，一副"叫我干吗"的样子。

单依安的笑容慢慢放大，嘴角咧开，露出牙龈。那表情，奸诈狡猾得让黎初遥知道，他接下来绝对说不出什么好话。

果然，只听单依安用非常愉快的声调说："和你说件一定能让你开心的事，我听说韩子墨好像回来了。"

饶是黎初遥知道他说不出什么好话，但听到时依然愣住了，久久缓不过神来，好一会儿她才咬牙切齿地憋出一句："他还敢回来？"

单依安耸肩："哟，听你这语气，好像对他还有点旧情难忘呢。"

"你从哪一个字上听出了我旧情难忘？"黎初遥恨恨地瞪着他，似乎他下句话再说错，就会扑上去把他撕了。

单依安抬手，安抚道："好好，算我说错，别这么瞪着我，怪恐怖的。"

"我恐怖？"黎初遥轻蔑地望着他说，"我看你还是小心点自己吧，你害得韩家破产，又让我偷走了韩家所有的设备和客户资料，连工地上的最后一根钢钉都送给你了，你还是小心他来找你报复吧。"

"不要这样说嘛，搞得我好像对不起人家一样。"单依安抬抬眼皮，笑得极为纯良。

"哼。"黎初遥连看都懒得看单依安那无辜的表情，他心里在想什么，别人看不透，可她跟在他身边四年，清楚得很。单依安虽然长得清秀漂亮，戴着圆框眼镜，一副文弱和善的样子，可实际上是个从骨子里就利欲熏心的家伙。

他当年在商场上竞争不过韩子墨的父亲，就想了歪门邪道的点子对付他们，弄倒了韩家还不算，还利用她在韩家的职务，将韩家最后一点剩余价值全收入囊中。

当然，她也因为非法变卖公司资产，窃取公司材料，在韩家被银行清算的时候，被告判刑两年零八个月。

"其实我特别想知道，当年我让你去坐牢，你恨不恨我啊？"单依安忽然打破屋里的寂静，歪了歪头，认真地望着黎初遥问。

"无所谓啊，反正不卖给你，我也是要卖给别人的。"当年若是单依安不出现，她也打算把剩下的东西都卖了，换点钱，把一直找她麻烦的债主解决掉。

"那就好，只要你不恨我就行。"单依安笑，"韩子墨嘛，当年他被我骗得夹着尾巴跑了，现在他要是来找我呢，我就让他再跑一次，也许他又会丢下一堆财富让我捡呢。"

单依安说完，看着黎初遥，笑得十分愉悦。他当年接收了韩家所有的客户，以最低价买了成堆的工程设备，还捡了韩子墨抛弃的未婚妻，一个漂亮、认真负责、工作能力一流的女人。

韩子墨啊韩子墨，我真觉得一个"蠢"字都不足以形容你啊。

（三）偶遇

单家集团的高层一整天都在总部大楼的顶层会议室里开会，到了下午三点，参会的人都面露疲态，整个会议室，唯一神清气爽的人只有单依安，他聚精会神地听着经理们提出议题，然后快速地做出决定。

有的时候，黎初遥挺佩服单依安这点的，明明年纪比自己还小几岁，比会议室在座的经理们更是小上一轮都不止，可他的每一个决定、每一个想法，都能让所有人信服，信服到后面甚至会产生依赖，让人觉得，这个领导很强，跟着他一定会发财。

早上司机问她车队裁员的事，人事部的经理果然提了出来，单依安同意了，黎初遥垂下双眼没说什么。她虽然也想帮帮那个生活艰苦的司机，但她也只是个靠别人给她提供工作的小人物而已。

人哪，有的时候，不是不愿意帮助别人，而是连自己的生活都快保不住了。所以，如果你想变得善良的话，首先你得让自己强大，如果你弱小的话，你的那些善良，只是折磨自己良心的东西而已。

下午五点，会议终于结束，黎初遥两眼发花地走出会议室，疲惫地坐在办公室里，望着桌上成堆的文件，揉了揉一跳一跳的太阳穴。

开了一天会，她也累积了一天的工作没有做，看来晚上又得加班了。

她闭上眼睛想休息一会儿，手机却在这时响了，她接起电话应了一声。

话筒里传出妈妈的声音，似乎有点激动："初遥啊，你在干什么呢？"

黎妈嗓门特别大，黎初遥把手机拿远了一些，软绵绵地靠在椅子上说："还能干什么，上班啊。"

"你几点下班啊？"

"干什么？"妈妈这么积极地问她什么时候下班，绝对没什么好事。

黎妈在电话那头有些激动地说："上次我托你二婶给你介绍对象，她单位有个小伙子今天有空，答应和你一起吃个晚饭哎。"

黎初遥翻了个白眼，心想就知道是这个事。

她开口回绝道："我要加班，下次再说吧。"

"再说什么再说？再说你个头！你知道你二婶单位的男人多吃香吗？你今天不见，明天后天马上就有人排着队去了，哪里还轮得到你！"二婶是市公安局的，听说局里的那些警察，个个吃香得不得了。

"轮不到就轮不到好了。"黎初遥翻开一本文件夹，心不在焉地审阅着文件。

黎妈一听她那无所谓的语气，气得在电话里朝她吼："你什么态度！你也不想想自己什么情况，都快三十的人了，又坐过牢！人家能跟你见一面都是看你二婶的面子！"

"既然我这么差，就不要去给二婶丢脸了。"黎初遥有些反感妈妈逼婚时的态度，好像自己就是一个过期的商品，送给别人都没人要。

"你不要给我废话，你今晚不去，就别回家了！"黎妈脾气上来，嗓门更大了，连呼吸都急促了一些，"哎哟，我头疼死了，你这个讨债鬼，一点也不让我舒心啊……"

"行行行，知道了。"黎初遥一听妈妈在电话那边要发病的样子，连忙投降道，"我去见，去见行了吧。"

"那你准时去啊，晚上七点，在百大 CBD 的银色餐厅。"黎妈听她答应了，立刻报出了时间、地址，"一会儿我把他的手机号发给你，听你二婶说这个小伙长得可帅了，个子也很高，家世也很好……"

"嗯嗯，知道了，我还有好多事要忙，回家再说啊。"黎初遥敷衍地点点头，连忙挂了电话，把母亲的唠叨掐断在电话另外一头。

挂了电话，已经五点十分了，黎初遥又处理了一点工作，六点钟才慢条斯理地整理东西下班，坐公交车到了约定的地方。其实她对相亲没太大兴趣，首先自己和黎初晨之间的事没理清楚之前，并不打算找对象结婚，其次，出来相亲的男人，应该都没什么好的吧。

而且，她每天对着黎初晨和单依安这两个人间绝色，看外面的男人就像看木头一样，完全记不住脸。

黎初遥到餐厅的时候正好七点多一点，餐厅里很多位置上已经坐了人，她环顾了一下四周，只见一个男人背对着门口，独自坐在餐厅最里面的位置上。她拿起手机打了一下相亲对象的电话，那男人接起电话，站起来，转过身，张望了一下，对着黎初遥挥挥手。

黎初遥走过去，有些惊讶地看着那个男人。他穿着一身黑色西装，身材高大结实，相貌英俊，眉眼精神，器宇轩昂，竟然意外地帅气。

嗬，真没想到，相亲还能遇到这样的帅哥。

黎初遥礼貌地笑了笑，走过去说："不好意思，迟到了一会儿。"

"没关系的。"那男人笑了笑，看上去脾气很好，"坐吧。"

"谢谢。"黎初遥在他对面坐了下来。

那男人有些局促："我叫唐小天。"

"哦。"黎初遥点点头，"我叫黎初遥。"

"我是一名警察。"

"我知道。"来的时候，黎妈已经把他的基本情况告诉她了。

唐小天接着说："那个，其实，我有爱人了，真抱歉，浪费你的时间了。"

黎初遥挑挑眉，心想，果然，这么帅的男人怎么可能单身，不是心有所属，就是性取向有问题。她看着紧张的唐小天，笑了笑："没事，我也有。"

"原来我们都是被逼来相亲的啊。"唐小天放松了下来，他本来以为她会和以前相亲的女孩一样生气地泼他水呢。

"来走走过场，给家里人一个交代。"黎初遥拿过桌上的菜单说，"既然都这个点了，要不要一起吃顿饭？我刚下班，有点饿了。"

"好啊。"

"你请客。"黎初遥补了一句。

唐小天笑："那当然。"

黎初遥一边点菜一边好奇地问："为什么你有爱人了，你家里人还逼你出来相亲？"

初晨，是我故意忘记你

唐小天微微愣了一下，眼神飘远，过了好一会儿，才轻轻地说："因为，她不在这里，不在我身边。"

　　"嗯？"

　　"只是暂时离开了一下，但是她会回来的。"唐小天用力笑了一下，"就算所有人都不相信，但是我相信，总有一天，她会回来的。"

　　"哦。"黎初遥点点头，并没有对唐小天的感情做出什么评价和祝福，只是低着头继续看菜单。

　　其实她很想说既然她都离开你了，你又何必等。凭什么我们的世界，别人说来就来，说走就走。而我们自己，只能像个悲伤的小丑，站在原地独自等待。

　　既然走了，就不要再回来了。

　　"你呢？"唐小天看着对面的女子问，"你为什么有爱人了，家里人还逼你来相亲？"

　　"我？"黎初遥苦笑了一下，想了想，回答道，"我的爱人，是一个家里绝对不可能同意的对象。"

　　"为什么绝对不会同意？"唐小天问，"你试过吗？"

　　黎初遥摇摇头道："不用试，绝对不会同意的。"

　　"那你现在还跟他在一起吗？"

　　"在一起。"

　　"那就好啊。"唐小天笑了笑，眼神温柔地祝福她，"能在一起就是最幸福的事了。"

　　"也许吧。"黎初遥也不知道自己现在幸不幸福，但是也并不觉得这样的日子讨厌。甚至，每天睁开眼睛就能看见他的笑脸，她觉得特别温暖。

　　黎初遥发现她和唐小天居然挺聊得来，这个温和英俊的男人说话的时候总是很认真地看着对方的眼睛，他们聊的话题渐渐扩展开，从工作到兴趣，从生活经历到成长经历，都聊了个遍，然后他们居然发现，他们上过同一所初高中连读的学校，市一中。

只是黎初遥比唐小天大一届，互相之间没见过。

再后来，她居然发现，那块被韩子墨骗来的金牌，真正的主人，居然是唐小天。

黎初遥看着唐小天，心里五味杂陈，说不出什么滋味。她不知道，自己的弟弟如果还活着，在那届运动会上，最后赢得冠军的人，究竟会是谁？也不知道，如果自己的弟弟能够长大，是不是也会像他这样，成为这样高大阳光又目光温柔的男人。

啊，他还是警察，初晨就一直很想当警察。

想想真是好笑，最想送金牌给她的那个人，早就已经离开她，去了另一个世界。而想方设法把金牌骗回来送给她，讨她欢心的人，也抛弃了她，背叛了她，去了另外一个国家。

现在，她居然在跟真正获得这块金牌的主人相亲。

缘分，真是妙不可言的东西。

黎初遥深深地看着唐小天，眼神里带了一丝复杂的情绪，有些感慨，有些悲伤，有些欣慰，又有些释然，她不知道说什么，只是笑了笑，眼里湿湿的。

唐小天也不知道该和她说些什么，那么多年过去了，初三时获得的那块金牌，本想送给雅望的，后来，他给了一个在会场内哭泣的女孩。

那年他才十五岁，雅望也才十五岁，那年，他们都还不认识夏木。

那年，他们的世界只有他们两个人，那年，她站在观众席上，拼命地为他加油，为他呐喊。

那年，她还是他的，是他一个人的女孩，那时的他从未想过，她一瞬的转身，会成为他一生的彷徨。

（四）男友

餐厅这一边，两人似乎都想到动情之处，看着彼此的眼神都带着"原来我们已经认识这么久了"的激动，他们相视一笑，气氛微妙。而餐厅另外一边的角落，忽然从两个座位上站起一男一女，男生眉眼清秀，俊逸出尘，女生明眸皓齿，灵秀可爱。

可他们两个居然都虎着脸，一脸防备地笔直往这边走，女生"啪嗒"一下坐到唐小天边上，男生也毫不客气地坐在了黎初遥边上。

"聊得挺开心的啊。"女生年纪不大，不过二十岁左右，满脸写着不高兴，"小天哥哥，你可得抓紧时间，你后面还安排了五个相亲对象呢。"

"单单，"她的忽然出现让唐小天有些尴尬，小声道，"别闹。"

"没闹啊，你看看，后面确实排了五个嘛。初遥姐，我跟你说，小天哥哥今天见了十几个姑娘呢。"

黎初遥嗤笑："唐小天，你可真够忙的啊。"

"反正都要见，所以干脆安排在一天见完算了。"单单转头对黎初遥说，"初遥姐，我跟你说，小天哥哥见所有相亲对象都只有三句话：第一句：你好，我叫唐小天。第二句：我是个警察。第三句：其实，我已经有爱人了。平均见一个只需要十分钟。"

"哎，你够了啊。"唐小天见自己老底被揭穿了，忍不住抬手，敲了敲单单的脑袋。单单捧着头对他吐了吐舌头，一副你能把我怎么样的架势。

黎初遥忍不住笑道："这也太敷衍了吧。"

黎初晨瞅了她一眼，小声道："你就不敷衍？"

好吧，她承认，她相亲也是非常敷衍的。不过她一般都是先把饭菜点了，然后才开始说重点：第一句：你好，我叫黎初遥。第二句：我坐过牢。第三句：我妈有精神病，但是不严重。我弟瘫痪了，但是已经好了。

嗯，基本只要这三句一出口，任何相亲对象都飞速埋单，然后绝尘而去。

唐小天忽然反应过来，指着单单问黎初遥："你们俩认识啊？"

"认识。"黎初遥答道，"她哥是我老板。"

"哦。"唐小天点点头，看了眼坐在她身边，一直没怎么说话的黎初晨问，"这位是？"

"我弟弟。"

"她男友。"

两人同时回答。

唐小天眨眨眼，似乎在问：我到底该听谁的？

黎初遥啧了一声，使劲儿皱了皱眉头，最后说："好吧，就是那个见不得光的。"

"哦。"唐小天看了黎初晨一眼，莫名涌上一股敌意，"现在很流行姐弟恋啊。"

"可是初遥姐，他不是你亲弟弟吗？"坐在旁边的单单吃惊地问，"你们……你们在一起？"

单单藏不住心思的脸上，露出一副不可思议的震惊表情。

黎初晨默默抬眼，看着单单，如春水一般温柔的眼神忽然变得像刀锋一样锐利，刺得单单害怕地垂下眼睛，往唐小天身后躲了躲。呜呜，这个漂亮的男孩好可怕。

黎初遥似乎知道单单想说什么，低着头，面色有些难堪，却没辩解什么。

气氛在这一刻似乎有点凝结住了。

"我们没有血缘关系。"黎初晨一字一句地说，"我是黎家的养子。"

"哦。"单单点头，没说什么，只是那表情依然挺介意，看黎初遥的眼神也有点怪怪的。

黎初遥抬头看了唐小天一眼，他神色如常，并未有一分一毫的轻视。

黎初遥笑了笑说："既然你后面还有那么多人等着，我就不耽误你了。"

唐小天连忙挽留道："没关系的，先吃完饭吧。"

"不用了，下次吧。"黎初遥婉言谢绝后站起身来，对黎初晨说，"走吧，我们回家了。"

黎初晨每次听到她说这句话，就像听到世界上最动听的话一般，从心底涌上一股暖流，一直洋溢到脸上，怎么也藏不住喜悦。他轻轻地笑了起来，俊眉舒展，双眸清澈，就像千里花朵嫣然绽放，层层叠叠，美得迷人心扉。

初晨
是我故意
忘记你

然后，他用特别动听的声音说："好啊。"

第一次见到黎初晨笑容的唐小天和单单都被惊艳到了，单单心想，怪不得他们会在一起，如果自己是黎初遥，每天在家里对着这样的人间绝色，应该也会把持不住的吧。

（五）约会

百大 CBD 在商业街的繁华地段，晚上八点正是热闹的时候，街边的商店里放着欢快的音乐，无数男男女女结伴走在热闹的霓虹灯下，那些小情侣有的是女生挽着男生，有的是男生搂着女生。在夜色下，情人之间的距离，似乎更加靠近了。

黎初晨也更靠近了身边的人，他和她的手因为甩动的频率，总是会轻轻摩擦到。黎初晨伸手轻轻握住她的，等了片刻见她没有拒绝，又张开手掌，合在她的手掌上，五指伸进她的指缝中，和她的五指紧紧交握着。

黎初晨抿着嘴唇笑着，就像偷到了一块不给他吃的糖，紧紧地握在手里，害怕被发现，又害怕丢掉，却依然觉得甜甜的像蜜一样。

黎初遥虽然一直目视前方往前走，却也知道他那点小小的心思，只要一点点举动，就能让他觉得幸福。

他就是这么单纯又这么容易满足的人啊。都多少年了，每次只要能牵个手，亲一下，他就会露出那种满足到死的表情。

她给他的感情，真的这么少吗？

以至于到现在，他还是这样，只要稍稍对他好一点，就一副偷着乐半天的样子。

真是碍眼死了，碍眼得让她有一点点心疼。

"要不要一起去看个电影？"

"嗯？"

黎初遥有些别扭地望着前面说："反正都出来了，这么早回去会被妈妈骂。”

"好啊，那就去看电影。"黎初晨连忙点头答应。

黎初遥笑了："那走吧。"

两人就这样十指紧扣，像正常的情侣一样，走到电影院。电影院现在居然只放映一场 3D 电影，黎初遥看了看票价，居然要 120 块一张，贵得她差点当场就想拉着黎初晨转头就走。

但是她看黎初晨一脸期待的样子，只能硬生生把那句"要不我们回家看电视吧"咽了回去。

黎初晨似乎看穿了她的心思，拿出钱包，走上前对营业员说："两张电影票。"

"哎哎哎！"黎初遥连忙上前拦住他，"你干吗，我来买。"

黎初晨却凑到她耳边说："我们现在是在约会啊，哪里有约会让女生付钱的，你这样我很没面子的。"

"是吗？"

"是啊。"

黎初遥想了想好像也对啊，于是放开挽紧他的手："那好吧，你先买，回头我把钱还你。"

黎初晨好脾气地没和她争论，特别积极地去买了电影票，又买了爆米花和可乐，想到黎初遥还没吃晚饭，便去旁边的肯德基买了汉堡和鸡翅，两人捧着一堆东西，摸黑进了放映厅。

黎初遥戴着 3D 眼镜，一边看电影，一边解决自己的晚饭，吃饱了之后，就觉得困得不行，也许是白天开了一天的会太累了，也许是电影院本来就是一个容易让人犯困的地方，她眯着眼睛头一点一点的，耳边电影里人物的对话声越来越小，越来越小。

她完全放弃抵抗睡意，斜斜地靠在沙发椅上，无声无息地睡去。

蒙眬中，似乎有人将她的眼镜轻轻拿了下来，把她往右揽了揽，然后她靠上了一个人的肩膀。那人身上有一股淡淡的药油味道，明明应该是刺鼻的，可是中和了他自身的味道，却变得好闻起来，给人一种很安心、很安心的感觉。

黎初遥就这样靠在他的肩上睡着了，她已经好久没有这样好好地睡一觉了……

在梦里，再也没有那些悲伤无助的过去，有的，只是一片片软软的白云，一地翠绿的青草。她躺在那草地上，舒适地沐浴着阳光，耳边是鸟儿悦耳的鸣叫声。

不知何时，梦里的草地上又出现一个人，他坐在她旁边，安静地看着她，笑得一脸温柔。

电影已经放完了一场，观众站起来，一个个走了出去，放映厅的最后一排，还有两个人坐在座位上，男生坐得笔直，一动不动，女生靠在男生的肩膀上，依然睡得甜甜。

没过一会儿，电影院的工作人员走进放映厅简单打扫，看见两人还没走，便要上前去劝说，只见男生竖起手指在嘴唇上"嘘"了一下，然后从口袋里掏出钱包，拿了钱给工作人员，轻声说："补下一场的票。"

工作人员点点头，接过钱绕了过去。

过了一会儿，第二个时间段的客人陆续走了进来，电影又从头放了起来，男生微微侧了侧头，用脸颊在女生头顶蹭了蹭，软软的头发磨蹭着他的脸颊。他似乎很享受这一刻的安宁与独处，他不愿叫醒她，她睡得这么甜甜，一定在做一个美梦，而他不用睡去，就已经身在梦中了。

那天晚上，黎初晨续了三次票钱，两个人走出电影院的时候，已经是凌晨两点了，黎初遥的心都在滴血！

太贵了，真的太贵了！这些钱，够她去五星级酒店开一间房，在软软的大床上好好睡一觉了。

黎初遥有些肉痛，却不忍责怪黎初晨，只能说："下次我要是在电影院睡着了，还是叫醒我吧。"

黎初晨云淡风轻地说："好啊。"

"对了，你哪里来的钱？"黎初遥奇怪地问。

"给别人做网站的钱啊。"黎初晨理所当然地回答，"你不会以为我在家里，就真的一分钱都不赚吧。"

"哦！"黎初遥笑道，"怪不得，你总是一副不缺钱的样子。"

"我本来就不缺钱。"黎初晨忍不住点了点黎初遥的鼻子说，"缺钱的是你的心。"

经过六年前那场变故之后，本来就对钱看得很重的她，对钱更加看重了，更加缺乏安全感。明明早就月薪上万，年底分红也不薄，她却总觉得自己好穷好穷，把赚的钱全存起来，完全舍不得用。

以前黎初晨接单子赚的钱，都会交给黎初遥。后来他发现她舍得给他花钱，给父母花钱，却完全舍不得给自己花一分钱后，他就不再交钱给她，而是帮她花钱。

想到这儿，黎初晨忍不住说："你啊，要学着对自己好点了。"

"你好意思讲我，你自己才是应该对自己好一点的那个人吧！"黎初遥不服气地说。

黎初晨却忽然停下脚步，深深地看着黎初遥的眼睛说："可是，我对自己好，什么都感觉不到。只有你对我好，才感觉得到……幸福……"

最后两个字，撞击在黎初遥的耳朵里，像是激起了一阵耳鸣。那一瞬间，看着他的嘴唇轻轻吐出这两个字，她似乎觉得，自己忘记了呼吸。

第四章

初晨，
我们会被祝福的

（一）婚礼

时间过得挺快的，一晃眼就到了林雨大婚的日子，农历十二月二十二，周一，宜嫁娶、乔迁、开业，是个大吉大利的好日子。那天，消失了将近半个月的太阳公公也特别给面子，大清早就跑出来透气，阳光灿烂，万里无云。

黎初遥答应了要去给林雨帮忙，可是年底工作又忙，脱不开身，她好不容易用半天时间把手里的事都处理好，就立刻跑去和老板请假。

单依安也忙得扑在办公桌上，连头都不抬，他看着请假条特别不乐意地说："又不是你结婚，用得着请假吗？叫人带个红包去不就完了。"

"我好朋友，闺蜜。"黎初遥只得强调一下。

"闺蜜？闺蜜又怎么样？"单依安冷哼一声，拿出了老板的撒手锏，"你一定要请假的话，我按规定扣你一天工资。"

"你敢！"扣黎初遥的工钱简直就是扣她的命，她立刻像被踩到了尾巴的猫一样炸毛了，"你要是敢扣我工资，我就掐着秒表跟你算加班费。"

"啧啧，看你这爱钱如命的样子，当初也不知道是谁被人骗去了八千万元。"单依安拿起笔，低头在请假单上签上自己潇洒的名字，然后递给她。

黎初遥伸手唰地抽过请假条，没好气地说："单依安你不戳别人痛处会死啊？"

单依安闭眼，睁开，微笑，特别优雅温善地回答："会。"

黎初遥白了他一眼，懒得再搭理他，转身走人。

这件事对于黎初遥来说，原本就像是戳在心里的可怕尖刀一样，碰也不敢碰，可是这几年被单依安没事拔出来又捅下去，拔出来又捅下去，居然已经习惯了。

不会像以前一样，让她那么难堪，那么撕心裂肺地疼痛了。

也许，有些伤口，真的需要暴露在阳光下，才能让时间这道灵药，快速地帮你治愈吧。

黎初遥刚走到办公室门口，手还没摸上把手，就见门一下从外面被推开了，一个少女穿着粉红色的大衣，纯白的兔毛围巾围在脖子上，圆圆的脸蛋，圆圆的眼睛，整个人显得特别可爱粉嫩，像只小兔子一样跳进来："嘿，初遥姐。"

"你好，单单。"黎初遥礼貌地向她点了点头，侧身让她先进去。

单单向前跨了一步，对着办公室里的人说："单依安，我来找你吃午饭啦。"

"啧，我家小妹怎么可能这么好心来找我吃午饭，不会是又没钱了吧。"单依安坐在黑色皮椅上，脚尖着地，轻轻地左右来回转动着椅身，脸上一贯招牌式的优雅笑容都变得明朗了几分。

"看你说的什么话，我来找你就只是为了要钱吗！哼！不吃算了，我走了！"单单佯装发怒，转身要走。

"哎哎，说两句就生气啊，什么狗脾气。"单依安仰头看着她，笑得优雅又明艳，"过来，坐着等我一会儿。"

"好吧，是你求我留下的哦。"

"是是是，我的大小姐。"单依安的语气里充满了怜爱，那声音温柔

初晨，是我故意忘记你

得连已经走出办公室的黎初遥都忍不住回头看了一眼，只见单依安整个人都变得生动鲜活了起来，不像平日里完美得那么假模假样。她微微愣了一下，一闪念似乎察觉了什么，皱了皱眉头，抬手轻轻将门关上。

黎初遥到达举办婚礼的酒店的时候，林雨已脱了婚纱，裹着红色的羽绒服在休息室里躺着休息，身边还有四个伴娘陪着。

黎初遥看了眼被她丢在一边的婚纱问："你怎么不穿婚纱啊？"

"这个婚纱穿着就不能躺下来啊，而且好紧啊，勒得难受，等入场的时候再穿。"林雨已经被折腾了一个早上，累得躺在椅子上说，"你一个人来的啊？你弟呢？"

"我从公司直接过来的，初晨应该晚上到吧。"黎初遥一边说一边从自己的黑色手提包里拿出一个厚厚的红包，"给你，说好的大红包。"

林雨也不客气，伸手接过来交给身边的伴娘，笑嘻嘻地说："谢谢啦！你也抓紧点啊，不然这个红包你可拿不回去了。"

黎初遥笑笑不说话，她还真没想过这个红包能不能拿回来。她和初晨应该走不到这一步吧……

黎初遥抬眼，望着挂在眼前的白色拖尾婚纱，纯洁得像是能发出光一样，漂亮得让人忍不住想伸手摸一摸，又怕玷污了它。

六年前，她答应韩子墨的求婚的时候，自己也曾偷偷在网上浏览婚纱店，看过很多样式。她不想要太华丽、太性感的婚纱，也不喜欢有着复杂花纹和无数钻石的，她只想选一件纯白到底，白纱曳地的婚纱。可还没等自己选到中意的，那个说要娶自己的人，居然偷偷地溜走了。

她还记得，他和她求婚的时候，跪在地上，一脸认真又深情地说："初遥，嫁给我吧。"

她记得他拿着他父亲当年向他母亲求婚的钻戒说："我父亲宠了我母亲一辈子，我也会像我父亲对我母亲那样对你。"

她记得他说："也许你还没考虑好。没关系，我等你。等你考虑清楚了再回答我。反正我会一直在的。"

黎初遥低下头，用力地闭上眼睛。自己真是个傻瓜，居然到现在还把他的谎言一字一句记得那么清楚，可笑的是，当年哪一句话打动了她，现在哪一句就伤她最深。

他说："反正我会一直在的。"

会一直在……

黎初遥讽刺地笑了一下，这世界上最大的谎话也许就是这句了吧。

"初遥，初遥？"林雨叫了两声，才将陷入混乱思绪里的黎初遥叫醒。

"嗯？什么？"

林雨拉过黎初遥，在她耳边悄声说："等一下我们出去拍外景，我丢花球给你，你一定要接到啊。"

黎初遥立刻摇摇头："我看还是算了吧，一屋子伴娘都在等着接花球呢，我就不和她们抢了。"

"不行！"林雨跺了跺脚，"你不抢我就不和你好了。"

"好好好，我抢，我抢。"黎初遥哄着她，希望林雨这个大孩子，在大喜的日子能开心顺意。

（二）重逢

下午两点的时候，一对新人，带着他们浩浩荡荡的伴娘伴郎团来到了酒店外面的草坪上，拍摄婚礼日当天的外景。

室外的阳光虽然很灿烂，可温度依然很低，新娘和伴娘们都穿着露肩礼服，却热情不减，十几个人在草坪上摆着各种各样的姿势，拍了将近半个小时摄影师才喊："好，来拍丢花球。"

"丢给我，丢给我。"伴娘们激动地在新娘身后自动站成了一排，黎初遥还低头弯腰，任劳任怨地给林雨铺裙摆。林雨转身一看，催促道："你别弄了，快站到后面去！"

"好好。"黎初遥连连点头，把裙摆的最后一点褶皱铺平，才转身，小步跑过去，站在所有伴娘的后面，然后一步、两步、三步，退开，微笑地看着背对她的林雨，一脸的祝福。

林雨似乎知道黎初遥的想法一样，在喊了"一、二、三"之后，用力地跳起来，将花球往后面使劲儿一抛，花球直直地朝黎初遥飞过来。

花球抛得太高，黎初遥抬头看着，没有伸手去拦截，只见它伴着前面伴娘们心疼失望的叫声，画着漂亮的弧度，飞过她的头顶，然后，落在她身后，啪嗒一声，花球被接住了。

"啊啊……"面前已经转身的伴娘们忽然都停住了追逐花球的脚步，全都目光闪闪地望着黎初遥身后，有两个脸上居然带上了一丝羞涩和可疑的红云。

黎初遥莫名，微微侧身，转头看去，身后，离她两步的地方，一个穿着一身黑色西装的男人，双手捧着白色的玫瑰花球，手指根根分明，漂亮得像白玉似的。目光慢慢向上，厚实的胸膛和宽阔的肩膀，看着很有安全感，让很多女人心生想要依靠的冲动，再往上是优雅白皙的脖颈，漂亮的尖尖的下巴，以及一张熟悉的英俊脸庞。

当他的样子完全出现在黎初遥眼前时，她忽然连呼吸都忘记了，一种久违的窒息感紧紧包围着她，她的双手不由自主地微微颤抖，她要用很大的力气才能控制住自己不扑上去尖叫、厮打、怒骂！她紧紧地握着双手，死死地盯着他，像是要用目光在他身上烧出一个洞来。

那英俊的男人却好像无知无觉一样，神采飞扬地紧紧瞅着她，对她笑得和从前一样阳光灿烂，眉眼弯弯的像和老朋友打招呼一样，对着她挥挥手说："嘿！"

黎初遥的理智和冷静差一点崩塌！如果说她没有幻想过这个人回来的样子，那是骗人的。

她无数次想过他回来时的样子、他们再见面的第一个场景、第一次对话。

可没有一次，她曾想到，他会是这样的云淡风轻，好像他不曾离开，好像他不曾欺骗，好像他不曾做过什么错事一样。

男人双手捧着鲜花，浅笑着，一步一步走上前去，将花递到黎初遥面前问："你要吗？"

此时的黎初遥再也控制不住自己的情绪，猛然挥手，一巴掌打落了他手里的花球！花球掉落在草坪上，滚了几圈，娇嫩洁白的花瓣散落一地。

"呀！"

"干吗啊这是。"

黎初遥的这一举动引起了伴娘们的骚动和不满。林雨这时候也拖着豪华又厚重的婚纱杀了过来，她一脸愤怒地冲过去，将黎初遥挡在身后，纤纤玉指指着男人的鼻子说："呸，韩子墨！你这个不要脸的！你还敢到这里来？信不信我弄死你！"

"啧啧，林雨，都要结婚了，还这么粗暴。温柔、温柔点，别把你刚骗到的老公吓跑了。"韩子墨嫌弃地挥挥手，单手插在裤兜里，歪着头，痞痞地笑着。

"滚！老娘温不温柔关你鸟事！"林雨毫不客气地说，"韩子墨我告诉你啊，你别在这里和我贫！快滚！不然我叫人把你赶出去！"

韩子墨一脸无辜："我为什么要滚，这个酒店是你开的吗？"

"你！"林雨气得就要上去动手，黎初遥却快她一步，挡在她前面，抬手就给了韩子墨一巴掌。

韩子墨微微愣住，在场的人也被这响亮的巴掌声吓住。

黎初遥紧紧握住微微发麻的手，头也不回地对林雨说："林雨，今天你是新娘，不要弄脏了手。"

"初遥……"林雨看着好友挺直着脊背站在她前面，心里满是担忧。

黎初遥回头安慰地看了她一眼："你先进去吧，这种人留给我收拾就好。"

"好吧。"林雨看了眼韩子墨，又看了眼黎初遥，有些不放心，可初

初晨，是我故意忘记你

遥都这么说了，她也不好强拉她走，只能小声对她说了一句，"那你小心点啊。"

说完，林雨带着她的人马一步三回头地走回酒店。

下午三点多的阳光依然明亮而暖和，可冬天的北风一点也不小，卷着地上的花瓣，在草坪上翻滚着飘远了。

黎初遥的黑色羊毛大衣被风吹开了衣摆，厚重的刘海被吹开，露出饱满的额头、清冷的眉眼和俊秀的面容。

韩子墨盯着她的眼睛，她那双眼里倒映着他的身影，她似乎已经做好了武装，双眼冷冰冰的，不带一丝感情，就连他以为的愤怒和仇恨都没有看见，有的只有不屑和鄙视。

韩子墨被她这样的眼神激怒了，忍不住开口讽刺道："几年不见，你还是和以前一样，永远冷静得不像个女人。"

黎初遥冷笑一声，淡淡地反击："你也是，永远不知道什么叫面对，软弱得不像个男人。"

韩子墨静静地看着她，半天没有说话。

她还是和从前一样，一眼就能看穿他。

是的，他不知道怎么面对，不知道怎么开口和她说第一句话，不知道怎么样才能求得她的原谅。

他已经回来一个月了，到今天才有勇气来见她一面。他想装作什么事也没有的样子来和她说话，想装作无所谓的样子，想装作狠毒的样子。

可是不管他怎么装，他在她眼里都只是个笑话！

可即使是个笑话，他也要装下去，如果真的哭着求她原谅，只会更被她看不起吧。韩子墨抬眼，看着她笑："看你这话说的，怎么，你不会在等着我跪下来求你原谅吧？"

"跪下？你以为跪下就有用了吗？你就是跪在刀山火海上，我也不可能原谅你。"黎初遥死死地瞪着他，这几句话几乎是从她齿缝里一个字一个字地蹦出来的！她恨他，恨得完全不加掩饰！

韩子墨听她这样说，眼里闪过一丝痛，虽然早已知道，可从她口里说出，还是能准确地刺中他的心脏，让他疼到无法呼吸，可他依然戴着他的面具，笑着说："我就知道你会这样说，所以我压根儿没打算求你原谅。"

黎初遥死死握紧拳头，指甲用力地掐进肉里，只有那疼痛的感觉才能压制住她愤恨到不停颤抖的身体。她不想表现得那么在乎，不想让他看出她的仇恨、她的怨气、她的在意！她要让他知道，他韩子墨在她眼里，根本是个连被恨的资格都没有的人！

黎初遥高傲地抬起头说："你求不求我原谅无所谓，但是你既然回来了，钱你是一定要还的。不然，当初你让我体验的那些乐趣，我也会照样还你一份。"

韩子墨摇头道："这就要看我的心情了，你这样威胁我，我可不高兴还。"

"不还钱，赔命也行。"黎初遥最终还是没忍住，放下一句狠话。

"嗬！"韩子墨笑，不答话。

黎初遥不愿意再多说一句、再多停留一会儿，她怕自己再面对韩子墨这张无所谓的脸，会忍不住扑上去把它撕烂！

她用力地转过身背对着他，目视前方，用低沉的声音道："以后你出现在我面前，我希望只是为了两件事，一是还钱，二是去死，不然还是永生不要相见比较好。"

黎初遥说完，迈开步子，一步一步走向酒店，将那个人远远抛在身后。

宽阔的草坪上，寒风萧瑟，他一个人站在一片绿色里，脚下白色的花瓣被风吹得轻舞。他低下头，过眉眼的刘海被风吹乱，挡住了他的表情，他笔直地站着，没有上去纠缠，只是一个人，孤孤单单地留在原地，过了很久很久，才举步落寞地离开。

虽然早已知道见面会是这个下场，可还是想来见见她，即使是被骂、被恨……

就是想来见见啊。

初晨，是我故意忘记你

（三）祝福

黎初遥沿着酒店花园里鹅卵石铺成的坡道向下走，酒店的绿化做得非常好，小道两旁种满了桂花树，可惜现在并不是桂花开的季节，空气中只有昨日雨后泡出的淡淡泥土味。

黎初遥没回头，昂着头向前走着，脚步踩得非常重。她胸口那团怒火并未熄灭，反而随着转身离开而越烧越旺，她后悔了，后悔对那个男人这么客气！她应该再打他两巴掌，应该恨恨地把他按在地上暴揍，应该打电话给他的债主，让所有人都围过来，一块肉一块肉地把他割碎！

黎初遥停住脚步，双手紧紧捂住脸颊，她不想自己变得阴暗丑陋充满仇恨，她不想自己还在乎他，更不想对着他控诉，不想在他面前变得那么软弱好欺。

她不是要放过他，而是还没想好怎么对付他！

黎初遥放下双手，有些疲惫地继续往前走着，远远地就看见初晨从酒店的大门跑出来，顺着大路往前跑，似乎要去上面的草坪。他穿着卡其色的长款羽绒服，衣服拉链敞开，跑动时带起的风，将衣服吹得鼓鼓的。黎初遥记得这件衣服是自己在前年过年前给他买的，早就过时的款式，可穿在他身上，依然显得亮眼而时尚。

他顺着主路跑，而她走在花园里的小路上，他没看见她，她却将他脸上焦急的神色一丝丝全收入眼中。

黎初遥自己都没发现，她心中刚才还燃烧着的怒火瞬间熄灭了，那可怕的怨怼也消失不见，就连嘴角也微微翘了起来。

她在晚风中，对着那个男人扬声道："初晨。"

像一阵风一样跑过的黎初晨忽然刹车，停住脚步，顺着声音看见了花园中的黎初遥，她对他笑了笑。

他连忙又转身跑回来，隔着一米宽的灌木绿化带，面对着她担心地问：

"你没事吧？"

黎初遥摇摇头："我能有什么事？"

黎初晨松了口气，过了一会儿问："林雨说韩子墨回来了？"

"嗯。"

"他人呢？"

"走了。"

"那……"黎初晨紧紧地盯着黎初遥，想问什么，一时却又开不了口。

他求你原谅了吗？像从前一样，死皮赖脸地求你原谅。

他求你回到他身边了吗？像从前一样，死缠烂打地把你捆在身边。

你呢？你对他还有感情吗？

会原谅他吗？

对我呢？

黎初晨有一堆问题想问，看着黎初遥的脸却一句也问不出来了。他没有自信能听到自己想要的答案，在这段爱情里，他从没有摸清楚，黎初遥对他到底有多少感情。

啊……也许，连爱情都不算吧。

只是自己一厢情愿、不愿放手的捆绑。

其实想想，自己和韩子墨，又有什么区别呢？

都是这样，用尽心机想留在她身边……

"什么？"黎初遥等了半晌，还没见他开口说话，忍不住追问道。

黎初晨摇摇头："没什么。"

黎初遥见他不愿意说，也没有逼他，看看时间差不多了，便转身道："走吧，林雨的婚礼要开始了。"

"嗯。"黎初晨跟上她的脚步，隔着绿化带，深深地望着她的背影，一步一步地走着。

林雨的婚礼会场布置得和她的性格一样，张扬又豪华。整个宴会厅摆满了落地的水晶灯，处处可见喜气的彩色气球，红色的玫瑰花瓣铺满了通

初晨，是我故意忘记你

透的玻璃 T 台，拱形的花门也由红玫瑰扎成，垂落着墨绿色的轻纱。

当新娘进场时，所有的灯全部熄灭，林雨穿着洁白的婚纱，走在鲜红的花海中，好像世间只剩下她那一抹白色。追光灯照亮她身上的钻石、她裙上的光珠，她整个人就像沐浴在圣光里，那么曼妙地缓缓走出来，她的新郎玉树临风地站在鲜花做成的幸福门里等着她。

参加婚礼的亲友们都用祝福的眼神看着这对金童玉女，看着他们紧紧相握的手，看着他们一步步走向主婚台，看着他们互相亲吻，看着他们为对方戴上戒指，看着他们被宣布正式结为夫妻。

黎初遥安静地看着，也不知道什么时候，坐在边上的黎初晨忽然伸出手，紧紧地握住了她放在桌子下面的手。当主持人说"现在，新郎可以亲吻新娘了"的时候，黎初晨低下头，很虔诚、很虔诚地在她的手背上落下了一个吻。

所有人的目光都集中在台上的新人身上，没有人注意到他们，黎初遥却不知道为什么，心脏像是被敲响的擂鼓一样，怦怦跳个不停，脸上燥热不堪，手背上被他吻过的地方，像是被烧红的铁烙了一下那般炙热。

耳边传来雷鸣般的掌声和叫好声，这是宾客们对新人的祝福，祝他们永结同心，白头到老。

在这一刻，他们似乎觉得自己也被祝福了。

至少在当时，黎初晨是这样想的。

哪怕最后，他知道自己错得那样离谱……

第五章

初晨，
如果我们一直
不要长大该多好

（一）还钱

已经到年底了，再过三天就要放年假了，空气里弥漫着浮躁的气息，大家都没什么心思上班了，眼睛都盯着日历，希望这三天早点翻过去。有些员工甚至奢望老板行行好，干脆提前三天放假吧。可单依安那个立志要吸干员工最后一滴血汗的资本家，怎么可能会这么仁慈。

黎初遥也各种忙，年终总结、明年计划、年底报表、会议记录、档案归类，没事还得开个会，每天埋头钻进公司，不到繁星点点是不会出来的。

做完了手里的一堆事，黎初遥站起身来给自己倒了点水，刚喝了一口，手机就响了起来，黎初遥拿出手机，看了眼号码，松了口气。是个陌生号码，她还以为是老妈又打电话来叫她去相亲呢。

黎初遥接起电话："您好，哪位？"

电话里传来富有磁性的男低音："是我。"

"你是谁？"

"我的声音你听不出来吗？"

"……"黎初遥想也没想，直接挂掉电话。

嗯，快过年了，这种装熟人的诈骗电话也多了起来。

电话的另一边，韩子墨眨了眨眼睛，愣愣地听着手机里的嘟嘟声，忍

初晨，
是我故意
忘记你

不住摸了摸鼻子，嘀咕道："这家伙，挂电话的速度还是和以前一样快。"

他拿起手机再打，里面已经是正在通话中的语音提示了。

这是被拉黑了？

这么快？

哼，还说没听出我的声音，没听出会拉黑我？

哈哈，我就知道，她还是记着我的。

韩子墨有些开心地拿起放在床头柜上的照片，那是一张黎初遥和他的合照。他们都穿着学士服，站在校园的小荷塘边，绿莹莹的柳枝垂在他们身后，他的右手紧紧地揽着她，一脸痞笑，她一脸不乐意地看着镜头，嘴角却微微扬起一个弧度。

韩子墨看着照片笑了。

初遥，如果我们一直不要长大该有多好。

如果时光能倒回去，让我再选择一次该有多好。

如果当时我能再坚强一点、成熟一点该有多好。

可是我知道，这世上没有如果，每个人后悔的时候都在想着如果、如果。

可又有几个人知道，就算时光倒回去，命运还是会给你别的考验，你不去改变自己，不去努力，依然不可能得到想要的一切。

黎初遥又在公司加班到晚上八点，走出公司的时候，天已经漆黑，覆盖了整座城市的亮化工程，将夜晚的城市点亮。

寒风扑面而来，黎初遥将双手插进口袋里，疾步往最近的地铁站走去。

"黎初遥。"

黎初遥听到有人叫她，转过身来，往发出声音的地方看去，只看了一眼，便立刻转头，加快步伐往前走。

躲在避风处的韩子墨见她不但没停，反而走得更快，连忙几个大步跑过去跟上，一把扯住黎初遥的手臂，用力一拉。黎初遥转了个圈，撞进他怀里，立刻像触电似的弹出来，脸色非常难看地甩开他的手，抬手就给了他一巴掌！

　　然后，黎初遥瞪着眼睛死死地看着他："滚，不要出现在我面前。"

　　韩子墨被打得"咝"了一声："你这抬手就打的毛病是什么时候开始的？"

　　"看见你就自动开始了。"黎初遥瞪着他说，"你这张脸我看到一次抽一次。"

　　"那可不行。"韩子墨捂着脸后退一步，"你知道你的手劲有多大吗？我的脸都给你抽歪了。"

　　黎初遥眯着眼睛看他，这家伙还和以前一样，一点也没变，一副吊儿郎当大少爷的模样，她忍不住讽刺道："韩子墨，你怎么能装出一副什么事都没发生的样子出现在我面前，嗯？你到底是脸皮厚，还是心肠黑啊？"

　　"我……"韩子墨刚想开口说什么，黎初遥立刻截断他。

　　"我不想听你来找我干什么，刚才那一巴掌你记住，那是轻的。如果你非要惹我的话，我不介意抽点时间陪你玩一玩，就怕韩大少爷你细皮嫩肉，玩不起！你那些债主的电话，我可全有，我黎初遥就是再抠门，几个电话费还是舍得的！"黎初遥一口气放完狠话，再也没看他一眼，转身就走。

　　当她走出十几米的时候，听到身后的韩子墨在喊："你上次不是说，如果我再来见你，只能是为了两件事，一是还钱，二是去死。"

　　韩子墨喊了这一句，望着她的背影低声说："我啊，还没活够，又想见你，所以……"

　　"我是来还钱的！"韩子墨最后一句话是喊出来的，也是这句话，把黎初遥死死地定在原地，转身，挑眉，望着他。

　　那人穿着耀眼的红色，站在路灯下，望着她，笑得一脸得意。

（二）纠缠

　　韩子墨望着黎初遥一步一步走回他身边，脸上的笑容越来越大。她在他面前站定，伸出手来，仰起头望着他说："还我啊。"

"哎哟，肚子好饿。我还没吃晚饭呢。"韩子墨摸着肚子说。

黎初遥眯着眼睛，冷哼一声："你不要给我耍花招。有钱就还，没钱就滚。"

"马路对面有家川味馆，味道可好了，我们去吃吧。"

黎初遥扭头就走，似乎压根儿不想和他多待一秒。

"我真还你钱，真的。"韩子墨追上来，从红色羽绒服里掏出一张支票，在黎初遥面前甩了甩，"看看，我支票都准备好了。"

黎初遥伸手就去抓，韩子墨往后一缩，贱贱地笑："嘿嘿，初遥，你不知道吗？这年头欠钱的才是大爷哦。"

"你还不还？"黎初遥动怒了。

韩子墨笑："陪我去吃晚饭就还你。"

"滚！"

"那算了。"韩子墨转身，刚走三步。

"你站住！"

韩子墨停住脚步，一脸得逞的笑意。

黎初遥气急败坏道："吃完饭你不还我钱，看我不直接弄死你个贱人！"

晚上八点，川味馆里人已经不多了，大厅里只零零散散地坐了四五桌人，黎初遥习惯性地选择了靠窗的位置坐下。

韩子墨坐下后就拿起菜单问："吃什么。"

"我不吃。"

"不用客气，我请客。"

"呵呵，先把我的钱还了才是你请客。"

"……"韩子墨摸摸耳朵，点了三个爱吃的菜和一个汤。

没一会儿菜上来了，韩子墨毫不客气地当着黎初遥的面大快朵颐起来，黎初遥冷冷地盯着他，他似乎一点也没被这冰冷的目光影响食欲，就着菜吃了满满两碗白米饭。

吃完饭，他摸着肚子打饱嗝。

黎初遥不耐烦地道："现在应该可以还钱了吧。"

韩子墨打量了黎初遥一眼，知道自己这会儿要是再敢拖一下，她一定掀起桌子来揍他，他也没打算彻底激怒她，便乖乖地从口袋里掏出那张支票递给她："给。"

黎初遥接过支票，有些不敢相信他这么轻易就还了，放在眼前一看，果然！

"韩子墨。"她拍了一下桌子，轰然站起来，对着他吼，"你当我不识数啊？八万？你打发我啊？"

"别激动，别激动啊。"韩子墨连忙安抚她，"我说还你钱，没说全还啊，你不得等我慢慢挣啊？我挣到的钱都还你，蚊子再小也是肉，八万再少也是钱，对不对？"

"呵呵，我信你的鬼话！今天不弄死你，你就真当我好欺负！"黎初遥上去就想揍他。

韩子墨连忙站起来跑，他离门口近，很快就跑了出去，对黎初遥挥挥手道："别生气嘛，我明天再来找你还钱啊！记得把饭钱付了。拜拜！"

"凭什么我付饭钱！老子一口没吃！"黎初遥气得要死，可是韩子墨已经跑了，服务员又拦住了她的去路。

该死的韩子墨！她气得深呼吸三下，最后自认倒霉地从钱包里拿钱埋单。

韩子墨吃得饱饱的，全身暖洋洋的，在寒风里奔跑着，脸上的笑容又顽皮，又愉悦。

哈哈哈，初遥还是和从前一样，凶起来那么可爱。

（三）伤口

黎初遥到家的时候已经快十点半了，她在门外小心地拿出钥匙，轻轻地插进钥匙孔，还没旋钥匙，门就从里面打开了，只见黎初晨轻笑着望着她，漂亮的眼睛里闪着点点星光。他打开了一半门小声说："没事，爸妈已经睡了。"

她轻手轻脚地进屋，坐在客厅的板凳上换拖鞋，肚子饿得有点疼，她皱着眉毛抬头问："家里还有饭吗？饿死了都。"

"就知道你还没吃晚饭，给你在电饭锅里留着呢。"黎初晨没好气地瞪了她一眼，"你就不能在外面买点吃的吗？饿着好受吗？身体都给你饿坏了。"

"外面的东西哪里有你烧的好吃。"黎初遥见他有点生气了，连忙笑道，"吃过你做的菜，其他任何食物我都味同嚼蜡。"

"你今天是怎么了？心情这么好。"黎初晨有些古怪地看着她，她平时并不是一个嘴甜的人。

"什么怎么了？表扬你不行啊。"黎初遥确实心情很好，虽然刚开始的时候被韩子墨气得要死，可是后来想想，韩子墨说得也对，本来以为已经掉到水里的钱，忽然退出来八万。其实也挺高兴的，只要家里能多一点钱，她都高兴。

她走进厨房，打开电饭锅，将里面保温着的饭菜端出来，放在餐桌上，大口大口吃起来。她真的饿了，一下吃得猛了，居然噎到了。

贴心的黎初晨适时递了一杯水过去，黎初遥端起水喝了一大口，温热的水喝下去，胃里一下暖和了起来，噎住的感觉也瞬间消失。

黎初遥抬头看了一眼黎初晨，他就坐在她对面的位置上看着她，安静温柔，像深夜里绽开的白色昙花一样美好。黎初遥的心莫名地紧了紧，上次在婚礼上被他亲了一下手背之后，每次他这样看她，她总有一些心慌意乱。

黎初遥抿了抿嘴唇，低下头继续大口吃饭。黎初晨见她吃得这么起劲，有些相信了她的夸奖，眼睛亮亮地问："真的那么好吃吗？"

黎初遥嘴巴塞得满满地点头："好吃，你去开个小饭店的话绝对赚钱。"

"我才不开饭店，我和我同学准备一起开一个手游公司，他出钱我出技术。"黎初晨说起自己的职业计划，漂亮的眼睛变得更亮了，"我去年做的一款游戏，被投资商看中了，愿意投资我们，前期可能赚不到什么钱，不过等游戏上线之后收益应该不会差。"

"虽然不是很懂，不过听上去很赚钱啊。"黎初遥一听收益不会差，贪财的眼睛也和黎初晨一样亮了起来，"我们家这是要转运了啊。"

黎初遥从口袋里掏出韩子墨还她的八万块支票："韩子墨那小子也回来还钱了，你也马上要开公司了，我呢，单总说明年给我加薪，这是要发啊。"

黎初遥越说越激动，脸上的笑意完全挡不住。这么多年了，穷了这么多年了，这是终于送走穷神迎来财神了吗？

"你今天又见韩子墨了？"黎初晨的声音很轻。

"嗯，他来公司找我的。"黎初遥一边吃饭，一边沉浸在将要转运发财的喜悦中。

"他找你说什么了？"黎初晨又问。

"没说什么，就是来还钱。"黎初遥答，"虽然还得有点少，但是他说会一点一点慢慢还的。"

"一点一点慢慢还？"黎初晨的声音变得有些奇怪，低下头，过长的刘海掩盖住了他有些可怕的表情。

"是啊。"黎初遥听出他的声音有点不对了，放下碗筷，望着他说，"一点一点还，总比不还好吧？"

"呵呵。"黎初晨冷笑一声。

这种冷笑声是黎初遥从来没听过的，她觉得这一刻的黎初晨有些陌生："你怎么了？不高兴？"

"没有。"黎初晨快速否认了一句，别过头，站起来，阴沉地将黎初遥吃好的碗筷收拾到水池里，打开水龙头，冰冷的水倾泻下来，他将双手浸在刺骨的冷水里，紧抿的嘴角有些颤抖。

韩子墨……别以为我不知道你在打什么主意！

你既然走了，为什么还要回来？

你既然扔下她了，为什么还要和我抢？

钱你想借就借，人你也想夺就夺吗？

想也别想！想也别想！

啪的一声，黎初晨手里的碗被他捏碎，瓷片刺入他的掌心，鲜血在水流的冲击下，瞬间就染红了水池。

黎初遥听见声音，立刻站起来，跑到他身边一看，吓得连忙把他的手从水里捞起来，急切地说："你的手！"

"你个笨蛋！洗碗都能洗成这样！"黎初遥转身想回房间里拿药箱，却被黎初晨一把拉住，他忽然抬起冰冷的手捧起黎初遥的脸颊，猛地低下头，对着她的嘴唇用力地吻了下去。

黎初遥抗拒地推了两下，却没推开，他今天晚上好像特别执着，有些疯狂地啃咬着她，不似以往那么温柔。他冰冷湿润、甚至还在流血的双手冻得她的脸颊很冷，她心里焦急，想要去拿纱布包扎他手上的伤口，可是他火热又疯狂的吻让她无法离开他一步。他吻得她全身发烫，这种冰与火之间的感受，让她有些迷失了。她轻轻地闭上眼睛，身子紧紧地靠在他怀里，双手扯着他胸口的衣服，像是一个没接过吻的小女孩一样，被他带领着、亲吻着，整个世界都眩晕了。

水龙头里的水还在自上而下流着，敲打着瓷碗，发出哗哗声。窗外，洋洋洒洒的雪花，还在静悄悄地落着，厨房的玻璃窗上，隐约映出一双叠得密不可分的人影。

这个长吻那么安静而又火热地进行着，谁也没注意，房间里有一扇门，忽然从里面打开，停顿了一会儿，又匆匆地关上了……

（四）偏执

半夜，黎初遥躺在床上，枕着手臂，想着黎初晨晚上的那个吻。今天的他，和平时很不一样，平时的他总是那么安静、温和、柔软，像是一只野生的小鹿一样干净而纯洁，让人心生怜爱。可今日的他，疯狂、固执、霸道，像一只饿狼，狂野地想给自己的所有物做下记号。

黎初遥抬手，摸了摸嘴唇，她的嘴唇被咬破了，到现在还痛呢。

她想了半天，怎么也想不出，黎初晨到底受了什么刺激，夜越来越深，黎初遥抵抗不住睡意，翻了个身沉沉地睡去。

就在她隔壁的房间，黎初晨也还没入睡，他房间的小台灯开着，他坐在书桌前，望着手上白色的纱布，这是黎初遥刚刚为他包扎的。

她为他包扎的时候，一直小心翼翼地吹着他的伤口，怕他会疼。

其实她不知道，他啊，早就不知道什么叫疼了。

是的，四年的复健，每次站起来，每走一步路，都疼得像是整个人废了一样！那疼痛就像没有尽头一样，每天每夜折磨着他。

有的时候他想，干脆放弃吧，何必要站起来，何必要受这样的罪！可是每次想到初遥内疚的表情，想到初遥会难过，他就一次次忍了过去。

一直到有一天，他居然再也感觉不到疼了。

是的，他麻木了，也可能是自己催眠了自己；他再也感觉不到痛，不管是失去知觉的双腿，还是被自己划烂过无数次的手掌，都再也感觉不到疼。

他的身体，失去了疼痛这个感知……

黎初晨知道，自己有病，从小就有，他心上空着一个很大的洞，他没有家，他的家，只有在他强烈地想和黎初遥在一起的时候，才能给他归属感，才能温暖他。

而一想到韩子墨会回来抢走她，那好久不知道疼痛的身体，又开始剧烈地疼！那个叫心脏的地方，疼得他快要不能呼吸了。

这可怕的窒息感，让他恐惧，让他崩溃，让他疯狂。

他不可以失去，不可以失去……

初晨是我故意忘记你

第六章

初晨，
我不忍心看到你
有一丁点难过

（一）试探

大年三十前一天，公司终于开始放假了，黎初遥也终于可以喘口气了。这些年，只有在过年的时候，她才觉得自己能名正言顺地放下一切，好好休息几天。

刚放假的第一天晚上，黎初遥躺在家里的沙发上，动也不想动，看着电视，手里不停地换着台。黎妈坐在她边上，皱着眉头说教道："看哪一个台就看哪一个，换个不停干什么。"

黎初遥又换了几个台，才让画面停在了一个综艺类节目上。

黎妈一边打着毛衣一边瞅着自己的女儿，怎么看怎么不顺眼，忍不住问："我给你介绍了那么多相亲对象，就没有一个看上你的？"

黎初遥眼一抬，有些不爽，这叫什么话，敢情在她妈心里，只能人家看不上她啊。

"也有我看不上人家的。"黎初遥忍不住辩解一句。

"什么，你还看不上人家？你眼光不要太高了，你以为自己还是小姑娘？我把你的年纪说出去，好多人见都不肯见。"黎妈白了她一眼，觉得自己女儿太不争气了，"上次我好不容易请你二婶给你介绍的姓唐的警察呢？你二婶不是说他对你印象挺好的，你们继续联系没有？"

"没有。"她和唐小天那天是聊得不错，不过双方都是聪明人，都知道彼此无意结婚，自然就不用再联系了。

"那你主动点！人家不联系你，你就联系人家啊。现在都是女追男，你不要不好意思。"黎妈急切地说。

黎初遥敷衍地嗯了声。

"你嗯什么嗯啊！现在就给人打电话，就新年问候，问问他家住哪儿，你可以去拜个年。"

黎初遥简直无语了，看着她那已经走火入魔非要把她嫁出去的老妈说："妈，你开玩笑的吧？我跟他就见了一次面，去人家里拜什么年啊，我有毛病吗？"

"什么有毛病没毛病，我就是让你主动点。"黎妈急得自己抓起了沙发旁边的电话，非要黎初遥打。

黎初遥简直被逼得没办法了，黎爸忽然从房间里走出来，拽过黎妈手上的电话，挂了回去，皱着眉说："打什么打，哪有这样上赶着的？"

"就是。"黎初遥忍不住附和一声。

黎妈不服气道："我不是为女儿好嘛。她这样磨磨蹭蹭的，什么时候能找到人啊？"

"好了，别说了。"黎爸看了黎初遥一眼，眼神有点古怪，"初遥，跟我出去一趟，单位发了些年货，跟我去搬。"

"哦，好的。"黎初遥从沙发上站起来，和爸爸一起走出门。她心里有些奇怪，平常这种重活爸爸会找初晨陪着去。

但是想想，又觉得，也许是因为初晨出去了，爸爸才叫她的吧。

父女俩走到小区门口，等了一会儿没见到出租车的影子。

"快过年了，出租车不好打，我们往前面路口走走吧。"黎爸说完，转身率先往主干道的方向走去。

"嗯。"黎初遥答应了一声，将衣领竖起来，双手使劲插进白色羽绒服的兜里。

初晨，是我故意忘记你

黎爸走了几步，忽然开口说道："你现在在公司干得怎么样啊？"

黎初遥有些疑惑，没想到寡言的父亲会主动找话题和她聊天："干得挺好的啊，还蛮顺手的。"

"和同事上司都相处得好吧？"

"还行。"

"过年记得去你上司家拜个年。"

"啊？给他拜年，算了吧。"黎初遥一想到自己拎着礼物跑去单依安家里拜年的样子，就觉得羞耻得不行，一定会被嘲笑的。

"你别不好意思，和上司搞好关系还是很重要的。"黎爸知道自己女儿脸皮薄，便耐心劝道。

"好，好。"黎初遥敷衍地应了下来。

黎爸叹了口气道："你别嫌弃爸妈烦，这都是为你好。"

"我知道。"

两人继续往前走着，马路上已经张灯结彩，挂满灯笼，年味十足，不时传来的爆竹声，提醒着人们，辞旧迎新的时候又快到了。

两人走到主干道路口，站在亮堂一点的地方等车，黎爸垂着眼睛，似乎满怀心事。他看了一眼一直在伸手拦车的黎初遥，忽然开口道："初遥啊。"

"嗯？"黎初遥转头看向父亲，父亲的表情很严肃，似乎想要说什么重要的话。

"你从小就很懂事，什么事都不用我操心。"黎爸皱着眉头说，"你谈对象这事本来我不该管。"

黎初遥不解地看着父亲，他今天晚上是怎么了？

"我也不想管。"黎爸叹了一口气道，"我巴不得你能带一个自己喜欢的人回家，开开心心地过日子。"

黎初遥皱着眉头，看着父亲欲言又止的样子，心里生出了一丝不祥的预感："爸，你到底想说什么？"

"初遥啊。"黎爸认真又严肃地看着她说，"不管你带什么样的男人回家，只要你喜欢，爸爸都不会反对。但是……"

黎爸最后一句话淹没在刚刚开过的一辆大货车的喇叭声里，黎初遥没听见，可是看父亲的嘴唇似乎意识到他说了什么。

她瞪大眼睛，有些恐慌地望着父亲问："你说什么？"

黎爸张口，刚想再说一遍，忽然一辆出租车靠边停在他们身边，车门打开，黎初晨伸出头来："爸，姐，你们怎么在这儿呢？"

黎爸说："没事，我让初遥跟我去单位搬点东西。"

黎初晨看了眼没精打采的黎初遥，扬声道："爸，我跟你去吧，姐姐好不容易放假，让她回去休息吧。"

"行，你跟我去吧。"黎爸说完就想上黎初晨坐着的出租车。

"爸。"黎初遥忽然一把抓住父亲，紧张地看着他，什么也没说，眼神带着恳求。她想求求父亲，如果他真的发现了她和黎初晨的事，想骂的话骂她就好，想发火的话对着她发就好，那些难听的话，全都说给她一个人听就好。只是求他，不要伤害黎初晨……

"怎么了？"黎初晨有些奇怪地看着黎初遥。他刚从朋友家回来，路过公交车站的时候就看见他们了。

"没什么。"黎初遥连忙摇头，然后说，"我也一起去吧，反正都出来了。"她真的很担心，父亲会和黎初晨说些什么。

黎爸叹了口气，来回看了看自己的这双儿女，摇头道："那走吧。"

两人一前一后钻进出租车里，车门关上，车子从车道上滑行出去，行驶在夜间的城市里。车内一片沉默，黎初遥望着车窗外，紧紧皱着眉头，满腹心事。

（二）父子

黎爸是 S 市公安分局夜间巡逻队的民警，经常上夜班，今天是年前轮休最后一天，从明天年三十开始一直到大年初七都得在队里待命，越是过节的时候，他越是忙碌。

晚上八点，正是队里人多的时间，黎爸带着自己一双儿女刚走进去就引起了注意，一个二十多岁的小警察上前去搂住黎初晨的肩膀，笑得特别亲切："哎，初晨你怎么来了，是不是给哥哥们送夜宵来了？"

"我跟爸爸来拿东西，不是来送夜宵的。"黎初晨浅浅笑着，一贯温柔的模样让小警察们都很喜欢。黎队长的儿子大家都很熟，他经常到队里来给黎队送吃的，而且每次都带很多，够大家分的。所以队里的人一见黎初晨来，就像见到自己的亲兄弟一般高兴。

黎初遥冷冷地瞟了他一眼，小警察立马觉得寒风飕飕的，连忙把放在黎初晨肩膀上的手收了回去。

"初遥姐……你也来了啊，嘿嘿，嘿嘿！"小警察每次见到气场强大、面容冷峻的黎初遥都特别拘束，压根儿不敢和她开玩笑。明明是一家人，这姐弟俩差得也太多了。

"小董，你真是的，每次见到初晨就要吃的，食堂没饭给你吃啊？"另外一个警察打趣着说。

小董不服气地说："食堂的饭哪里有初晨做得好吃！"

黎初晨没接话，笑容满满地看着他。

小董有些脸红，每次他见到黎初晨都有一种惊艳的感觉，总是想着，一个男人怎么笑起来能这么好看呢。

黎初遥又瞟了一眼小警察，然后瞟了一眼黎初晨，心里有些不爽地想，这个家伙到哪里都笑得这么引人犯罪，真是够了。

"初遥，好多年没见你了，都变样了。"一个胖乎乎的中年男人，端着茶杯笑眯眯地走过来。

"李伯伯好。"黎初遥礼貌地打着招呼。

"真是越长越标致啊，对象找好了没？我们队里可有一堆单身小伙子呢，要不要挑一挑啊！"

"去去去，老李，别瞎牵线，怎么和我家娘们儿一样。"黎爸连忙过来挡住。这个老李是警局的工会主席，经常操心手下那群单身民警，总想着给他们牵线搭桥。

"我这不是肥水不流外人田嘛，老黎啊，我说你真是有福气啊，你看你这双儿女，长得可真好啊，还都是名牌大学毕业，真是才貌双全啊。"老李来回看着这两个孩子，黎初晨就不说了，一等一的美男子，黎初遥虽然不爱笑，可长得确实俊秀清逸，微微上挑的眼角若是笑起来，也很有风情。

"行啦行啦，你就别当着孩子们的面夸了，回头该骄傲了。"黎父原本板着的脸，微微露出一丝笑意，他虽这样说，却还是喜欢听的。

"你看你，是真的好我才夸的嘛。"老李的眼神一直打量着黎初晨，"初晨是真不错，估计好多小姑娘跟在后面追吧。"

"不不，没有。"黎初晨有些脸红，不自然地望了黎初遥一眼。黎初遥一脸平静地望着前方。

"怎么可能没有。"老李明显不相信，"我们队那个秦小子，长得还没你一半好呢，走在街上执勤，都经常有小姑娘上来要电话。"

"真没有。"黎初晨有些窘迫了。黎初遥瞥了他一眼，心想骗人，明明有，而且还很多，当她不知道呢。

"好了好了，老李，别在这儿闹了，赶快去宿舍睡一会儿，晚上还要起来巡逻呢。"黎父好心地给黎初晨解了围，把爱八卦的老李赶走，然后带着黎初遥和黎初晨把单位发的几箱水果和干货全都拿出来，一起搬上院里他刚刚借来的小轿车上。

搬完东西，黎爸坐在驾驶座上，黎初晨也上车，坐到副驾驶位上，黎初遥坐在后面，黎爸打着发动机，车子动了起来，拐了个弯开上了马路。

也许是因为临近过年，马路上的车子多了起来，黎爸开得很慢，前车灯照着前方的路，将黑暗破开，车里一片寂静。

黎爸若有所思地开着车，双手紧握方向盘，从后视镜里看了看坐在后座的黎初遥，自己的女儿确实像同事说的那样，长大了很多。不知道为什么，他有些忍不住地感叹道："时间过得真快啊，你们都已经长到成家立业的年纪了。"

黎初遥抬眼，从后视镜里和父亲的目光对上，她紧张地握紧双手，不知道父亲要说什么，可是心里又隐隐明白。她望了眼黎初晨，更是害怕起来。

黎爸叹了口气继续说："我也老了，你们看，队里除了老李，都是一些二十多岁的小年轻，跟我一起入警队的那些老家伙要么退休了，要么调走了。"

"爸，你说什么呢。"黎初遥双眼有些红。

黎初晨转头望着父亲，不太明白他为什么忽然说这个，也不知道后面的话该怎么接。

"初晨，你来我们家十几年了吧，我都记不清多少年了。"黎爸从口袋里摸出一包烟，用嘴巴咬出一根，把烟盒放回口袋里。

"十二年。"黎初晨准确地回答，拿起车座边上小方格里的打火机，给黎爸点上。

"是啊，过完这个年，就十三年了。"黎爸深吸了一口烟，像是叹息一般说，"你都来了十三年了，他也走了十三年了……"

"爸……"黎初遥听到这话，鼻子瞬间一酸，双眼立刻涌上了泪水。

"除了我们三个人，也不知道还有谁记得他。"黎爸深深吸了一口烟，衰老的面容依然坚毅，眼里却染着伤痛。

黎初晨知道父亲说的他是谁，他低下头，轻声道："爸，我们记得就好了。"

"是啊，我们记得就好了。"黎爸重复了一遍。

黎初晨望着在这个夜晚显得有点悲伤的男人，他似乎有很多心事，却习惯性地闭口不言，绝口不提，这样的性格和黎初遥一模一样。

黎初晨转头望了一眼坐在后面低着头不知道在想什么的初遥，也没再说话。

一刻钟后，车子开到小区楼下，三人搬着东西回家，黎初晨将手中的箱子放到地上，看着已经摆了一米高的水果箱说："姐，今年你可要多吃一点水果，不然又全烂掉了。"

黎初遥低着头，有些心不在焉地说："不要，冬天吃水果太冷了。"

黎初晨好笑道："用热水烫烫不就好了。"

黎初遥皱眉："太麻烦了。"

黎初晨忽然凑到黎初遥耳边说："麻烦什么，我帮你烫。"

两个人中间本来隔着齐腰高的水果箱，可他忽然半个身子趴在水果箱上，凑到她耳边。也许是用力过猛，有一瞬间似乎连他的嘴唇都碰到了她的耳朵，说话时的气息都能吹动她耳边的发丝，那痒痒的感觉，让她全身一阵酥麻。她整张脸忽然一下热了起来，心脏怦怦直跳。

黎初遥连忙退后一些，有些慌张地看向父亲的方向，黎爸背对着他们，姿势却出奇地僵硬。

黎初遥心脏怦怦跳着，脸色非常难看。黎初晨看她这样，也吓得马上回头看去，可这时黎爸已经走到家门口，背对着他们说："车上还有些东西，我去搬上来。"

"我去搭把手。"黎初遥紧紧握住双手，跟了上去。

黎初晨拉住了她的胳膊："我去吧。"

"你腿不好，别来回跑了，回来晚上又疼。"黎初遥说完，甩开他的手跑了出去。

黎初遥一直以来都很疼他，很多重活累活都不让他做，所以当她飞快地跑出去的时候，他并没有觉得奇怪，只是以为，她又一次怕自己和她抢着干活而已。

后来，当他知道那天晚上的事，恨不得一巴掌打死自己。他总是被一点点开心的事冲昏头脑，总是看不见即将到来的危险，总是让那个看着很坚强的人，挡在他前面！那些可笑的幸福感，从头到尾，都是她用自己的纠结、苦难、自责和悲伤换来的。直到最后一刻，他才懂得——

他的幸福，就是她的灾难。

他的爱，就是一切罪恶的根源……

（三）摊牌

黎初遥走下楼道，步伐越来越慢，走到最后还剩几步的时候，她停住了。她第一次有些胆怯了，她不是怕父亲骂她，而是害怕看到父亲失望的眼神。从小到大，父亲一直是她最尊敬的人，她不想看到他鄙视的眼神，她想成为父亲眼里那个永远乖巧听话的女儿。

她深吸一口气，握紧双手，走了下去。院子里，黎爸正站在后备厢被打开的小轿车旁边吸烟，烟头在黑暗的夜色里一明一暗。黎初遥一步步走过去，每一步都走得像是踩在刀尖上。

"爸。"黎初遥有些艰难地开口叫了一声。

黎爸紧紧皱着眉头，没答应，用力地吸了一口烟，低着头，微微弓着背。院子里静静的，一个人也没有，寒风在小区楼与楼之间穿堂而过，发出呜呜的呼啸声，黎初遥被风吹得打了一个寒战。

黎爸将抽完的烟头扔在草地上，用脚踩灭火头，然后说："上去吧，天冷。"

"爸……我……"黎初遥开口又不知道该说些什么，有些无措又委屈地看着父亲，就像是一个做错事的小女孩。

黎爸叹了口气道："本来想过完年再说你，可是现在看你俩的情况越来越不对劲，早一点说也好。"

黎初遥用力低下头，紧紧咬着嘴唇，手指甲用力地抠着手心的肉，脸上羞愧得烧了起来。爸爸果然知道了她和初晨的事……

"你们这样多久了？"黎爸问。

"挺久了……"黎初遥声音像蚊子一样小。

"挺久是多久？"

黎初遥犹豫了一会儿，还是如实回答道："五六年了。"

"荒唐！"原本平静的黎爸听到女儿的回答，忍不住斥责了一声。他还以为只是刚开始，却没想到自己的儿子女儿在他眼皮底下已经好了五六年了。他看着从小就很懂事的女儿，用力地吸了几口气，他从来没骂过她，更没凶过她，可是这件事，他真的没法忍住！

黎爸意识到自己的声音有点大，有些哆嗦地从口袋里拿出车钥匙，按了开门键，打开驾驶座的车门坐进去，对着黎初遥低喝道："上车！"

黎初遥打开后座的车门坐了进去，两人关上车门，黎爸才用正常的音量问："谁先开始的？"

"我。"黎初遥没有犹豫就回答了。

黎爸不敢置信地回头看了她一眼，满眼都是震惊和气愤，甚至还带了一丝连他自己都没察觉的失望。

黎初遥一直低着头，不敢看父亲一眼，还好她不敢抬头看，不然那一个眼神，必然会叫她的心都碎掉。

黎爸看着低着头不敢出声的女儿，忍不住叹了一声，紧紧地皱着眉道："初遥，你一直是一个特别懂事的小孩，你做什么我都放心，可在感情这件事上，你怎么这么糊涂呢？"

黎初遥咬着嘴唇一句话不说。

黎爸皱着眉头道："初晨是什么人？是你弟弟啊，跟你一个姓，连户口都在一个本子上的人啊。"

黎初遥小声辩解道："可是我们又没有血缘关系，户口可以迁出去，姓名可以改啊，他可以叫回李洛书啊。"

"他改得回去，别人呢？你今天到我单位去了吧，谁还记得他不是我亲儿子？你这些话，除了能说服你自己，还能说服谁？"黎爸有些急切地说，"就算你昭告天下，黎初晨是养子，就算你不在乎别人的眼光，但是你妈怎么办？你能和你妈说吗？说初晨早就死了，说这个陪了她十几年的儿子是假的？你想要她的命！"

黎初遥连忙摇头道："我没有想要昭告天下，我没有想要公开啊。"

"那你们在一起干什么？难道你们想就这样偷偷摸摸一辈子吗？"黎

初
晨
是我敌忘记你

爸声音忍不住提高了几个分贝。

黎初遥紧紧握着双手，满脸纠结，她有些痛苦地扯了一下头发，不知道该怎么回答。

是啊，难道就这样偷偷摸摸在一起一辈子吗？

"初遥。"黎爸语重心长地叫了一声她的名字，苍老的脸上满是对女儿的无奈和心疼，"爸爸不是想阻止你和喜欢的人在一起，可是你跟他在一起能有什么结果？你自己都不敢面对未来，不敢公开，何必还纠缠在一起？你年纪也不小了，是该成家了，找一个可靠的男人，好好过日子吧，别再耽搁青春了。"

黎初遥低着头不说话，默默地掐着手指，双眼微红。她知道父亲说得都对，父亲说的每一句她心里都清楚明白。这六年来，这些话她在心里都来来回回、反反复复想过无数次了！

可是她不知道怎么办，要是能断掉，她早就和初晨断掉了。

可是不行啊，每次看到他那双渴望的眼睛，那张漂亮的脸，那清浅的笑容，她就想着，再陪陪他吧，再陪陪这个命运坎坷、总是遭遇不幸的漂亮少年，再陪陪这个总是因为自己一点小小的举动就幸福得眼神都发亮的少年……再给他多一些时间，再多一些！多一些！

就这样，她变得自己也无法离开他了！她没办法凭着自己的力气，离开他了。

黎初遥忽然抬起双手，用力地捂住了脸，难过地哭了起来，一边哭泣，一边小声地说："可是爸，初晨他……他很喜欢我，他离不开我。这些年他什么都为我做了，他为了我放弃姓名到我们家来当儿子，代替弟弟孝顺妈妈，他为了我把全部家产都拿出来了，为了我连腿都被人打断了，连命都差一点丢了，我……我没办法丢下他，就算知道今生和他纠缠在一起可能是一场无望的梦，我还是没法丢开他啊。"

黎初遥再也忍不住，眼泪大颗大颗地落在手心里，细碎的哽咽声飘荡在狭小的车厢里。

黎爸见女儿哭得伤心，心疼极了。在他心里，黎初遥一直是一个很坚强的孩子，从小就很少哭，总是懂事得让他忽略掉她是个需要人保护的女孩子。

　　他记得她六岁的时候，他和妻子都要上班，就把小初遥和小初晨锁在家里，让姐姐带着弟弟玩。他上班的时候一点也不担心家里的孩子会出什么事，因为初遥细心得像个大人一样。

　　后来因为妻子的病，家里欠了无数债务，自己的一点工资根本不够还的，初遥在上大学的时候，一直打工，给家里减轻了不少负担，这些年也吃了很多苦。

　　"我知道，初晨是个好孩子，他对你的好、对我们家里的好，我心里有一本明账。"黎爸紧紧皱着眉头说，"可是初遥，爸爸问你，你是因为他对你好所以才想回报他，还是真的爱他？"

　　黎初遥猛地抬起头来，她真的没想过这个问题。她只是一直很清楚，自己没办法拒绝黎初晨，自己想要对他好，想满足他的一切要求，可是爱呢？真的爱他吗？如果爱他的话，为什么面对他深情的眼神时总是有一种焦躁又心虚的情绪？

　　"我觉得没有区别，他对我好，所以我也想对他好。"黎初遥想了半天才回答，"他爱我，所以我也想把爱给他。"

　　"初遥，我们家里已经经历太多事了，家里的情况刚好一些，你要是和他在一起的决心并不是那么坚定，就算了吧，我和你妈老了，经不起折腾了。"黎爸语重心长道，"你自己的年纪也经不起蹉跎了。你从小就聪明，我也不想多说了，你自己想清楚吧。"

　　黎初遥默默地低着头，似乎听见了父亲说的话，又似乎没听见。

　　黎爸轻声道："过完年，你先搬出去住吧，等你们感情淡了再回来。你们两个在家里那个样子，迟早被你妈发现。"

　　一直沉默的黎初遥缓缓抬起头来，轻声问："要是淡不了呢？"

　　"如果你真觉得他是你认定的那个人，就带他一起走，然后永远别回来。"黎爸说完打开车门走下去，沉声道，"你妈我会照顾。"

说完，黎爸啪地关上车门，黎初遥一个人坐在车子里发着呆。她的脑子里很乱，她知道父亲的意思，父亲希望她能和黎初晨分开，可如果他们一定要在一起的话，他也不反对，只是不要再出现在这座城市里，不要被母亲发现，不要被亲戚朋友说闲话，最好去一个谁也不认识他们的地方生活。

这是父亲的底线。

而对她来说，就是抛弃自小生长的城市，抛弃做了好几年的工作，抛弃相处默契的上司、从小到大的朋友、最爱的家人，抛弃一切，只为了和他在一起。

黎初遥抬手，将脸埋在双手间，用力地揉了揉。她脑子里像有一团被抽乱了的毛线，纠结地搅在一起。

抛弃一切吗？为了他？

为了那个也为自己放弃一切的男人，似乎很公平啊……

可是她居然在犹豫，不，她不是在犹豫，其实很早以前她就可以这么做，可她犹豫了五年，现在依然在犹豫。

黎初遥紧紧地闭上双眼，有些愤怒地捶着自己的脑袋。

这一刻她开始恨自己了，黎初遥，你这个自私的家伙，你真的爱他吗？真的爱吗？

如果爱的话，为什么犹豫了这么多年还是做不了决定？也许你只是一直在享受着他的好、他的付出，却随时准备逃跑。

怎么办，初晨，你为什么会爱上我这样一个女人？

你真是一个傻瓜。

（四）烟火

黎初遥在车里坐了一会儿才回家。家里，爸妈正和黎初晨一起坐在沙发上看电视，茶几上摆着刚拿回来的各类水果，气氛很是融洽。

黎初晨见她进门，便忍不住出声问："怎么才上来？我都要下去找你了。"

"去小区门口买了两支笔，晚上要写点东西。"黎初遥随口敷衍了一下，看了一眼父亲，什么话也没多说，转身走回房间，关上房门。

房间外，听到黎妈用有些不满的声音说："这孩子，性格真独，大过年的也不和家里人坐在一起说说话，一回来就往房间跑，真是一个闷种。"

"妈，姐都说了要写点东西了，肯定工作还没弄好呢。"黎初晨为她说着话，用温和的声音安抚着母亲不满的情绪。

黎初遥回到房间，也没有开灯，直接往床上一躺，习惯性地看着天花板发呆。

她每次有烦恼的时候都会这样做，明明有很多事情没解决，生活乱成一团，可就是想着能逃避一会儿是一会儿。也许她本身并没有外人看上去那么坚强可靠，那些伪装和虚假面具，只是为了掩饰她的懦弱和彷徨。

她就这样发着呆，房间外面的电视声也不知道什么时候停了下来，房间变得很安静，静得好像这个世界只有她一个人清醒着一样。

忽然，手机响起了短信的提示音，她过了半晌才拿出手机，点开一看，是个陌生的号码发来的，写得很简单，只有三个字："看窗外。"

黎初遥眨了眨眼睛，缓缓坐起身来，走到窗户边向外看。

忽然，一束烟花从楼下直冲上来，冲到空中炸开一朵绚丽的五彩花朵，紧接着，一束又一束烟花在空中绽放。漆黑的夜空，瞬间被那五彩斑斓的烟火点亮，漂亮得像是下着一场盛大的流星雨。

黎初遥微微愣住，上次看到这样不要钱一般的烟火还是好几年前，有一个人每到过年都会买一车礼花爆竹，然后拉着她去河堤上放，燃得整个天空都被点亮，他才会开心。

她记得那个时候他对她说："初遥，你看，就算烟火燃烧得再快，绽放的时间再短暂，可只要我每年都这样放给你看，那美丽的烟火也算是盛开了一辈子吧。"

她记得那个时候的他穿着厚厚的白色羽绒服，寒风吹着他的发丝，他英俊的脸庞在烟花的映衬下，忽明忽暗，帅气得让她心动不已。

那时候的她，明明想说一句，你要是每年都这样放，还不如把买烟花的钱给我呢，却怎么也说不出来。自小吝啬的她居然默许了他这样烧钱的行为，只是觉得，若真能这样看一辈子烟火，该有多好。

阵阵烟花声中，手机又响了，黎初遥打开短信，还是那个陌生的号码，上面写着："要不要下来一起玩？"

黎初遥有些愤愤地瞥了一下窗外，用力地拉上窗帘，将手机丢到床头，自己也重新躺了回去。

手机还在不停地闪烁，短信的声音被窗外的烟火声掩盖住了，屏幕上那个陌生号码的短信内容不时闪现。

"初遥，我有话想对你说。"

"你下来，我还你钱。"

黎初遥一把抓过手机，用力地按下了关机键。如果是平日，黎初遥可能会下去抽他两个巴掌，骂他几句，好好收拾他一顿。可是今天，她真的一点力气也没有，根本不想和他纠缠。她的脑子已经够乱了，她需要好好静静，像父亲说的那样，把事情理清楚，下一个决定，然后好好去走未来的路。现在的她不想去见韩子墨，不想和他说话，不想去猜测他为什么回来，回来到底想干什么。

隔壁房间里，黎初晨也被这忽然冲天而起的烟花吸引住了目光，他打开窗子，往楼下看，果然看到楼下的空地上有一个男人弯着腰在点燃一排排礼花，像是不要钱似的点了一地。虽然看不清那个人的样子，可这样的行为也足够让他猜到那个人是谁了。

他抿了抿嘴唇，侧耳听着隔壁房间的动静，可隔壁的人安静得像是已经睡着了，一点声响都没发出来。

也许她已经睡了吧，刚才她进房间时脸色很不好，似乎有些不高兴。

他不敢打扰她，因为她每次心情不好，总喜欢把自己藏起来，不愿意和人说，也不需要别人安慰，好像在房间里关一晚上，自然就会好一样。

其实他多希望她不开心的时候，能找他说一说，哪怕只是抱怨吐槽都行。有的时候，他真的觉得，虽然他们每天在一起，可是他的心离她的还是那么远，不管他怎么伸手，都摸不到……

如今韩子墨回来了，又为她燃起了烟火，她会去看吗？

黎初晨抬头望着漫天的烟花，明亮的双眼里映着浓烈的悲伤。他看了一会儿，低下头，关上窗子，退回了房间里，坐在椅子上，垂着头，安静地听着隔壁的动静。一直到烟火结束，隔壁房间都没动静，他终于微微松了一口气。

还好，她没有出去，要不然他真不知道怎么办才好了。他真的很怕自己像个无理取闹又醋意横生的男人一样，在她开门出去的同时，一把打开房门，然后把她拉进房间，紧紧地抱住，不许她出去，不许她下楼，不许她去见那个男人。

他真的很不想做这样不优雅的事，不想变得这么暴躁，可是他知道，如果她出去的话，他会这样做的，会像一个疯子一样阻止她。

小区的楼下，那个像是不要钱一般放烟火的男子坐在草坪上，抬头望着四楼的房间，从塑料袋里抽出最后一根仙女棒，用香烟点燃。

小小的烟花在他眼前闪烁着，他知道她不会出来了，可是依然不愿意离开。

他撇了撇嘴笑了笑，小声地自言自语道："初遥，这些年我不在，你有没有放烟花？哈哈，你那么抠门一定没有放吧。"

他抬起头，望着楼上黑漆漆什么也看不清的房间继续说："我放了，每年过年我都放了好多，就算穷得要死，就算没人看，就算你不在身边，我依然每年都放那么多的烟花。"

"因为只有这样，我才能感觉到，我和你好像还联系着。"韩子墨苦

初晨，是我故意忘记你

笑了一下，手里的仙女棒燃尽了最后一丝火花，他那微红的双眼，被泪水滑过的英俊面容，在火花熄灭时，也被隐藏在了漆黑的夜里。

这一夜，这个年，这些人的心，似乎都像冬天的夜一样，不管燃尽多少烟火也照不亮，烧不暖，冰冷冷地割得人全身发疼。

第七章

初晨，
命运是不是对
每个人都这么残酷

（一）坦白

春节一整个假期，黎初遥除了和家人出去拜了几次年之外，基本都窝在家里休息，懒懒的整个人都提不起劲。大年初五的时候，高中的班级准备开一次同学会，林雨身为同学会的组织者早早就通知她了，黎初遥一想到可能会在同学会上遇到韩子墨，便直摇头，一副打死都不想去的样子。

林雨在电话里恨铁不成钢地说："你怕什么啊，又不是你对不起他，是他对不起你，就算不来也该是他没脸来，你干吗不来啊。"

"不是怕，是不想破坏心情。"黎初遥无力地辩解道。

"哦？你现在心情很好吗？"林雨问。

黎初遥往床上一躺，阴沉着脸，翻了个身道："不好。"

"那正好啊，万一韩子墨那小子来了就拿他出出气！"电话那头林雨的声音像是打了鸡血一样。

"得了吧，别我没气着他被他气死了。"黎初遥没好气地说。

"他敢！我在这儿呢！再说，我都没通知他，他不一定会来的！"林雨霸气地放出狠话，也不管黎初遥答不答应直接就决定了，"就这样说定了啊，我晚上五点去你家接你。"

"哎，我……"黎初遥的话还没说完，电话里已响起了忙音，她忍不住低咒了一声，把手机扔在床上，心想林雨都结婚了，这风风火火的性格啥时候能改。

黎初遥在家睡了一下午，下午四点的时候爬起来洗了一个澡，将好几天没洗的头发洗得干干净净的，对着镜子用吹风机把短发吹干，刚吹好的头发蓬蓬松松地盖了下来。好久没剪的头发已经到了齐耳的长度，平日夹在耳朵后面的长刘海也放出来顺着脸颊弯出一个漂亮的弧度，将她原本硬朗的五官修饰得柔和了起来。只是一点点改变，就让她变了很多，平日里那股冷漠又硬邦邦的气质好像被淡化了一样。黎初遥拨弄了一下刘海，好像有些不适应这样的自己，又把两边的头发全都挂在了耳后，将头发理得一丝不乱才离开洗脸台，回房间换衣服。

她换好衣服出来，见黎初晨不知道什么时候已经坐在客厅的沙发上玩着手机。他见她穿戴整齐的样子，有点诧异地问："要出去啊？"

"嗯，同学会。"黎初遥没看他，笔直地走到门边，打开鞋柜拿出自己外出的鞋子。

黎初晨跟在后面问："什么同学会？高中同学会吗？"

"嗯。"黎初遥应了一声，低下头开始换鞋子。

她没看见黎初晨在她身后默默地握紧了双手。黎初遥打开家门走了出去，反手刚想关上门，忽然有一股力量从里面把门拉开，一个人影闪出来，一手将门带上，一手紧紧地抓住她的手臂，表情有些固执地说："你等我一下，我也跟你去。"

黎初遥皱起了眉头："我的同学会，你跟着去凑什么热闹啊？"

黎初晨一言不发地望着她，神情没有一丝松动。

"初晨……"黎初遥有些无奈地叫着他的名字，"别闹了好不好？我总不能跟人说我这么大个人了，还带着弟弟来参加同学会吧？"

"我不是你弟弟！"黎初晨压低声音，可他语气里的愤怒一丝都没有减少。

黎初遥抬头望着他，半晌没有说话。过了一会儿，她咬了咬嘴唇，轻声道："我知道。我知道你不是我弟弟，可是黎初晨，那你究竟是我什么人呢？我的男朋友吗？我的另一半吗？"

"我不敢承认，真的不敢。"黎初遥疲惫地说，"这么多年了，我到现在也弄不清你到底是我什么人。我们再这么拖拖拉拉不清不楚地下去到底有什么意思，不如……"

不如算了吧，不如互相放过吧，我真的累了。

为什么一段感情会被她走得这么辛苦呢？她真的不懂啊，她并不是没有勇气的人，也不是介意世俗眼光的人，其实说到底，说到底，她只是一直过不了自己这一关啊……

在自己心里，这个男人，他的存在依然是亲人大过情人，依然寄托了她对弟弟的思念，对弟弟深刻的爱，依然……没办法把他完全当成一个可以不顾一切去爱的男人。

这几天，她终于想明白了，这么多年了，她不是没办法解决他们的状况，而是一直不想解决，她兜兜转转一直停在原点，一直就没走出来过。

黎初遥用力地闭了闭眼睛，这一刻她想把所有的话都说出来，想和黎初晨说算了吧，他们还是好好地做姐弟，算了吧，别在她身上浪费时间了。她花了六年时间依然走不出来，她自己都不知道她还需要多久，她不想让这个善良的男人一直无望地等待着，她不想把他逼疯，把他逼到崩溃，不想让他到最后还是一无所有。

她爱他，心疼他，想给他最好的一切，却给不了他最好的爱情……

黎初遥痛苦地睁开眼睛，张张嘴，刚想说些什么，却被黎初晨用手用力捂住。他慌乱地看着她，捂着她的手微微发抖，他这样玲珑剔透的人，似乎已经明白她想说什么了，他不想听，不想！

黎初晨双眼微微泛红，连忙说："好好，我知道了，我不惹你生气，我不去了还不行吗？我不跟了。"黎初晨说完，像是想逃跑一样，慌忙拉着家里的门，可门刚刚被他关上了，他又没带钥匙，只能用力又慌乱地拍着门，一边拍一边叫着："妈，妈，开门啊，开门啊！"

仿佛门外有什么洪水猛兽一般，他拼命地拍着门。

"来了，来了。"黎妈的声音从里面传来，门嘎吱一声被打开了，他连忙推开门，冲了进去，然后啪的一声用力地关上门。身子死死地抵着铁门，他脸色苍白地用力喘息着，嘴角微微发抖，眼泪瞬间从他俊逸的脸颊滑落，他用力地仰起头，死死地咬住嘴唇。

"哎哟，你这孩子怎么了？怎么哭了？"黎妈看儿子哭了，心疼得不知道如何是好，连忙过来扶着他的胳膊关怀道。

黎初晨用力地摇头，微微弯下腰来，用特别痛苦的声音说："妈，我肚子疼。"

"肚子疼？肚子哪儿疼啊？晨晨啊，你可别吓妈妈，快告诉妈妈，哪块疼啊？"黎妈紧张地在他肚子四周乱按着，想知道到底哪里出了毛病。

黎初晨咬着牙，痛苦得一言不发，他也说不清哪里疼，只知道他的五脏六腑都像是被人用力地揉捏碾轧过一遍，疼得他都快没法呼吸了。这么多年，他一直小心翼翼地维护着这段感情，他不知道这感情有多脆弱吗？他知道，他比谁都清楚，他一个人用尽全力维系的感情，脆弱得就像透明的冰锥一样，看着好像很坚固很锐利地插入了她的心房，可是但凡有太阳微微一照，就会化得无影无踪，一切又会回到原点，他的感情会变成水，变成空气，变成蒸发过后再也不存在的东西。

"晨晨，晨晨，你怎么了，别吓妈妈啊！"黎妈声音都变了，黎初晨却摇着头说："没事，没事。"

"怎么会没事呢？身体不舒服要去医院啊……"黎妈跟着黎初晨走回房间，看着他关上房门，一脸担心地在外面叮嘱道，"不舒服一定要叫我啊，别撑着啊……"

黎初晨靠着房间的墙壁，身体慢慢滑落。他一声不吭地垂着头，坐在冰冷的地上，周身围绕着浓得化不开的悲伤。

黎初遥站在家门口，久久没回过神来，直到林雨打电话来催她，她才有些僵硬地一步一步从楼梯上走下去。刚才她伤害到他了吧？每次都这样，想也不想地伤害他。

不是明明打算好了，先让他开开心心地过个年再来整理感情的事吗？

为什么自己就这么忍不住呢？自己承受的压力和困扰，为什么总是想也不想地成倍发泄在黎初晨身上呢？

明明说好了要好好爱他的啊，为什么又让他受伤，又让他难过了呢？

黎初遥狠狠地敲打着自己的脑袋，甚至控制不住地用头撞着坚硬的墙壁，可是就算这样的疼痛也无法减轻她对黎初晨的内疚，她恨不得现在就跑回家去抱住他，和他道歉，和他说，刚才说的一切都是废话，都是乱说的！

可是她不能，就算反悔了又有什么用，她还是迈不出这一步，曾经她以为，黎初晨带着万分的诚意走完了九千九百九十九步来到她面前，她只要下定决心去走最后这一步就可以了，她以为她走出去了，却没想到自己只是迈开了腿，却没有落下。

她骗了黎初晨，也骗了自己，她根本没有走完这一步，没有……

她一直是一个留在原地的傻瓜啊……

（二）同学会

黎初遥坐上林雨的车时脸色很难看，林雨吓了一跳，发动了车子，有些小心地问："你怎么了？谁惹你了？苦着个脸。"

黎初遥望向车窗外不说话，马路两边铺满了炸过的鞭炮纸屑，车子开过，掀飞一片，在半空中飞舞着又落下。

"你要真不想去就不去呗。"林雨和黎初遥认识十几年了，黎初遥的情绪她总是摸得很精准，她能感觉到，这一刻，黎初遥心情很不好。

"没事。"黎初遥有气无力地说，"我去。"

现在这种情况，她也不想太快回家，有个地方躲躲也是好的。

林雨不再说话，闷声开车，没一会儿就开到了市里最大的酒楼，把车交给泊车小弟，林雨便和黎初遥一起往预订的包厢走。今天是他们高中毕业十周年的同学会，班上同学来了二十多个。

包厢里有三张大圆桌，已经来了十几个人了，分坐在两张桌上，还有零零散散的几个男生围坐在茶几边的沙发上玩着斗地主，包厢里一片热闹的场景。黎初遥、林雨一进去就受到了热烈的欢迎，几个相熟的女同学叫着她们的名字，让她们坐过去。

一个女同学看见黎初遥就说："黎初遥，你真的一点点都没变，和以前一模一样，连表情都一样呢。"

"是呢，是呢，你高中的时候就这样一副酷酷的表情，隔壁班不认识的女同学还叫我给你递过情书呢，你可记得？"另一个长髮发的女同学说。

黎初遥扯出一抹笑容，回复道："不太记得了。"

"你居然不记得了啊，当时韩子墨还抢你的情书来着，说那个女生瞎了眼，还当众念那封情书，被你满教室追着打呢。"长髮发的女同学用力提醒着。

"哦，好像想起来了。"黎初遥机械地点头附和，其实她什么也没记起来，高中的很多事，都被初晨的忽然离世覆盖了，好像一点开心的记忆都没有，最深刻的便是高三那个黑暗的夏天。

身边的同学都在回忆着高中的趣事，饭桌上一片闹哄哄的景象，黎初遥嘴角挂着一丝淡淡的笑容，给自己倒了一杯茶水慢慢喝着，将所有烦恼隐藏在这热闹的气氛下。

"林雨，我记得你们以前还闯过男生厕所呢……"

"哈哈哈，对对，秦云和韩子墨还在里面蹲坑被看个正着……"

"哈哈哈，秦云今天来了吗？"

林雨的话刚说完，门口就响起一个男同学的声音："林雨，我一进来就听见你在说我坏话。"

秦云笑着走进来，还和高中时一样，斯斯文文、白白净净的，只是稍微壮硕了一些。他穿着得体，手腕上戴着一块钻表，一看就价值不菲，一副成功人士的模样。听说他这几年混得非常好，今天同学会聚餐的费用，就是他一个人赞助的。

"秦云来了，可以上菜了。"一个男同学对着服务员叫道，"起菜吧。"

"你们等我干吗啊，早就该起菜了啊。"秦云笑得客气。

"万一你不来谁付账啊，哈哈！"同学们七嘴八舌地说着，饭桌上摆满菜肴，酒杯倒满美酒，气氛更加热闹。

黎初遥给自己倒了白酒，谁来敬酒她就喝一杯，来者不拒的样子。

林雨捣了捣她的手臂："少喝点。"

"嗯。"黎初遥答应了一声，又一杯喝下了肚。

"你！"林雨瞪大眼睛，然后指着来敬酒的男生说，"去去去，别和初遥喝，她脑子不好，过完年就得做手术。"

黎初遥瞥了她一眼："你脑子才有病呢。"

"你没病你这么喝啊？你倒了我可不送你回家。"林雨不客气地反驳。

黎初遥想想，是啊，她要是喝醉了，林雨这个懒鬼肯定会叫初晨来接她回去，可是现在的自己怎么好意思再麻烦他呢？

她叹了一口气，放下酒杯，连想喝醉都不行啊，人生为什么这么艰难……

她刚这么想着，一抬眼就看见了那个把她的人生变得这么艰难的罪魁祸首走进包厢，那人依然一副什么都不在乎的模样。

韩子墨走进来，笑嘻嘻地说道："这么多人啊，你们太不够意思了啊，开同学会居然没人叫上我，都不当我是同学了吧？"

包厢里的同学都愣了一下，韩子墨家的事当年在市里闹得挺大的，几乎没人不知道他家破产了，谁也没想到他会出现在这里。有些八卦的同学偷偷地望向黎初遥，这两个人的事，当年也是无人不知无人不晓的。

林雨在桌子底下用力地握了一下黎初遥的手，黎初遥一脸无动于衷，手却紧紧地握着酒杯，心想韩子墨要是敢撑着那副嬉皮笑脸的样子走过来，她非泼他一脸不可。

初晨 是我故意忘记你

韩子墨却像是没看见她一样，径直往坐在上位的秦云走去。秦云原本笑着的脸变得有一丝僵硬，眼神左右移动，似乎在害怕什么。

　　"秦云啊，好久没见了，听说你现在仕途一帆风顺呢。"韩子墨好兄弟一般搭着他的肩膀说，"以后兄弟可要靠你照顾了啊。"

　　秦云嘴角抽了抽，有些僵硬地点头道："那必须的。"

　　"真的吗？"韩子墨嘴角浮上一丝冷笑，"你可不能骗我。"

　　秦云的表情甚是古怪，大冬天的，额角居然微微冒出一丝汗，干涩地笑道："不会，不会。"

　　"我也觉得你不会。"韩子墨站直身子，推了推坐在秦云边上的人，让他让开后，自己坐了下去，继续一副要笑不笑的样子道，"毕竟你从小学到大学的学费都是我们韩家赞助的。你读大学的时候，你妈病重，你跑到我学校来找我借钱，哭得一把鼻涕一把眼泪的。哎呀，黎初遥，这事你记得吗？当时你也在的吧？哈哈哈，当时我把钱给这小子，他都跪下了，那千恩万谢的，就差许诺来生给我做牛做马了。"

　　饭桌上的人目光都从秦云和韩子墨身上转到黎初遥那儿，只见黎初遥瞥了一眼，没搭话。这件事她确实知道，是大三的时候发生的。那个时候，韩子墨依然是一副散财童子的模样，秦云来借钱，他二话没说把卡里的十几万都提给了他，接下来一个月，天天缠在她身边哭穷，让她请吃饭，她请了，韩少爷还嫌弃学校食堂的饭菜不好，非要她买菜给他做，后来这念头被她一巴掌打散了。

　　韩子墨眼神深沉，似乎也回忆起了这些事，他看了黎初遥一眼，眼里有万般留念，但只是一瞬间，他又转头，继续对着秦云，嗤笑一声道："你说，我们这样的关系，就算有天大的诱惑摆在你面前，你也不会骗我的对吧，秦云？"

　　秦云那干涩的笑脸有些挂不住了，他的脸色渐渐冷下来，瞪着韩子墨说："你到底想说什么，明说吧，不要拐弯抹角。你要觉得我有什么地方对不起你了，你说出来，正好今天同学们都在呢，都给评评理，看是不是我做了什么对不起你的事，让你在这儿阴阳怪气的！"

"我阴阳怪气吗？我有吗？哈哈哈！没有的事，我不过是和你叙叙旧嘛，怎么生气了。"韩子墨一副哥俩好的样子揽住秦云的肩膀，"来来，大家一起举杯，为我们的同窗之情，喝！"

饭桌上的同学也大都觉得此刻气氛尴尬，纷纷举杯，希望揭过这茬。黎初遥也举起杯子喝了一口，再抬眼看去，只见韩子墨冷笑着在秦云耳边说了一些什么，秦云居然双手颤抖地掉了手里的杯子，猛地站起来，惊恐地瞪着韩子墨，一张斯文的脸似乎被愤怒憋得有点变形，他忽然拿起外套，仓皇地往包厢外走去。

"秦云。"韩子墨没有回头，面无表情地叫住了他，缓缓端起白瓷酒杯，放在眼前，用低沉的声音缓缓道，"回家好好睡一觉，你的好日子也过不了两天了。"

说完，他独自喝完了杯里的酒。秦云猛地转过身来，对着韩子墨叫嚣道："韩子墨，你除了有一个好老子之外还有什么？现在你连老子都没了，我还怕你这个丧家之犬？你自己走夜路小心一点吧！"

秦云说完，大跨步地走了出去，没再和任何人打招呼。

包厢里的气氛再次尴尬诡异起来，林雨有些不高兴了，好好一个同学会被韩子墨搅成这样，她忍不住瞪着韩子墨道："韩子墨，你要找秦云不能改天啊？非得今天来，你把他气走了，谁付账啊？"

韩子墨有些邪气又自信地笑笑："自然是我付，我们班的同学会，什么时候轮到他来埋单。"

"有你这句话就好。"林雨豪爽地拍着桌子道，"同学们啊，埋单的人落实了，大家不用担心，继续吃啊，喝啊，不够再点啊！咱班的散财童子又回来了。"

饭桌上的气氛在林雨的招呼下，又热闹了起来，本来不管是谁的恩恩怨怨，大家也就是想八卦一下，并不会真的影响心情。这顿饭吃了将近两个半小时，在你来我往地敬酒聊天中结束了。

初晨
是我故意忘记你

一群人飘飘然走出饭店的时候，已经是晚上九点多了，黎初遥一路上都低着头走，林雨不许她喝，自己却喝了不少，脚步虚浮地走在前面。组织同学会的两个同学在酒店门口给拦了出租车，把喝酒的同学一个个塞进去，每辆车再找一个清醒的陪同，务必把每个同学都安全送到家。

林雨先被塞上了一辆出租车，晕乎乎地靠着车门就睡了，黎初遥刚准备跟着坐进去的时候，韩子墨不知道从什么地方冲出来，把她往后一拉，然后从边上拉了一个清醒的女同学往车里一塞，顺手啪的一声关上车门，对司机说："走吧。"

黎初遥喝了一点酒，反应有点慢，车都开了好一阵了才反应过来，瞪大眼睛狠狠地盯着韩子墨。韩子墨拉住她的手腕，冲着她没心没肺地笑了笑，有些讨好地叫了一声："初遥。"

"干吗？放手。"黎初遥瞥了他一眼，使劲儿挣脱他的手腕。

"我有事和你说。"韩子墨紧紧拉住她不放。黎初遥挣了半天也没挣开，有些气恼地想破口大骂，可边上还剩下几个同学，此刻都盯着他俩看好戏呢，她又不好意思在人前骂人，只能憋着一股气。

那几个同学都知道他们俩之间的关系，见他们都不说话了，便特别识相地打了招呼遁走了，走的时候，纷纷别有深意地看了俩人一眼，心想，同学会是旧情复燃的罪恶场所什么的，果然不只是传说而已啊！

（三）复仇

饭店门口不时有酒足饭饱的人走出来，黎初遥和韩子墨两人站在马路边，谁也没动，一个固执地看着前方，一个固执地看着她。

"有事你赶快说吧，我要回家了。"黎初遥又用力挣了一下被紧紧抓住的手。

韩子墨似乎怕她真的恼了，也不敢再拽着她，轻轻放开手道："我们找个地方坐下来说吧。"

"你要不说，我就走了。"黎初遥根本不想和他多纠缠，别说换一个地方，就是在这里，也不愿意多留一会儿。

"初遥，你一定要这样对我吗？"韩子墨的眼睛里满满都是伤心，似乎被黎初遥的冷漠和绝情刺到了心头。

"不然呢？我看你对秦云也没什么好脸色啊。"黎初遥冷哼一声道，"你对欺骗你的人都那么极力嘲讽，凭什么要求我对你和颜悦色？"

"你知道他骗我的事？"韩子墨有点吃惊地问。

"不知道，不过猜也猜得到。"黎初遥一向聪明，对韩子墨身边的朋友也特别熟悉，当年他和秦云关系特别好，他父亲出事之后，很多内部消息都是秦云告诉他的。而最后一次，他见完秦云后，就卷款跑路了，一定是秦云跟他说了什么，把这个当年四体不勤、五谷不分的大少爷骗了。

"不错，他是骗了我。他骗我说我们韩家最后在做的那块地马上会被政府规划在景区内，根本不允许我们过度开发，我们家的工程才做了一半，钱也套进去了，工程也做不下去，只能等着破产倒闭。"韩子墨惨笑一下，"我真是白痴，当年我居然一丝也没怀疑他。"

"嗯，对，你一丝也没怀疑过，所以你第一时间就把公司剩下的钱全卷走了，带着你爸妈去国外避风头，留下一笔烂账给我这个更白痴的未婚妻对吗？"黎初遥冷笑一声，"如果你要说的是这件事，就不用说了，我清楚得不能再清楚了，不管是前奏，还是后续。"

黎初遥说完，冷冷地瞥了他一眼，不再理睬他，转身就走。

"那你知道是谁指使秦云这么干的吗？"韩子墨站在黎初遥身后高声问，黎初遥脚步微微一顿，似乎在等着他说出答案。韩子墨也没有卖关子，咬着牙道："是你的好老板，单依安。"

黎初遥微微愣了一下，过了一会儿才仰起脸，点了点头说："哦，想象得到。"

"那些害得我韩家破产的人，我一个都不会放过。"韩子墨低下头，一字一句道，"我一定要让他们偿还欠我的债！"

黎初遥缓缓转过身来，看了他一眼，此时的他似乎已经陷在仇恨里，连英俊的脸庞都染上了深深的阴影，似乎平日里那嬉皮笑脸的模样都是装出来的，此刻的他，才是经历过一切变故后，最真实的模样。

可这个样子，一点也不适合他。

命运是不是对每个人都这样残酷，非要在这漫长的时光里，把人变得面目全非，一点也找不到当初自己喜欢的样子。

"所以你是回来报仇的？"黎初遥问。

"对，我就是回来报仇的。"韩子墨点头，眼里都是仇恨，可当他看向黎初遥的时候，却带着深深的眷恋，"所以，黎初遥，你从单依安那里辞职好不好？"

黎初遥看着他，满脸疑惑。

"我不想看见你站在我的对立面。"更不想你看到我报仇时那些龌龊的手段……

最后一句韩子墨没有说出来，他只是看着黎初遥，眼神里似乎带着一丝哀求。他不敢幻想她还能站在他身边帮助他，却希望她离开战场，离得远远的。

"对立面。"黎初遥气极反笑，挑起眉头，深吸一口气，望着韩子墨，"你觉得你凭什么站在单依安的对立面？你凭什么去和单依安斗？凭你那为负数的智商还是你外债满满的财力？真是笑话。"

韩子墨深深地看着她："你就这么看不起我？"

"不然呢？难道你做了什么让我看得起的事吗？"黎初遥依然一副嘲讽的模样。

韩子墨居然没有生气，而是忽然笑了起来，那抹笑容里有着说不出来的疯狂和阴沉，连周围的气温似乎都因为这个笑容而下降了几度。

"你说得对，我确实没有做出什么让你看得起的事。"韩子墨抬头，睨着黎初遥，慢悠悠地说，"不过那是以前，以后，我会为了你这句话让单依安付出加倍的代价。"

"韩子墨，你别发疯了好吗？"黎初遥见他有些走火入魔的样子，有些于心不忍地道，"人生的路还很长，干吗要把自己束缚在仇恨里，重新找一些更有意义的事干不行吗？"

"意义？"韩子墨重复咀嚼着这句话，有片刻的失神，似乎在想什么，可过了一会儿，他又回头望着黎初遥，缓缓地摇摇头，"已经没有任何意义了，我失去了一切，所以我也要让单依安和我一样，失去一切。财富，名誉，地位，亲人……"

他一个字一个字地说着，很认真地望着她，吐出最后两个字："和爱。"

寒风中，两人相隔数米默默站着，谁也没再说话，就这样互相对望着，静静地看着面前那个人，明明这么熟悉，却一句话都说不出来。

（四）分离

年假之后，黎初遥在家里近一个月没见到黎初晨。听妈妈说，他和朋友一直在筹备的游戏公司已经开起来了，新公司事情很多，几个年轻人都在公司住下了，每天忙得热火朝天的。黎妈疼孩子，总是在家里煲好了汤送去，有时候还跑去黎初晨的公司帮着打扫卫生、做饭，把钟点工该做的事都给做了。

黎初遥晚上回到家，发现家里一盏灯都没亮，一丝热气也没有，便知道黎妈又去黎初晨的新公司帮佣了。她走到厨房转了转，碗柜里只有一些冰冷的剩饭，她拿出来，放在微波炉里转了一下，随便吃了一些就当是晚饭了。

一个人靠在客厅的沙发上，开着电视，玩着手机，但怎么都觉得特别无聊又冷清。她忽然想起来，以前每次回到家的时候，黎初晨都会帮她开门，会从她进门的那一刻起，跟着她从这个房间到那个房间，只为了和她多说两句话。

那时候，她总是嫌他烦、黏人，现在他不在家了，整个房子好像忽然变得特别大，空荡荡的，让人从心里觉得冷得慌。

她知道，其实这些日子，他是在躲她，怕她将那天没说完的话说完。

"唉……"黎初遥叹了口气，歪在沙发上就睡着了。也不知道过了多久，蒙眬中听到房门被钥匙转开的声音，她的思绪还是清醒着的，她立刻坐起来，直直地望向门口，却只见黎妈走进来，手里还拎着一个保温盒，黎初遥有些失望地垂下眼睛。

黎妈一进门就看见了沙发上的人，扬声道："今天下班早嘛，晚饭吃了没有啊？"

"吃了。"黎初遥有气无力地回答。

"吃什么了？"

"就家里的剩饭热热吃了。"

"那怎么能吃饱啊。来来，我刚在初晨那边烧了好菜，给你带了点新鲜的回来，过来吃吧。"黎妈摇了摇保温盒招呼自己的女儿道。她虽然疼儿子，可也舍不得女儿吃不好。

"不用了，吃饱了。"黎初遥再次躺下，抬起胳膊，捂住眼睛，挡住母亲回来后打开的刺眼光源，耳边传来母亲在家里收拾的动静，和不时劝她再吃一点的声音。

黎妈有点不耐烦地问："哎，你这丫头，到底吃不吃啊？吃我就给你热热。"

"不吃。"

"不吃算了。哎呀，我和你说，你弟弟开的那个公司啊，真不错，你去看了没？"黎妈走到沙发边，把她的脚踢开，自己挑了一个地方坐下，看样子是想和女儿好好唠唠嗑。

黎初遥闷闷地回答："没去看。"

"怎么没去看呢？我不是和你说了嘛，就在世贸大厦里，租了两层办公楼呢，可宽敞明亮了，招了十几个大学生呢，哎呀，我儿子真能干啊！"黎妈得意扬扬地说着。

"嗯。"黎初遥敷衍地嗯了一声。

"嗯什么嗯啊，你也是当姐姐的人，弟弟创业了，一点也不关心。"黎妈忍不住抬手打了她一下，"回头赚钱了，你可别想着沾光。"

黎初遥没说话，耳边传来妈妈絮絮叨叨的声音："我听说现在做游戏的可赚钱了，今天还来了一个老板，和你弟谈投资的事，说要投资好几千万呢，你说你们年轻人赚钱怎么这么容易呢……"

"是他赚钱容易，我赚钱不容易，我累了，先睡了。"黎初遥说完，起身往房间走去。

"你累什么累，现在才几点啊。"黎妈盯着她的背影嚷嚷道，"这孩子，没有你弟一半乖巧懂事！"

黎初遥关上房门，坐到书桌前，书桌上的相框里放着一张全家福，她拿起相框，摸了摸黎初晨的脸，过了好久才放回去。

这样也好，他有了自己的事业，就不会总是想着她了，总有一天，会忘记这段感情的吧……

黎初遥想到这里，心居然沉沉地刺痛起来，一下下绵绵不绝地扎着她，也不是难以忍受的疼，却足够让她难受到想哭……

第八章

初晨，
我再也不会丢下你　　　／

（一）出招

年后，黎初遥公司的事也很多，虽然大家都还处在刚休完长假的疲惫状态，可工作依然无情地压了下来。一年的开始公司总是有各种新的项目，为了项目能顺利进行，身为董事长秘书的黎初遥，总是需要帮单依安打点各类合同、对接、会议行程等事宜。

黎初遥坐在办公室里面，飞快地扫着一份由公司律师拟好的和本市一家城建公司的合作合同，公司和这家公司合作过很多项目，这种合同已经不是第一次签了，律师那边都已经有了模板，打印出来给两家老总签字就可以了。可是黎初遥依然非常仔细地检查了一遍这份用过很多次的合同，确定连个标点符号都没错之后，才打印了出来。

就在这时候，内线电话响了，黎初遥接起电话，非常礼貌地说："你好，单总。"

"进来一下。"电话里单依安的声音听起来很性感。

"好的。"黎初遥挂上电话，马上起身。走到董事长室门外，她轻轻叩了两下门，里面的人有些懒懒地说："进来。"

黎初遥推开办公室的门，走进去，站到办公桌前面，毕恭毕敬地望着坐在黑色沙发椅上的男人，问道："单总，您找我？"

"嗯。"单依安轻轻应了一声,从文件中抬起头来,靠在沙发椅上,手指无意识地在椅子手柄上轻轻敲击着,过了一会儿,他对着面前的椅子抬了一下下巴说:"坐。"

黎初遥挑了一下眉,拉开椅子坐下,做好长谈的准备。平时她到单依安办公室里来,时间都非常短,让他签文件或者听他的各种吩咐,基本都要不了五分钟,每次都是站着迅速解决完就出去。但凡叫她坐下,就是要给她开小会了,那时间将非常长,事情也是非常严重的。

黎初遥没开口,等着单依安先说,结果单依安一直安静地打量她,眼神有点像是毒蛇见到了猎物。

黎初遥被他看得有些沉不住气,先开口问道:"单总,有什么事吗?"

单依安笑,抬手摸了摸下巴,终于出声道:"你手里和艺龙公司的签约合同不用弄了。"

"为什么?"黎初遥皱眉问。

单依安挑挑眉道:"他们公司的赵总打电话来说,要开会讨论一下,过一阵子再给我回复。"

"呵呵,是吗?东城区这块地共同开发高档小区的事情,不是赵总去年找了你好几次,你才同意让他投资的吗?他现在说要讨论一下?"黎初遥露出一个有些嘲讽的笑容说,"一定是发现什么更好的项目,看不上我们这个了吧?"

"也许吧。"单依安点头,脸色有点难看。

"他不投无所谓啊,有的是公司想投,就算我们公司自己吃下来也没什么压力吧?"黎初遥不明白为什么单依安看上去挺生气的样子,其实这块地单依安买下来已经五六年了,一直捂着没建,不是因为公司缺钱,而是想等它升到更高价值再开发。当初单依安让姓赵的投资,完全不是为了钱,而是看上了他背后的势力。

"公司独自开发当然没问题,不过……"单依安话锋一转,语气变得有些冰冷,"从过完年开始,我们公司去年谈成的三个项目都陆续黄了,今年刚准备接洽的两个项目也莫名没了下文，你说这奇不奇怪？"

说完这些，他紧紧地盯着黎初遥，似乎想从她的表情中判断出什么。

黎初遥微微皱眉想了想，公司连续几个开发案都被人截和，这当然奇怪了，不但说明有人在蓄意针对公司，而且公司可能还有内鬼把消息透露给对方。

黎初遥眼睛一抬，直接问："你怀疑我？"

单依安摇摇手指，神秘又轻声地说："我怀疑每一个人。"

黎初遥耸耸肩道："既然你这么说，那我也没什么好说的了，反正我没做过对不起公司的事，你相信我，我就继续工作，不相信就炒了我。"

单依安啧了一声："那不行，我要炒了你，不正合那家伙的心意。"

黎初遥猛地抬头，疑惑地望着单依安，同学会那天晚上韩子墨和她说的话，他是怎么知道的？啊，是了，一定是有同学听见了告诉了秦云，秦云告诉他的。

单依安皱着眉头想了想，出声问："那家伙叫什么名字来着？你的前未婚夫。"

黎初遥沉默地看了他一眼，过了一会儿才沉声回答："韩子墨。"

"哦，对，韩子墨。"单依安用力点了点头，一副终于想起来的模样。

黎初遥凝视了他一会儿，才恍然惊觉，这家伙真的不记得韩子墨的名字，也许在他心里，韩子墨从来就不是他的对手，他当年用尽心机去对付扳倒的人，只是韩子墨的爸爸而已。

"他胆子倒是挺大的，从美国回来都快一年了，一直偷偷摸摸地藏着，在背地里给我使绊子。"单依安呵呵笑着，嘴角明明弯起了弧度，却让人觉得那笑容特别阴险狠毒。

"他回来快一年了？"黎初遥有些诧异地问，她一直以为韩子墨是年前林雨结婚时回来的，却没想到他已经回来那么久了，那他这一年都干了什么？

"我已经找人调查过他了，他去年三月份就回国了。"单依安冷哼一声，

"你说他回来干吗？给他父母报仇吗？他父母又不是我杀的，是他们自己作死的。"

"他父母……死了？"黎初遥听到这个消息，忍不住瞪大眼睛，震惊得连指尖都在颤抖。

单依安点头："听说到美国没三个月就相继去世了。"

一瞬间黎初遥愣住了，心整个往下沉，似乎连呼吸都有点困难了。她怎么也没想到，当年韩子墨为了保全家人抛弃韩家的基业，抛弃了她，可结果，连家人也没保住吗？

她已经有些想不起韩爸韩妈长什么样子了，只记得韩爸是个胖胖的中年男人，长相平淡无奇，却聪明得出奇。记得他非常溺爱自己的妻子，就算他的妻子赌博输光了他的家产，他也没舍得骂一句重话。

而韩妈是韩子墨最爱的人。那个女人时时刻刻都精致漂亮得像电视里的女明星一样，她虽然很娇气，却对人很好，当年她和韩子墨谈恋爱的时候，韩妈还送过她一套非常昂贵的首饰。

"怎么？你心疼了？"单依安忽然出声，打断了黎初遥的回忆，似笑非笑地问。

黎初遥望着他，心里有说不出的滋味，有点酸涩甚至有点怨恨，她用力地压下这种感觉，开口道："没有，我有什么好心疼的。"

"哦。那我现在想玩死他，你不会阻止我的吧？"

黎初遥握紧双拳，用力深吸一口气，冷言道："你们之间的恩怨与我无关。"

"那就好。我还真怕你余情未了，偷着帮他呢。"单依安笑着提醒，"你可别忘了，当年你最落魄的时候是谁拉了你一把。"

黎初遥听了这句话，实在忍不住开口嘲讽道："你这个幕后黑手也好意思和我提当年，我的落魄是拜谁所赐？"

"哟……"单依安转着笔，一副无所谓的姿态，"还恨我呢？"

黎初遥看了他一眼，毫不犹豫地摇头："没什么好恨的，你开我工资，我给你做事，哪天你开不了我工资了，我就去给别人做。"

单依安笑了笑："你放心好了，我愿意给你开一辈子工资。"

"那就先谢谢单总了。"黎初遥站起来，点了一下头，"没事的话我先出去了。"

单依安挥了下手，示意她可以走了，黎初遥转身出去。单依安转着手里的笔，紧紧地盯着她离开的背影。

记得第一次见到这个女人的时候，她坐在韩子墨身边，代表韩家和他谈判，她就像一把锋利的刀一般，闪着耀眼的寒光在他身上划下一道血痕。那时候，他就决定，一定要收服这个女人，放在自己身边做自己的下属。

后来他做到了，她做事也确实细致认真，从不出错，他却再也没在她身上看见那如虹的气势和冰冷的寒光。不过没关系，现在的黎初遥依然让他很欣赏，是他除了自己的亲妹妹外，仅剩的不讨厌的女人。

（二）醒悟

黎初遥回到办公室，心情还是不能平静，她的脑子里依然乱糟糟地想着单依安刚才和她说的事。这六年来，她无数次猜想，韩子墨卷走了最后的钱，带着他的父母在美国潇洒过日子，自己却在牢里过得这么辛苦。每次只要想起来，她就会恨得咬牙切齿，恨不得出狱后偷渡到美国去，把他们全家大卸八块。

这种黑暗的、可怕的、偏执的恨在她入狱的那一年，几乎累积到了巅峰！

可是出狱后，她陪着黎初晨复健腿部肌肉，每天都陪着他去医院、回家，扶着他、推着他、背着他。很累，却也刚好让她没时间想那么多的恨。看着黎初晨那么坚强地重新站起来，一步一步重新迈开步子，重新变得健康，似乎其他的一切都不重要了，一切的恨，一切的损失，一切的苦难都不算什么，只要他平安健康就是最大的幸运和福气了。

黎初遥深吸一口气，靠在椅子上，用力地闭上了眼睛，原来他也过得不好吗？那么深爱父母的人忽然失去这两个亲人，又生活在异国他乡，就算手里有钱，可是心灵上的折磨，又能让他过什么样的好日子呢？

韩子墨，六年前单纯、懦弱又善良的你，一定无数次后悔，当时没有带我一起走吧？

黎初遥静静地在座位上坐了一会儿，拿起放在桌面上的手机，翻到短信记录，找到韩子墨的那个未被保存的陌生号码，看了半晌，似乎在犹豫什么，可是最后，又放弃地将手机按灭，然后又按亮，又按灭。

反复几次之后，她还是拨通了那个号码，她最终还是决定提醒他一下，单依安已经发现他了，让他自己小心。

可电话响了好一会儿都没人接，她啧了一声，收了电话，想过一会儿再打。她揉了揉太阳穴，将精神收了收，继续工作，可还没等她把手里的工作全部处理完毕，就已经到了午休的时间。她也不是很饿，便懒得出去吃午饭了，从包里拿出早上没来得及吃的面包，就着牛奶一边吃一边继续工作。

就在这时，办公室的门被推开了，她抬头望去，愣住了，一个让她不敢相信会出现在这里的人出现了，她瞪大眼睛，抬头惊问道："你怎么在这里？"

那人依旧一副玩世不恭的模样："不是你打电话找我吗？"

"我打电话给你你回一个不就行了，跑到我公司来干吗？"黎初遥简直服了。

韩子墨没答话，忽然走到办公桌前面，弯下腰来，一手撑着桌面，一手伸过去把她手里的面包一把夺走，转身，往墙角的垃圾桶一扔，成功命中，动作潇洒流畅："你啊，还是和以前一样，喜欢吃垃圾食品。"

黎初遥愣了一下，恍惚中，她脑海里闪现年少时的记忆，他似乎无数次在她面前做过这个动作——在高中的教室里、在大学的图书馆里，他总是这样，好像她手里的食物就是垃圾一般，每次都惹得她快和他吵架了，他又嬉皮笑脸，满眼星光闪烁地说："走吧，带你去吃好吃的。"

那时候的他，身上满是阳光的味道，连一丝阴霾也无处可寻。

"走吧，带你去吃好吃的。"眼前的他，也这样说道。

黎初遥抬起头看着现在的韩子墨，他穿着黑色西装，里面的白衬衫一丝不苟地扣到最上面，头发向后梳起，用啫喱微微抓了一点翘起，整个人看上去潇洒从容，俊秀非凡。

他依然笑着，可他微微眯起的双眼，用力弯起的嘴角，怎么也寻找不到少年时那种耀眼的光亮和暖人的炙热。

他变了很多。重逢以来，第一次认真观察他的黎初遥这样想着，可是，哪里有人是永远不会变的呢？我自己，不是也变了很多吗？

"走吧。"韩子墨又出声邀请了一次。

黎初遥不知道为什么，本想拒绝的话却说不出口，她转身，拿起了放在椅子上的背包说："走吧。"

韩子墨有些吃惊地望着黎初遥率先走出去的背影，他真的没想到他的邀请会成功，他已经做好被拒绝的准备了，其实，只要能找个借口来看她一眼，他就满足了。

韩子墨的俊脸笑开了，跟在她身后出了公司，就近选了日式料理店，里面环境清幽，格调很高，中午店里的客人很少。

两人面对面坐下来，黎初遥端着玻璃水杯慢慢地喝着水，对桌上的菜单视而不见。韩子墨翻着菜单，点了一桌子的日式料理。

韩子墨点完菜，浅笑着找话题："不知道这家味道怎么样，没来吃过，我知道市里面有一家日式料理特别不错，有机会带你去尝尝。"

"哦。"黎初遥敷衍了一句，没怎么接话，她对日式料理并不是特别喜欢，只是偶尔吃一次调剂一下口味。

"你打电话找我什么事？"韩子墨见她不愿闲聊，便切入了正题。

"也没什么。"黎初遥看了他一眼，顿了顿说，"就是单依安知道你在背后破坏他的生意了，可能会找你麻烦，你自己小心点吧。"

"哦？这么快就知道啦。"韩子墨缓缓扯起嘴角，露出一个黑暗而又冰冷的笑容，"挺好，既然他知道了，那就明着来呗。"

黎初遥看着这样的韩子墨，有些心惊。她低下头，忍了忍，还是忍不住开口道："韩子墨，你好好地过自己的生活不好吗？何必要拿所有的精力和他斗呢？除了浪费时间你还能得到什么好处呢？"

"嗯……"韩子墨似乎思考了一下，然后笑着说，"他过得不好，我就开心了。"

黎初遥皱着眉头，没说话。韩子墨看着她，缓缓地道："况且，这个世界上再也没什么好处可以让我心动了。"

"当然……除了你。"说完这句话，韩子墨深深地看着她，眼神里带着一丝复杂的矛盾和卑微的期望。他在情感上幻想着黎初遥能说句好听的话，理智上却又知道这是不可能的。

黎初遥低着头，躲开了他的目光，紧紧地抿着嘴唇，倔强得什么话也不愿意说。如果是今天之前，她可能会说一些狠话，可是在知道他父母的事之后，那些话却怎么也说不出口了。

心里虽然有些怜悯他，却依然不能原谅他。

"你不用为我担心了。"韩子墨将菜微微往黎初遥的方向推了推，轻声道，"这个仇我能报就报，报不了就死，没什么大不了的。"

他的声音带着一丝云淡风轻的味道，好像他的生命在他自己眼里早就已经不重要了。

"你……"黎初遥瞪了他一眼，对他这样的语气很不满，想要骂醒他却又不知道说什么好，憋着憋着居然说出了一句，"你就算死也要先还我钱。"

"噗——"韩子墨忍不住笑了，看着她说，"你放心好了，我会写好遗嘱，死了之后我的钱都是你的，保证比找你借的多。"

黎初遥忍不住瞪他："为什么要死了之后，现在不能还我吗？"

"还了你之后，你一定会跟我说，我们之间就此两清吧。"韩子墨苦

初晨
是我故意忘记你

笑了一下，垂下头，望着桌面，有一点伤感地说，"那样，我们之间就再也没有联系了。"

黎初遥不知道为什么，似乎被他低落又悲伤的情绪感染了，自己也变得有些惆怅。是啊，他若是把钱还了她，她一定会这样说的。

饭桌上的气氛沉闷到了极点，韩子墨却像是没事人一样，抬手夹了一块炸虾放在她的碗里："来，吃个虾，你不是最喜欢吃这个的吗？"

黎初遥看了眼碗里的虾，缓缓把它夹出来，放到一边。

韩子墨看着她的动作，眼神特别难过，可是没一会儿，他又好像没事一样，装作不在意地问："怎么，已经不喜欢了吗？"

黎初遥点点头，抬眼，望着他，一语双关地说："早就不喜欢了。"

韩子墨像是听懂了什么，忽然转头望向窗外，微微抬起头，压抑着鼻子里的酸涩。虽然他早知道她是这样想的，可是他没想到，当这句话从她嘴里说出来的时候，杀伤力居然会这么大，大到就像有人偷偷拿锤子在他头上砸了一下，又晕又疼，疼得他一瞬间都窒息了。

黎初遥说完，慢慢拿起放在旁边的包说："我吃好了，要回去上班了，你慢用。"

说完，她站起身来，从座位上离开。韩子墨坐在外面，当她从他身边走过的时候，他忽然伸手，紧紧地拉住了她的手腕，低着头，没看她，咬着牙，沉声问："初遥，能再给我一次机会吗？"

黎初遥垂下头，望着他紧紧拉着自己手腕的手，叹了口气，轻声道："你知道答案的，何必再问。"

说完，她不再停留，甩开他的手，笔直向外走着，她似乎听见韩子墨在身后低声说："可是我不想放弃，怎么办……"

黎初遥皱了皱眉头，停下脚步，想回头说些什么，却终究还是算了，推开店门走了出去，将所有的想法藏在了心里。

他说他不想放弃，可是他不是早就放弃了吗？他在六年前就放弃了啊，凭什么现在后悔了，装作一副深情的样子，就还能把她找回去？

很多时候，人们总是期待完美的爱情，期待不管自己做错什么事，深爱的那个人还会在原地等自己。可事实是，等你回过头来时，那个人早就已经不在了。

这时你再后悔、再惊觉自己有多爱他，又有什么用呢？

黎初遥想到这里，停住了脚步，她忽然想到了黎初晨，自己是不是也在将他越推越远呢？如果有一天他真的离开了，会不会再也找不回来了？

黎初遥想到这里，猛然感觉到一阵恐慌。

她忽然很想去见见他，想听听他的声音，想拥抱他，想用力地感觉到他还是属于她的。

（三）出差

黎初遥本来想下午一下班就去找黎初晨的，她已经快一个月没见到他了，两个人连电话也没打过，他所有的消息都是从妈妈那边听来的，就这样互相躲着也不是办法。可没想到，她刚到公司就被单依安火急火燎地召唤进办公室，单依安头也没抬，就一句话："北京那边的分公司出了点问题，你去订今天的航班，跟我去一趟。"

"好的，大概去多久？"黎初遥问了一下时间。

"嗯，最少半个月吧。"单依安淡淡答道。

"知道了。"黎初遥点头，出了办公室，订好了晚上八点半的机票，下班后连忙回家把出差的行李全部收拾好。由于时间太紧迫，又不确定要去几天，她便带了好几套衣服，她的衣服本来就少得可怜，这样一装柜子里的大半冬装都给她带走了，夏秋季的衣服又早就收在了别的地方，柜子瞬间就像是空了一样。她收拾完之后，便急匆匆地拎着行李出门，上了公司来接她的车和单依安会合。

黎初遥订的是头等舱，所以过安检和上飞机都不用排队，两人不紧不慢地走着。单依安在一家机场商店里看中了一条挂在模特脖子上的粉色丝巾，拎起丝巾问道："你说这条丝巾配我上次给单单在英国买的白裙子怎么样？"

"不清楚，我没穿过裙子。"黎初遥实话实说道。

"啧。"单依安看着一身黑衣短发、身材高挑的黎初遥说，"你真无趣，女人啊，要穿裙子才漂亮。"

黎初遥抿着嘴唇，一副不为所动的样子。

单依安今天心情似乎很好，一脸笑容地走在前面，转头说："下次给你买一件。"

黎初遥面无表情地一口拒绝道："不用了。"

单依安耸肩，像是没听见一般，买下了丝巾丢给黎初遥交代道："到了北京快递回来给她。"

"是。"黎初遥接过丝巾，仔细地放在随身的挎包里。

两人在贵宾室等飞机的时候，黎初遥想了想，出差半个月还是应该和黎初晨交代一下，打过去电话那头嘟嘟了好几声，却没人接听。她挂了电话，莫名有点气闷，甚至还有一丁点失望，其实冷战了这么多天，她有些想听听他的声音……

行程很短，只有不到三个半小时，黎初遥上了飞机，想了想还是给黎初晨发了一条短信："我去出差了，大概半个月，勿念。"然后就开始闭目养神，身边的单依安似乎有着用不完的精力，飞机飞平稳后，便开了平板电脑，看着里面的资料，不时有漂亮的空姐过来温柔殷切地询问他是否需要饮料、食物、靠枕，他都微笑着一一拒绝了。

当空姐问要不要毯子的时候，单依安却点了点头说："要一条吧。"

然后过了一会儿，黎初遥忽然感觉到有什么轻轻地盖在了她身上，薄薄的，一点也不重。其实飞机上空调开得很足，她并不觉得冷，可是盖上了毯子之后，却觉得意外地暖和。

黎初遥没睁眼，心想单依安这个人真的挺奇怪的，虽然大多数时候非常惹人厌，但有时候，也挺不错的。比如，他会在出差的时候，偶尔给她带一些小礼物。虽然大多是给他妹妹买东西的时候，买多了店里送的赠品，他不愿意让妹妹用赠品，便每次都便宜了她。

可就算是赠品，也是打着名牌 Logo 的赠品啊，她放到网上的二手市场卖，总能卖出千把块钱。

好吧，她绝不承认自己会被这样的小恩小惠打动。

黎初遥微微翻了翻身，换了个姿势，继续睡觉，飞机上睡得并不舒服，她迷迷糊糊地一直睡到着陆。

也没劳烦单依安叫她，飞机一落地她就睁开眼睛了，转头看着神清气爽的单依安问："单总，今晚的会议还开吗？这都快十二点了。"

"怎么，你累了？"单依安问。

"不是，我是怕你累了。"黎初遥否认道。

"我？我可不累。"单依安笑得一脸优雅，"我每天只要睡四个小时就足够了。"

黎初遥默默咬了咬牙，心想亏自己刚才还觉得他这个人不错呢，结果马上就开始展现恶魔本质了，完全无视别人的需求啊。你睡四个小时就够了，我要睡八个小时呢。

她真的非常讨厌跟着单依安出差，每次都是高体能高强度的折磨。

黎初遥跟着单依安在北京分公司开高层会，原来去年年底分公司的工程经理克扣了工程队的工资和年终奖金，中饱私囊。过完年之后，那批工人全不来了，而且这两年本来就用工荒，公司这一次拖欠被人传了出去，那些包工头也不愿意接公司的活儿。所以过完年以来，工地上的人特别少，还不时地被人挖墙脚，导致现在的工程进展非常缓慢，眼见交付期就要到了，分公司高层见兜不住了，才告诉单依安。

单依安的脸色很难看，会议室里的气氛非常紧张，单依安把分公司老总和城建部经理骂得头都抬不起来，然后众人一起商议怎么解决这个事。分公司的高层们说，实在没办法只能去别的城建公司借人来做，承包给别人。会议一直开到了凌晨一点多，黎初遥整个人都困得不行了，可是又碍于形象，硬睁着眼睛，一点也没表现出来。只是她本来气质就清冷，面无表情的样子更让人觉得这个女人特别严肃冷漠。

回到酒店，黎初遥连澡都没洗，就疲惫地躺在床上了。她从口袋里摸出手机，发现自己下飞机后直接开会去了，到现在也没开机。

她一边想家里人应该都睡了，就不打电话了吧，一边又想看看黎初晨有没有回电话给她。

就这样想着，她按上了开机键。没一会儿手机亮了，清脆的开机音乐回响在寂静的房间里，她等了一会儿，手机没有短信提醒，也没有未接来电提醒。黎初遥垂下双眸，特别失落，她还以为黎初晨最少会打两三个电话找她呢。看来，自己在他心里也没那么重要啊。

人哪，真是奇怪的动物，天天绑在一起的时候，她觉得那孩子每天缠着自己，渴望着得到自己的感情，烦人得要死，可是这才分开一会儿，他没有找她，她又觉得无比失落。

黎初遥有些气恼地翻了翻通讯录，找到了黎初晨的号码，犹豫了一下，有些赌气地想：你不找我，我也不找你，看谁憋得住。

黎初遥这样想着，用力地按下了关机键，然后洗澡睡觉去了。

（四）寻找

早上七点，黎初遥被闹钟准时吵醒。因为今天不用准时去公司打卡，她便没有起身，又在床上赖了一会儿才爬起来，去卫生间洗漱，清醒了一下。穿着酒店的浴衣，用电吹风对着镜子吹头发，她看着镜子里的女人，一头齐耳的短发，湿漉漉地盖在刀削一般的脸颊两侧，立体的五官，像石头一样硬邦邦的眼神，全身上下找不出一点女人该有的柔和温婉。

真不知道这样的她，到底有什么值得别人喜欢的。她闭上眼睛，低下头，将头发用力翻了翻，加快了吹干的速度，没一会儿，半长不短的头发已经被吹得半干。

她放下电吹风，回到室内换好干净的职业西装，然后从床头拿起手机，一边往门口走一边开机，手机没几秒就打开了，在她将手按在房门把手上的时候，手机发出一连串的短信音，她微微扬起嘴角，淡漠的脸上露出一丝小小的得意。

她站在门口打开手机短信，居然连着几条都是垃圾广告，她一眼扫过去，默默地咬牙，用力地将短信箱里的所有短信都清空了！

她将手机紧紧地攥在手里，猛地拉开门，却没想到，一道黑影忽然扑了进来，直接将她推得往里倒退了好几步。她差点尖叫出声，并因为承受不住那黑影的重量跌倒，还好那人拽了她一把，将她的身子稳住。可还没等她抬起头来，看清来人，就听见那人用脚猛地将门踢得关上。

"你……"黎初遥刚要开口责问他，就感觉身子被人猛地往旁边一甩，撞到了墙上，那人迅速欺身过来，双手用力地抓住她的肩膀，将她整个人紧紧地按在了墙上！

黎初遥感觉到他的力量，大得让她在撞到墙上的时候疼得倒吸一口凉气，她心里惊慌无比，可从小就不服输的性格，让她猛地抬起头，瞪大眼睛，狠狠地看着压着她的人！

可没想到，当她看清那人的时候，惊讶得好一会儿都没能发出声音。她有些不敢相信地眨了一下眼睛，看着他问："初晨？"

眼前的男人和他平时温和如玉的样子很不同，他整个人都糟糕透了，平时柔顺服帖的头发纠结在一起，杂乱无章地翘着。那双能溢出清泉一般的漂亮眼睛里布满了血丝和黑暗，那漂亮得让人心暖又惊艳的笑容也不见了，取而代之的是让她觉得有些可怕的愤怒与狂躁。

"你……你怎么了？"黎初遥渐渐找回了自己的声音，小心翼翼地问，"你怎么在这里？"

黎初晨一句话也不说，就那样一动不动地死死盯着她，眼神疯狂而又偏执。他紧紧按在她肩膀上的双手似乎又用力了一些，她能明显地感觉到他的力量，和那微微颤抖的幅度。

初晨，是我故意忘记你

"初晨？"黎初遥微微挣扎了一下，却被他用更大的力气按住了！他一动也不许她动，就像盯上了猎物的豺狼，绝不允许自己的猎物跑掉！

这样的初晨让她有些陌生，甚至有些害怕了，她从来没见过这样的他，在黎初遥的印象里，他一直是一个特别温柔、内敛，甚至有些羞涩的少年。他不会用这样锐利的眼神盯着她，不会这样一言不发地用可怕的气场考验她，更不会用绝对的力量压制她！

这究竟是谁？真的是初晨吗？

"你到底怎么了？"黎初遥忍不住了，皱着眉头惊慌地挣扎了起来，"你先放开我。"

她刚刚挣开一些，又被他压了回去，刚逃脱一些，又被他拉了回去！他似乎对她的挣扎不管不顾，整个人冰冷偏执得像是一个陌生人。

黎初遥抬头盯着黎初晨，发现他真的很不对劲，眼神黑暗空洞，面容憔悴苍白。她放弃挣扎，忍着肩膀上被他用力按住的疼痛，小心翼翼地伸手，轻轻抚上他的胸口，轻声地问："你怎么了？你别这样，有什么事，我们慢慢说好吗？"

黎初晨不是一个情绪外露的人，更不擅长表达自己的想法，他总是习惯性地压抑自己，渴望的也好，讨厌的也好，他从来不会跟人说出来。他就是这样，看似很温和，其实在心里筑起了高高的围墙，那围墙里，只有一个在他小时候不小心走进来的人。

那人自进来后，就和他的心紧紧圈在一起生长了，连着经脉、血液，再也放不出去了。

黎初遥温柔的声音、轻柔的抚摸，似乎将他从紧绷的情绪里拔出来一点。他的眼神微微一闪，紧紧地咬着嘴唇，布满血丝的双眼看着黎初遥，像是一个被母亲抛弃的孩子一般，用特别委屈的声音说："你又想丢下我对不对？"

"什么？"黎初遥有些不解。

"爸爸都跟我说了，说是他让你走的，让你和我分开，让你不许再联络我！让你丢下我！离开我！你答应了对不对？你连一丝犹豫都没有，收拾行李走得那么快！你又想丢下我对不对？"黎初晨激动地低吼。

黎初晨的眼里满是被刺伤的疼痛，他紧紧皱起的眉头暴露了他对此有多在乎。他已经把自己能给的一切都给她了，却还是一点回应都没有感觉到，她真的不喜欢我吗？黎初晨心里涌上一股酸涩，他不知道还能怎么办，他甚至像个乞丐一样，可怜兮兮地开口问道："黎初遥，这么多年了，你还是没有一丝丝喜欢我吗？还是把我当成你的弟弟，可怜我、敷衍我，对吗？"黎初晨有些愤怒了。

黎初遥看着这样的初晨，心痛得连忙想解释，可嘴笨的她又不知道从哪一句说好："不是的……"

"够了！"黎初晨打断她，忽然一扫刚才的颓废，特别蛮横地低下头道，"我告诉你，就算你对我没有感情！你也别想甩开我！我不会让你再抛弃我的！黎初遥你别想跑，你跑到哪里我就追到哪里！我这辈子就算绑着你，捆着你，也要和你在一起！"黎初晨特别霸道地低下头，用额头使劲儿顶着黎初遥的额头，深邃的双眸紧紧望进她的眼睛，一脸严肃认真，甚至带着些凶狠，和平日的他截然不同。

可是就是这样的黎初晨，让黎初遥心里甜得忍不住想要笑出来。她抿了抿嘴唇，却压不住从心底泛出来的蜜意。她一直知道自己对于这个人来说，是很重要的存在，是不可代替的存在。可是每次他这样让她深深体会到的时候，还是会震撼得她灵魂都在颤抖。

她忽然抬手，圈住黎初晨的脖子，往下用力一拉，抬头轻轻地在他干燥的嘴唇上啄了一口，有些调皮地眨眼说："哦，知道了。"

黎初晨愣住了，他没想到黎初遥会是这样的反应，他以为她会激烈反抗，或者对他冷言冷语，或者会苦口婆心地劝他，可就是没想到，她会这么轻松地亲亲他，然后满脸笑意地和他说：知道了。

"你……"黎初晨紧绷的身体微微放松了一点，钳制黎初遥的力道也松开了一些。

初晨，是我故意忘记你

黎初遥伸手，摸了摸他的面颊说："我没有跑啊，我只是跟老板出趟差而已。"

"真的？"黎初晨有点不相信。

黎初遥皱着眉头说："当然是真的，我不是给你发短信了吗？"

"短信？我没收到。"黎初晨放开初遥，掏出口袋里的手机翻看着。

黎初遥也盯着他的手机看了一会儿，发现确实没自己的短信，抓了抓脸颊说："可能是急着登机，没发出去。可是你也没打电话找我啊。"

黎初晨忍不住瞪了她一眼，神色疲惫地说："我以为你走了，查到你的手机信号在北京，就开车过来找你了。"

昨天晚上他回到家里，看到黎初遥的衣柜几乎空了，然后父亲又和他说："初遥终于想明白了，你们两个早点分开比较好。"

这一句话直接把他吓住了，原来父亲早就知道他们的事，而且还找黎初遥谈过一次，怪不得黎初遥过年的时候忽然又缩回原地了！难道她又要丢下他再走一次吗？

黎初晨当时就慌了，疯了一样跑出家，回到公司用电脑查了很久以前植入黎初遥手机中的定位软件，是的……其实他总是怕黎初遥丢下他，所以，他总是给她买最新款的手机，然后偷偷在手机里植入定位软件。

他知道自己卑鄙、变态，可是没办法，他真的离不开她啊。

从定位软件上知道黎初遥的地址后，黎初晨不敢打草惊蛇，借了朋友的车，连夜开到北京，就为了在她今早退房前堵到她。

"你开车来的？你是不是疯了，从家里开车到北京走高速最少也要十个小时啊！"黎初遥心疼极了，连忙拉着黎初晨往房间里面走，把他按在床上坐下，"你的腿吃得消吗？有没有感觉不舒服？"

"还好，没事。"黎初晨身子一沾到柔软的床，才知道自己有多累，整个人又僵硬又酸疼，特别是腰腿的位置，酸痛的感觉更加明显，可是明明这么疼、这么累，但看到黎初遥那担心的样子，他就觉得一切都是值得的。而且，得知她并没有想要抛下自己，他心里的害怕与担忧都不见了，身体轻得似乎一丝疲惫都感觉不到了。

"你这家伙，脑子真是坏了，大晚上进京高速上多少货车啊！要是出了危险怎么办？"黎初遥说着说着都有些害怕起来。

黎初晨见她担心得眼睛都红了，心里开心起来，疲惫的脸上又恢复了往日温和的笑容。他抬手用力抱住了黎初遥，用轻柔而又坚定的声音回答："我没想这些问题，我只要一想到如果我慢一点，可能就找不到你了，就会忍不住开得再快点，再快点，直到把油门踩到底。"

"你疯了！下次不许这样了，出事了怎么办！"黎初遥急了，语气还是很凶，可声音里的焦急和关心一点也藏不住。

"只要你不要这样忽然消失不见，我就不会这样满世界疯狂找你。"黎初晨深吸一口气，闻着黎初遥身上熟悉的味道，安心地闭上眼睛。

"傻瓜。"黎初遥忍不住回抱他，轻声道，"我以前不是说过吗？再也不会抛下你走了。"

"你说过吗？"黎初晨声音很轻，很疲惫。

"当然啦。"黎初遥用力点头，"六年前你住院的时候。"

"是吗？我居然记不得了……"黎初晨说话的声音越来越小，他太累了，就这样坐着，双手紧紧抱着黎初遥的腰，耳朵贴在她的肚子上，呼吸平缓地睡着了。

黎初遥见他安静了，也不再说话，默默地站了一会儿，等他睡熟了，才将他的双手拿开，把他轻轻放倒在床上躺好，然后弯下身，为他脱了鞋袜。看着他穿着厚厚的棉服怕他睡得不舒服，便上前帮他把外套也脱了，脱到衣袖的时候，发现他手腕上有一根红绳编织的手环，手环上有一块小小的金色的塑料片护身符。护身符已经很旧了，是很多寺庙里都可见的东西，价值低廉到掉在地上也没人捡，他却像宝贝一样挂在手腕上。

只因为这是她送的……

黎初遥特别心酸地笑了一下，心里又甜蜜又难过。她轻轻地抬手，温柔地抚上黎初晨的脸颊，细细地描绘着他脸上的轮廓，忍不住叹息道："傻瓜，很久以前我不就说过吗？我再也不会丢下你的。"

（五）回忆

六年前。黎初晨做手术的那天，医生已经提前跟家人说了，手术的成功率很低，让家人做好黎初晨会终身瘫痪的准备。

黎爸黎妈虽然心里都清楚，可依然围在黎初晨病床前安慰他，黎妈满眼泪水，心疼地握住他的手说："晨晨别害怕啊，等下进手术室不要紧张啊，一会儿就好了，打了麻药就不会觉得疼了。"

黎初晨回握住母亲的手，感觉到她的手在微微地颤抖着，他望着母亲笑了笑，在这种时候还反过来安慰她说："没事的，只是一个小手术而已嘛。"

"对对，就是个小手术。"黎妈连连点头，跟着黎初晨说。

黎爸一向少言，只是站在病床旁边鼓励地说了声"加油"。黎初晨点点头，依然笑着。

黎妈忽然想起什么似的说："哎，初遥，赶快把昨天下午求的护身符拿出来给晨晨戴上，快快。"

"哦。"一直安静地站在一边的黎初遥走上前去，从口袋里掏出一个叠成三角形的黄色护身符，上面系着一根细细的红绳子。她弯下腰拉起黎初晨的手，把护身符上的红绳子缠绕在他的手腕上。黎初晨紧紧地盯着她的动作，她的手指有些冰凉，轻轻地握在他的动脉上，他能感觉到自己血液隔着皮肤从她的指腹下流过。她低垂着眉眼，平日里看着淡漠又冷清的脸颊上，居然有一丝温柔，紧紧抿起的嘴角透露着她现在紧张的心情。明明她只是把手里的红绳一圈一圈地缠在他的手腕上，他却觉得，似乎全身都被这红绳张开的网给缠住了，黎初晨就这样紧紧地看着她，连眼睛都没眨一下。黎初遥把绳子系好，轻轻地将他的手翻过来，用手指轻轻地掰开他的手指，将护身符放在黎初晨的手心，抬眼望向他："好了。一会儿害怕的话就紧紧抓着它。"

黎初晨抬了抬眉，握住手里的护身符，拿到眼前看了看，是很普通的黄纸，里面隐约透着红色的笔迹，应该是符文类的文字。

黎妈在他边上说着："这是我昨天特地让你姐姐去庙里求的平安符，可灵了，你戴着，可以消灾解难的。"

黎初晨有些惊讶地望着黎初遥问："你去求的？"

他记得黎初遥一向是个无神论者啊，甚至记得，她亲弟弟去世的那一年，她咬牙切齿地和他说过，她憎恨所有神灵，不管是上帝还是佛祖，因为她跪在他们面前苦苦哀求了很久，却没有一个神灵肯怜悯自己，赐一个奇迹给她。

他记得当时只有十七岁的她，一脸愤恨地告诉他：我这辈子都不会再拜佛，更不会再求神！

现在她却为了他……

黎初遥似乎知道他在想什么，别扭地别过头嘀咕道："是妈妈非叫我去的。"

"胡说什么呢？什么叫我非叫你去的，你这么说就不灵了！"黎妈急得在黎初遥身上拍了一下，呵斥道，"明明是你诚心诚意求来的！快说，是你诚心诚意求来的。"

黎初遥见妈妈生气了，妥协道："好啦，是我诚心诚意求来的。"

黎初晨忍不住抿着嘴角笑了一下，静静地瞅着她。黎初遥别过脸不看他。

黎妈见黎初遥妥协，满意地笑了，继续拉着黎初晨的手说："这庙里的护身符特别灵，隔壁家老赵，胃癌啊，做了那么多次手术，每次都去庙里求护身符，全都顺顺利利的，现在全好了……"

黎妈说到这里，看见黎初晨只是呆呆地望着黎初遥，也不知道在想些什么，连忙拉了拉他的手告诫道："晨晨你可千万不要不信啊，你们年轻人就是不相信神灵。"

黎初晨回过神来，抓紧手里的护身符，深深地看了眼黎初遥，转头望

初晨，是我故意忘记你

向母亲，眉开眼笑地说："别人给我求的我不信，但是姐姐帮我求的，我就信。"

黎初遥回过脸来看了他一眼，也不知道为什么，看着他那样满足又漂亮的笑颜，竟然有一瞬间忘记了呼吸……

黎初晨将握着护身符的手放在胸前，抬眼望着病床边围着的家人，母亲不停地偷偷擦着眼泪，却一直很努力地笑着安慰他；父亲虽然没说什么话，可他的眼神里都是关心和疼爱，还有她，那个自己最爱的人，她没有回避他的眼神，任由他肆无忌惮、满腔爱意地看着她。

黎初晨笑了，忽然觉得活着真好啊，他已经得到他最想要的东西了……

就算手术不成功，余生都要在轮椅上度过，他也不会觉得难过。

因为他感受到了，这个家，这些亲人，他们是真的爱他，真的需要他。

而他，也终于找到了，活着的理由……

到了手术的时间，护士准时把黎初晨推进了手术室。黎爸黎妈焦急地在手术室外面等着。黎初遥等了一会儿，实在受不了这种等待给人的折磨，让她有些慌张，甚至有些不好的预感。她用力地握了下手指，借口出去买点东西，走到医院大楼外的石椅上坐了下来。她微微往后一仰，整个人靠在石椅上，抬头看着天空。今天的天气好得过分，天蓝风轻，云朵白白，石椅后面的一排梧桐树，光秃秃地挂着几片枯黄的叶子，脆弱得好像无风就能掉落一样。

黎初遥伸出手，挡在自己眼前，轻轻闭上已经好几天没合过的眼睛。她的脑子现在空荡荡的，她什么也不敢想，只要一去想手术结果，就心慌得不行。她现在唯一能做的，就是这样强迫自己发呆一直到手术结束。不管是成功还是失败，她一定要表现得冷静而强大，她一定要让他相信，不管结果怎么样，她一定会照顾他一辈子。她真的很怕，再次看见黎初晨那样决绝地放弃生命。

风吹云动，时间一分一秒地过去，不管是在外面等待的人，还是在手术室里的人，都在煎熬着。

手术室里的初晨，因为伤口在腰胯部，所以只打了半身的麻醉，他能清楚地听到医生用手术刀切开他皮肤的声音，听到手术剪咔咔的声音，听到医生和护士偶尔的交谈声，以及很多他分辨不出来的声音。他就像一块砧板上的肉，任由医生切切缝缝，虽然感觉不到痛，却依然全身冰冷。他忍不住紧紧地握住了手里的护身符，那是初遥亲手给他系上的，他试图从这小小的护身符上吸取一些她余留下来的温度，似乎这样，就能消除一些他心里的紧张和恐惧。所谓度秒如年，形容现在的他一点也不过分。

六个小时后，手术终于结束了，当手术灯熄灭的那一刻，黎初遥第一个站起来，大步跨到手术室的门口，黎爸黎妈也先后跟了过来。德国医生走出来，用英语对黎初遥说："手术很成功，被切断的腰部神经已经接回去了。"

黎初遥听到这句话，心里的大石终于落下，无法正常工作的呼吸系统似乎终于恢复供氧。她忍不住大大地喘了几口气，有些激动地上前，用颤抖的双手握住医生的手，眼睛似乎都有些湿润了。她不停地感谢着医生："谢谢医生，谢谢您！"

德国医生爽朗地笑了笑："不用谢我，他站不站得起来，还得看他自己后期的努力，后面的复健过程才是最重要的，谁也帮不了他。"

"我知道，我知道，但还是要谢谢您。"黎初遥激动得连英语发音都不太标准了。黎爸黎妈也上前去，不停地对医生说着谢谢，直到护士推着黎初晨出来，才把他们隔开。

一行人连忙围上去，帮着护士把黎初晨推回病房，让他侧躺在床上后，黎初遥望着面露疲色的父母说："爸妈，你们先回去休息吧，我在这里照顾就行了。"

黎妈舍不得地看了眼黎初晨，点了点头："那我先回去给他炖点汤，煮点鸭血，晚上叫你爸送过来，给他补补。"

"嗯。"黎初遥点头。

黎爸黎妈三步一回头地走了，黎初遥将他们送到门口，然后目送着他

初晨，是我故意忘记你

们走下楼梯，才退回病房，关上房门。这个病房是单依安特地帮她安排的单人 VIP 病房，条件比原来住的三人间好多了，里面有独立的卫生间和小茶水间。病床放在窗户旁边，阳光透过窗户洒在白色的床铺上，那上面的漂亮少年，已安静睡去，柔柔的刘海乖顺地覆在额前，长长的睫毛像两把扇子一样盖住眼帘，白皙的皮肤在阳光下近乎透明，漂亮得让人想伸手触摸，却又害怕那只是海市蜃楼。

他睡着的时候，真像一个干净又圣洁的天使。

不管几次看到这样的景象，黎初遥心里都会这般感叹。

黎初遥走过去，微微弯下腰来，伸手轻轻推了推黎初晨："初晨，初晨，现在还不能睡啊。"

刚刚出手术室的时候，医生说了他的麻药药效还没过，三小时之内不能熟睡。黎初晨的眼睛紧紧闭着，似乎没听见她的声音，她又稍微用了点劲拉了拉黎初晨的手，黎初晨才微微皱起眉头，眼睛睁开一条缝嘀咕道："姐，我好困。"

"我知道，可是现在还不能睡啊。"黎初遥坐到病床边的板凳上，双手握着黎初晨的手说，"过一会儿再睡好不好？我们聊会儿天。"

黎初晨又微微睁开眼睛，眼神迷离地望着黎初遥，似乎用尽全身力气地"嗯"了一声，然后又重重地闭上眼睛。

对于现在的他来说，眼皮就像有千斤重一般，完全抬不起来，脑子也迷迷糊糊的，可是黎初遥的声音依然能清晰地传进他的耳朵。还有她手心的温度，他终于可以清晰感觉到温度了。他的身体冰冷得完全没有知觉，眼前也什么都看不见，只有手里的温度，可以将他牵向有光的地方。他微微在她的手掌中动了动手指，她似乎察觉到他给的信号，更加用力地握紧了他的手。

"好，我知道你累了，睁不开眼睛，也不想说话，那我说给你听好不好？"黎初遥微微低下头，将脸放在黎初晨的手上，温柔地望着黎初晨说，"你要是听到，稍微动动手指就好了。"

黎初晨的手指微微抽动了一下，黎初遥笑了笑，望着紧紧闭着眼睛的人说："其实我有很多话想跟你说，但是我知道，不管是抱歉也好，感谢也好，都是你不想听到的，对不对？"

手指又微微动了动，原本冰冷的手掌，已经被她的双手和脸颊焐得温暖起来。病房里安安静静的，连呼吸声都好像只来自她一个人。

窗外的阳光到了下午，已经不那么刺眼，带着一丝晚霞的红色，染得远处建筑物上的玻璃反射着五色的光华。医院那特有的消毒水味，依然萦绕在鼻间。

黎初遥垂下眼帘，沉默了一会儿，低头轻声说："医生说，后期的复健工作会很艰难很艰难，我真的很想陪着你一起走过难关。我想扶着你慢慢坐起来，我想看着你慢慢站起来，鼓励你一步一步往前走，我想在你跌倒的时候抱住你，亲吻你，想给你勇气，给你爱，想帮你驱逐疼痛和绝望……初晨，我想陪着你重新站起来。"

"可是……"黎初遥眼眶微微红了起来，心沉沉地痛着，"可是初晨，对不起，我可能要离开一段时间。"

一直被麻药的药力折磨得闭着眼睛的黎初晨，忽然用力地睁开眼睛，紧紧地望着她，眼里夹杂着愤怒和伤心，还有万分的焦急。他用力反握住黎初遥的手，用乏力的声音，特别伤心地问："你要去哪儿？别走……"

黎初遥也特别难过，可是她也没办法，她和单依安的交易她不能不去完成。

"对不起，我答应了单依安去帮他做些事情，不会太久的，我很快就会回来的。在我不在的这些日子，你答应我，就算一个人，也好好地复健，好好地站起来，好不好？

"如果疼的话，你就想想我。你就想啊，这个卑鄙的家伙说不定不回来了，如果我不站起来，我怎么去找她呢？如果想放弃的时候，就想想我，你就想，黎初遥这个浑蛋，就这么把我丢在这里，我一定要站起来去找她报仇……你就这么想，就这么想，好不好？"

黎初晨摇摇头，他知道自己没办法阻止她离开了，不管是单依安，还是黎初遥，现在的他既抗衡不了，也保护不了。可是即使这样，他还是不愿意……

　　黎初晨漂亮的眼睛里，微微闪着泪光。他仰起头，望着天花板，用低沉好听的声音说："我不愿意这么想，如果你不回来，我会去找你，但是不会去报仇。如果你把我丢在这里，不管要跨过多少障碍，我都要追上你。所以我会去找你，我会站起来，一定只是因为，我想你了，想跨越千山万水，去见见你。"

　　"对不起。"黎初遥愧疚不已，忍不住痛哭着将脸埋进手心里，"又丢下你一个人，真的对不起。"

　　"你会回来吗？"黎初晨轻声问。

　　"会，我当然会回来。"

　　"那我们约定吧。"黎初晨伸出手，微微弯起手指，望着黎初遥说，"等你回来的那一天，我一定已经好好地站在你面前。"

　　这一刻，黎初晨认认真真地看着她。他想就这样把她牢牢地记在脑海里，记在心里，在今后的每一个没有她的日子，都能想起她，想起今天，想起这个约定。

　　黎初晨多想对她再说一句：等再回来的时候，就别走了。

　　可是他没有说，他不敢逼她做出太多承诺，他怕她嫌烦，怕她有压力。

　　没关系，这样就好了，只要知道她还会回来，只要她还会回来，他愿意等，多久都愿意……

　　黎初晨的眼皮越来越重，不管他怎么努力，眼前的人变得越来越小，越来越模糊，慢慢地，世界变得一片黑暗，只听见她在耳边，一声声唤着他的名字，初晨，初晨……

　　三个小时一分一秒地过去了，似乎很漫长，却又好像弹指一挥而已。夜幕已经降临，病房里黑暗一片，黎初遥没有开灯，一直坐在黑暗里，看着病床上的人。直到刚刚她才不再打扰他的美梦，让他沉沉睡去，黑暗里他的样子已经看不清楚，可她依然清楚地记得他睡着时的表情，微微皱着眉头，看起来那么忧伤。

她抬起手，在黑暗里抚上他的眉宇，轻轻地揉了揉。初晨，别难过，等我回来，再也不会离开你。我答应你，这是我给你的承诺……

第九章

初晨，
我想和你永远在一起

（一）雅望

北京的空气似乎不像电视里报道的那样差，空气里并没有被形容得非常可怕的雾霾，天空蓝得就像一块美丽的云景图，在繁华热闹的城市中，一辆黑色的奔驰商务车从希尔顿酒店驶出，没开十分钟就被堵在车海中，一步都不得动弹。

半个小时后，坐在车里的单依安不耐烦了："这还要堵多久？"

司机实话实说道："这就不知道了，有的时候堵一个小时，有的时候三四个小时，这条路一到这个点就堵，您要是早出门半小时，可能就过去了。"

单依安听了这话默默地瞥了一眼黎初遥，黎初遥正默不作声地低着头，她似乎感觉到单依安在看自己，抬起头，有些抱歉地说："对不起，单总，是我迟到了。"

"你迟到我倒是挺稀奇的，你居然也会迟到。"单依安定定地盯着她问。自己这个秘书，别的不说，自律性是非常强的，给他工作了四年从来没有迟到过，可是今天她不止迟到了，而且当他去敲她的房门，她开门的时候还双眼通红，似乎刚刚哭过的样子。不止如此，她还用身体挡在打开的门缝前，生怕他看见里面的秘密。

单依安对别人的私生活一点也不感兴趣，对于黎初遥的却有些好奇，这个总是把自己包裹在严丝合缝的黑色衣服里、性格冰冷、像机器人一样甚少出错的无趣女人，到底能有什么私生活？

"抱歉，下次不会了。"黎初遥没有多做解释，只是打开手中的平板电脑，将话题带到了工作上，"单总，今天我们去找德林城建公司借人，能借到吗？"

"德林的林总也是一个无利不起早的家伙，才不会轻易借人给我们。"单依安单手托着下巴道，"估计我们会被狠狠敲一笔。"

黎初遥点头："那肯定的。"

这年头哪里还有活雷锋会免费帮你，全是趁火打劫的。

"中午吃饭的餐厅订好了吗？"单依安问。

"订好了。林总喜欢吃辣，我已经叫餐厅把菜做得辣一点了。"黎初遥订餐之前已经向分公司的经理打听过林总的口味了，知道他喜欢吃辣，便订了川菜馆。

"姓林的那家伙，何止喜欢吃辣，还很能喝酒，每次见面都把我灌得够呛。"单依安摸着胃部，皱着眉头心有余悸地说。

"我给你带了解酒药，等会儿先吃两颗。"黎初遥知道有饭局，所以早早就给单依安备好了解酒药。

单依安摇头："这种药吃了没用，喝完酒一样难受，回来想吐还吐不出来，更恶心。"

"没事。"黎初遥说，"我已经让分公司的程总安排了两个公关部的姑娘来，到时候让她们给你挡。"

"嗯。"单依安靠在软软的车座里，满意地点点头。他出差最喜欢带着黎初遥，因为她什么事都能给他安排得妥妥帖帖，连细节都会考虑得很全面，从来不需要他费一点点神。

单依安转头望了眼黎初遥，她依然低着头，看着平板电脑上的工程资料，侧脸虽然算不上漂亮，却很清俊，不爱笑，看着很冷酷，却又意外地

初晨，是我故意忘记你

细致体贴，身上也没有很多女人爱喷的香水味，和她坐在一个车厢里不会觉得讨厌，反而觉得挺舒服的。

到达德林建筑公司的时候，已经是上午十点半了，德林的林总在办公室等着单依安。林总五十多岁，保养得很好，一点也不像这个年纪的很多男人，任由自己发福成一颗球。

"单总，我听说你今天要来啊，把所有事都推掉了，专门等着你呢。"林总一副热情的样子，使劲儿握了握单依安的手。

"林总，您太客气了。"单依安也一脸笑容，像是见了亲兄弟一般，"您看我昨天才来的，也没准备什么礼物，带了点家乡小玩意儿给您，您可得笑纳啊。"

黎初遥上前，将包装精美的礼物送了上去，一看就价值不菲。

"哎呀，太客气太客气，人来就行了，带什么礼物啊。"林总这样说着，轻轻推拒了一会儿收下了。

三人在办公室里面坐下，单依安说明了来意，林总一副自己家工地上也很缺人，实在借不出来的样子。单依安知道他有一个园林工程这个星期就竣工了，工人可以直接拉去他们工地。

两人拉扯了半天，单依安开出了不少有利条件，林总终于痛快地答应了："好！你单总要人还不是一句话嘛，你什么时候要？"

"当然越快越好，最好明天就能开工。"单依安着急地说。

"你等等啊，我马上给你安排。"林总拿起手机，打了一个电话，"小舒，你过来一下。"

没一会儿，开着门的办公室外响起礼貌的敲门声，黎初遥转头看去，门口站着一个长相非常清秀干净的女子，她素雅地站着，浓密的长发简单地在脑后扎成一束。

"小舒，过来过来。"林总见她来了，连忙招手让她进去，"给你们介绍一下，这位是单总，这是我们公司的工程设计师舒雅望，后天竣工的园林工程就是她在做，你们要人，得让舒工给你们安排。小舒，你配合一下单总的工作。"

"好的。"舒雅望微微点头。

"舒工，这次要麻烦你了。"单依安特别有礼貌地和舒雅望握了一下手。

"哪里哪里，单总有什么需要我帮忙的地方，就直接和我说。"舒雅望笑了笑，特别和善地回复。

"林总，这事我太感谢您了，中午一起吃个便饭吧。"单依安看了看手腕上的表说，"我地方都订好了，舒工也一起来。"

"好，今天中午跟你不醉不归。"林总见有酒喝，心情更好了。

四人分两辆车开往餐厅，早就订好的包厢里，可口精致的菜已经上齐了。分公司公关部的两个姑娘长得也特别标致，劝酒挡酒的功力也非常了得，林总喝得很尽兴。

黎初遥在餐桌上和舒雅望聊了两句，发现舒雅望居然也是他们那座城市的人，舒雅望见遇到了老乡，高兴得眼睛都亮了，两人聊了聊，发现居然还是一个高中的，不过黎初遥比舒雅望大两届。

黎初遥和她聊了一会儿，便挺喜欢她的了，因为她和黎初晨有同一种魔力，就是笑起来特别好看、温暖，给人一种将周围点亮的错觉，让人恍恍惚惚的。

黎初遥第一眼见舒雅望的时候并不觉得她有多好看，可是等吃完饭之后，却觉得她长得挺漂亮的，相处起来也非常舒服。

一顿饭从中午十二点半吃到了下午三点多才结束。

林总晕晕乎乎地被两个公关姑娘扶出餐厅，塞进车里，一顿拉扯告别之后终于走了。单依安虽然没喝多少，但是架不住酒力浅，白皙的脸颊通红，戴着眼镜的双眼里像是能滴出水来。

黎初遥拿起手机给自己公司的司机打电话，单依安晕晕乎乎地四处望着，脚步有些不稳。舒雅望小心地在边上护着，生怕他冲到马路上去。

"呃，那个人，好眼熟啊……"单依安歪着头，望着餐厅门口站着的

初晨，是我故意忘记你

一个男子。

黎初遥顺着他的目光看去，只见餐厅大门口的右侧安静地站着一个高瘦的青年，戴着鸭舌帽，看上去很年轻，面容精致到从他身边路过的人都无法忽视，频频回头看他，在茫茫人海中，似乎有一道光将他照亮一样。

"是谁来着？"单依安喝多了酒，声音有点大，"我怎么记不起来了？我一定见过他……"

单依安歪着步子想迎上去，那个男子似乎听见了单依安的声音，又似乎没听见，他墨黑的眼神只盯着一处，举步走了过来，从迎着他过去的单依安身边擦身而过，连余光都没施舍给他，只是望着眼前的舒雅望轻声说："走吧。"

"你怎么来了？"舒雅望脸上有微微的红晕，眼里流露出显而易见的甜蜜。

"你喝酒了，来接你。"夏木的话很简洁，却不会让人听不懂。

舒雅望连忙解释道："就喝了一口。"

"嗯。"没有责备，没有说什么以后不许喝了，只是嗯了一声，似乎只是在表示我知道了，你想喝也没关系。

舒雅望忍不住笑起来，牵起他的手，转头对着黎初遥和单依安说："我男朋友来接我了，我先回去了。"

"哦，好，你去吧。路上小心点。"黎初遥招呼道，不着痕迹地看了眼他们紧紧牵着的手。

"好。单总，您要的人我后天就给您调过去，初遥，有事给我打电话。"舒雅望挥挥手，牵着她的男朋友走了。

黎初遥看着他们两个渐渐消失的身影，心里居然有些羡慕，羡慕他们能这样毫不犹豫地紧握对方的手，羡慕她能在陌生人面前说，这个是我男朋友。

就在黎初遥陷入沉思的时候，单依安忽然叫道："夏木！我想起来了！他叫夏木，是我初中同学！你看我记性多好，初中同学都记得。"

"是是是，记性好，回去休息了。"黎初遥敷衍了两句，扶着单依安上了公司的车回酒店去了。

（二）羞涩

黎初遥回到酒店时，已经下午四点多了，她扶着单依安进了电梯，然后把他丢回房间睡觉，自己也累得半死。她中午也陪着喝了两杯，头有点疼，便一边揉着太阳穴，一边走向房间，刷卡进去。

酒店的房间是一个直间，进门走不了三步就能看到卧室里大大的双人床。黎初遥走进去，发现初晨并不在床上睡觉，床上整齐地堆放着一摞衣服，洗手间传出窸窸窣窣的动静，黎初遥猜他应该是在洗漱，也没吱声，放下手里的包，安静地坐在窗边等着。

过了一小会儿，卫生间的门打开了，黎初晨光着脚，只穿着一条内裤就走了出来，身上还有未擦干的水滴，头发上的水珠也顺着发尖，一滴滴地往下落着，打在他宽厚的肩膀上，白皙却又紧实的皮肤在房间昏暗灯光的映照下，散发着一种男性特有的诱惑味道。

黎初遥不知为什么，心跳忽然加快了很多，她连忙别过眼睛，低着头，假装在玩手机的样子。

"呃，回来了？"黎初晨没想到她会忽然回来，有些措手不及地拿手里的毛巾往下遮了遮，漂亮的面容上浮起一丝红晕。

"嗯。"黎初遥嗯了一声，低着头假装很镇定的样子问，"午饭吃了吗？"

"没有，我刚睡醒。"黎初晨见她好像一副无所谓的样子，自己是个男人，更不好意思太过于扭捏，便光着脚从黎初遥面前走过。

"那你换下衣服，带你出去吃饭吧。"黎初遥使劲低着头，专心致志地玩着手机，手机的页面从一个跳到另一个，她只是无意识地划来划去。当黎初晨从她面前走过的时候，因为房间的过道太窄，他的小腿不小心碰到了她的腿，明明隔着这么厚的衣服，黎初遥却像是被烫到一样，立刻将腿缩了起来。

黎初晨注意到她的举动，有些惊疑地看向她，只见她端坐在床头，头埋得低低的，看不见表情，双耳的侧边却是让人无法忽略的红。黎初晨忍不住扬起嘴角笑了一下，原来她不是毫无所觉啊。

"好啊。那晚上带我去吃什么？"黎初晨抿着嘴唇笑，故意站在她面前不走了。

两人离得很近，好像只要再往前靠一点，她低着的头就能碰到他光滑的腹肌。

黎初遥也不知道是不是因为中午喝了酒的缘故，脸上越发烫了起来，连胸口都热得微微发颤。她有些僵硬地别开头："你想吃什么？"

"嗯，我不知道，北京你熟啊，你说去哪里吃？"黎初晨忽然蹲下身，不允许她逃避地挡在她眼前，眼神炙热地望着满脸通红的她。

其实黎初遥对待男人的经历少得可怜，她从来没有和一个男人在酒店的房间单独相处过，而且那个男人还几乎全裸，长相和身材都散发着一股诱人犯罪的味道。更可恶的是，这个家伙还使劲儿往她跟前凑，这种暧昧的气氛，让她紧张得有些呼吸不过来。

"你先把衣服换好，我们出门再商量吧。"黎初遥屏住呼吸，手里的手机已经快被她捏碎了。

黎初晨却不愿意这么快放弃这一刻，他伸出两条长长的胳膊按在床边，将黎初遥困在里面，倾身上前，漂亮的脸颊凑到黎初遥面前，和她只隔着一厘米的距离，在她耳边轻声说："姐，你的脸好红啊。"

黎初遥的脸更红了，倔强的个性却让她不愿意承认，她有些不爽地鼓着脸说："废话，我脱光了站在你面前，看你脸红不脸红。"

黎初晨笑了，居然一改平日里那种温柔的笑容，有些坏坏的样子，凑上去，在她唇边轻轻地亲了一下，然后用闪亮的眼睛望着她说："那就不是脸红的事了。"

黎初遥自然知道他在说什么，忽然觉得自己蠢透了，居然说出这种话来。她有些恼怒地推了一下他的肩膀，嗔道："你快去穿衣服啦！"

这话刚一出口，黎初遥自己都被自己震惊了，她居然用这种语调说话！这不是单单那种二十岁小姑娘对着她哥撒娇时的口气吗？她是怎么回事，居然说出这种话，是脑回路出问题了吗？

黎初晨却一点也不觉得黎初遥这样讲话很奇怪，反而心里像是吃了蜜糖一样，甜得一塌糊涂，他连忙宠溺地投降道："好好，不逗你了，我现在就去穿。"

黎初晨走到床边，开始往身上套衣服。黎初遥抬手，默默地捂脸，真是够了，好丢人。

（三）告白

两人从酒店出来，黎初遥还是有些别扭，双手插在口袋里走得飞快，黎初晨被她抛在后面，两个大跨步追上去，一手抢过黎初遥的包，一副讨好的样子道："我帮你拎。"

"不用了。"黎初遥不喜欢自己和小姑娘一样，还让男朋友给自己拎包，便想抢回来，伸出去的手却被他紧紧拉住，一副"我的手给你拎"的模样。

黎初遥看着他乐颠颠的样子，挑了挑眉毛，也没有太过坚持，随他去吧。她算是看出来了，黎初晨属于服务型男友，是那种体贴入微、恨不得把女朋友的所有事都弄得好好的男人。可是黎初遥是特别独立的女人，并不需要别人为她服务，她能把自己照顾得很好，所以每次黎初晨要帮她做什么的时候，她下意识的反应是拒绝。

可是这种反应，在这些年里，好像渐渐也被改变了，她并不排斥被他这样体贴入微地照顾着，甚至有时候也能感觉到一丝幸福。

"想好晚上吃什么了没？"黎初晨牵着黎初遥的手，一边往前走一边问。

"没有，要不我们随便找个饭店吃吧。"黎初遥对于吃一向很随意。

黎初晨却很难得地持反对意见，转头望着她笑："我想到要吃什么了，走！"

　　"去哪儿？"

　　"跟我来。"黎初晨招手拦了一辆出租车，两人钻进车里。黎初晨对司机报了 A 大的名字，车子便往目的地开去。

　　"怎么想起去 A 大？"黎初遥不解地问，"大学吃了这么多年，还没吃够啊？"

　　"没吃够。"黎初晨笑，拉过她的手握在手心里，轻轻捏着，"我前几天还梦到学校后门的烤串了，又好吃又便宜，可是每次你都不让我多吃，说不卫生。"

　　黎初晨的眼神雾蒙蒙的，像是陷入了那些美好回忆，扬起嘴角笑道："其实我知道，你是抠门，舍不得给我多吃点。"

　　黎初遥瞪大眼睛，特别冤枉地道："我什么时候舍不得你多吃点了，我自己不吃，省下来的钱都给你吃呢，你这小子太没良心了！"

　　"哦，你眼巴巴地看着我，我一个人好意思吃吗？"黎初晨想起黎初遥当年的样子就忍不住想笑。每次他们在外面摆完地摊，回学校都已经深夜了，也就只有后门的一些烧烤摊、小夜宵摊开着门。黎初遥当时还在上大学，是最抠门的时候，每次走到学校后门，望着生意红火的小吃摊，她都用手捏着装钱的口袋，用一种特别艰难的眼神看着他问："初晨，你饿吗？要不要吃点夜宵？"

　　每次他回答不用了时，都能感觉到她如释重负一般地放开捏着口袋的手，然后拉起他的衣袖，快速从香喷喷的后门巷子通过，用轻快的语气说："那就不吃了，你要是半夜饿了，我给你煮面吃，炒饭也行。"

　　黎初晨记得，当年的他总是浅笑着，被她拉着走，其实他根本不在乎能不能吃到好吃的夜宵，对他来说，能回到房子里，吃黎初遥亲手给他煮的面条，这才更让他期待。

　　不过他知道，黎初遥很喜欢吃那条街的烤肉串，每次生意好的时候，都会拿出十块钱，像是奖赏自己一样，去烤串摊买五根烤羊肉，给他三根，自己两根。

那个时候的他就在想，等以后有钱了，他要带她来，买一把一把的烤肉串给她吃，把她吃到撑为止。

"喂，你刚才是不是说我抠门啊？"黎初遥压抑着怒气的声音将他从回忆里唤醒。他转过头去，只见她挑着眉毛，眯着眼睛，一副"你想死吗"的表情看着他。

"没有没有。"黎初晨连忙否认，"我是说一会儿我请客，你敞开了吃。"

"不得了了你，现在都敢说我抠门了，小时候可不敢这么说我。"黎初遥才不管他是不是承认，对着他手臂上的肉就象征性地扭了一下，以示惩戒！

"我长大了嘛。"

"长大了不起啊？长大也不许说。"

"是是是，我错了。"黎初晨依然毫无原则地让着她。

黎初遥见他认错态度良好，便不再和他计较了。没一会儿，车子停在了 A 大门口，两人下车，抬头望着这所百年名校，它的外观依然没变，似乎连颜色都未褪去，只是学校大门外两边的商店、马路和大楼，已经变得都快让人不认识了。

黎初遥记得，黎初晨第一次来学校找她的时候，自己还在上大一。他一声不响地就跑来找她，在学校外面的 IC 电话亭往她的寝室打电话，她和室友急急忙忙地从学校里跑出来接他，看见了这个站在阳光下的白衣少年。那时他还只有十六岁，是男孩最好看的年纪，纤瘦白皙，干净得像是泉水一般温润透明，跟着她一起出来的室友，只那一眼便对他一见钟情了，日后天天缠着她叫姐姐，想着将来做她的弟妹。

"其实我一直很奇怪，当年你为什么好好的寒假不过，每年一放假就跑来陪我摆地摊呢？"黎初遥抬头望着已经比她高出一个头的黎初晨，现在的他依然很好看，脸庞蜕去了少年时期的青涩，变得更加成熟和立体，

初晨
是我故意
忘记你

气质也变得沉稳温雅起来，站在学校门口，频频有女生回头看他。

"你不会那个时候就……"黎初遥眯了眯眼睛，语调有点得意地问，"喜欢我吧？"

"不是。"黎初晨否定了这个猜测，表情看着也不像撒谎。

黎初遥莫名有些失落，却觉得这也没什么，那么年少的孩子，懂什么叫喜欢呢。她耸了耸肩，刚举步往前走了一步，就听见身后黎初晨轻声说道："还要更早。"

"嗯？"黎初遥没听清，疑惑地回头问，"什么？"

黎初晨紧紧地看着她，眼睛一眨不眨，用好听的声音说道："比那个时候，还要更早。"

黎初遥呆住了，望进黎初晨的眼睛，感觉全身像是被定住了一般，动也不能动，那双漂亮的眼睛，像是有魔力一般将她紧紧吸住，吸进他那深不见底的情意里。

黎初晨在她的注视下浅浅地笑了，一如平常那样温和干净。他上前一步，轻轻拉住黎初遥的双手，低下头说："其实，能把这件事告诉你，我真的挺高兴的。

"我爱你，爱了很多很多年了。在你不知道的时候，在你觉得不可能的年纪，在你的目光压根儿注视不到我的时候，我就已经爱上你了。"黎初晨说完这句话，像是有些不好意思似的，无法再和黎初遥对视。他上前，用力地将她拥抱在怀里，将脸深深地埋进了她的肩膀。

他真的很高兴，他第一次来到这所大学找她的时候，从没想过，十年后的今天，自己居然能将深埋在心底的感情认真仔细地说与她听。那时的自己，傻傻地觉得，只要在她身边就好了，只要能见到她，只要能在她身边就幸福了。可那时候的自己，明明笑着，却总觉得很心酸，很难过。现在的自己，拥抱着她就像拥有了全世界，拥有着整颗心都被填满了的幸福感。

真好……

黎初遥僵直的身体被他温暖的体温唤醒，她这才反应过来，抬手，也紧紧抱住了黎初晨。

这个人，总是能给她更多的感动，更多的爱。

这个人，总是能让自己感受到，自己是多么重要的存在。

这个人深沉的感情，就像海浪一样，一波接着一波，将她打翻，将她卷入深海中，再也无法挣脱，也不想挣脱。

（四）求婚

两个人并没有如愿找到那家烤串摊，听周边的人说那个卖烤串的早就发财了，已经在北京买了房，还租了店面卖烧烤，连锁店都开了，早就不出摊了。

黎初晨还想去找那家烧烤连锁店，黎初遥却懒得跑了，在学校后门随便买了很多吃的，麻辣烫、肉夹馍、麻辣小龙虾以及各种卤味小吃，多得一个桌子都摆不下。黎初晨还想继续去买，黎初遥拉住他说："真的够了，再买就浪费了。"

黎初晨见状便坐下来，和她一起吃，一边吃一边感叹自己早就想这么吃一顿了。

黎初遥睨着他："看你说的，合着我以前虐待你了？"

"没有没有。"黎初晨用漂亮的双手剥着油腻腻的小龙虾，将虾壳丢在桌子上的垃圾盆里，把鲜美的肉蘸了点蘸料喂进黎初遥嘴里，嘴角带着笑，好像比自己吃进嘴里还开心。

黎初遥连吃了两个他剥好的虾，第三个小龙虾被送到嘴边的时候，她侧头让了让道："你自己也吃啊。"

"先给你剥几个。"黎初晨固执地把虾肉送进她的嘴里，笑吟吟地继续剥着壳。他知道黎初遥很喜欢吃"麻小"，却又懒得剥壳，所以每次都

初晨
是我故意忘记你

是连壳咬着吃，但是那样吃虾线没有抽掉，吃到肚子里以后容易闹肚子。

　　以前他也总是给她剥，可是不敢喂到她嘴边，只敢放在她面前的调料碗里。现在这样的相处，让他真的感觉到了，他们是在谈恋爱，而不是一个人的单恋。

　　这顿晚饭两个人都吃得很满足，黎初遥更是撑得肚子都有些圆了，两人在校园里散了一会儿步，看了看以前的宿舍，以前的教学楼，以前一起跑过的学校操场，想起了很多在大学时候发生的事。其实人很奇怪，不去想的时候，好像那段时间的记忆全都消失了，认真想的时候，却有那么多回忆。

　　在黎初遥的记忆里，大学不过就是上学、打工，偶尔和韩子墨出去约会而已，关于黎初晨的记忆特别的少。

　　可是仔细想来，大学里她也和黎初晨一起去图书馆看过书，一起摆过地摊，一起在食堂吃过饭。他会把打到的鸡翅夹给她吃，他不管买了水果还是零食，都会送一份到她寝室，后来她毕业了，而他，因伤没有读完大学。

　　想到这件事，黎初遥转头看了眼她并肩走在校园里的人，忍不住轻声问："你伤好了之后为什么不愿意回来读大学啊？"

　　黎初晨当年腰部以下瘫痪了之后，从 A 大计算机系休学，用了将近四年才能慢慢走路，当时她叫他去把大学读完，他却不愿意回去了。

　　黎初晨垂着双眼，漫不经心地说："不是和你说了吗？那些课程我在家都自学完了。"

　　"可是你自学完的没有文凭啊。"黎初遥道。

　　黎初晨好笑地问："干吗，嫌我学历低啊？"

　　"不是啦。"黎初遥连忙想解释。

　　"好啦，我知道你是为我好。"黎初遥见她那紧张的样子，忍不住笑了笑，伸手很自然地紧紧握住她垂在身边的手，细细地摩挲道，"如果我回来读书的话，那我今年还没毕业。我不想浪费时间在学校里，更不想一直让你照顾，用你的工资给我交学费，我想给你依靠，赚钱给你用，让你过得轻松点。"

黎初晨就这样一句一句地说着，他的嘴角轻轻抿起来，说完后，有些自嘲地笑笑："其实就是不想离开你，一步也不想离开。"

说完，他转头很认真地望着黎初遥："初遥，我的 IT 公司已经开起来了，新开发的游戏也在免费试玩阶段了，市场反应挺好，等到了收费期肯定能赚不少钱。到那个时候……我们结婚好不好？"

黎初晨忽然就这样丢出这个问题，炸得黎初遥愣住了，她睁大眼睛望着黎初晨，刚刚这个算是……求婚？

可是哪里有人这样求婚的，既没有戒指又没有鲜花，有的只是这个面如冠玉的男人，以及满面通红的紧张和真诚。

黎初遥舔了舔干燥的嘴唇，也有了一丝紧张："呃……可是家里……"

"我知道，我知道，我会想办法解决的，你交给我。"黎初晨有些急切地拉着她的手说，"就算解决不了，哪怕只是偷偷登记也好，不给别人知道也好，不被祝福也无所谓，我就是想让你真正属于我，不用总是担心有一天，你会甩掉我离开。"

黎初遥的眼角有些湿润，她看着这个男子，他眼里的期望和急切让她感动不已。她一点也不怀疑这个男人是多么需要她、渴望她、想要拥有她，真心想和她厮守一辈子。

那她还有什么好求的呢？女人这一辈子，不就求一颗真心吗？

他一直捧着自己的心，求她收下，她为什么要拒绝？

她也早已受够这样遮遮掩掩止步不前的关系，如果分不了手，那就抛开一切顾虑，狠狠地在一起吧！

这样想着，黎初遥低头笑了一下，然后又抬起头，微微点了点头，说："好。"

黎初晨简直不敢相信这是她说出的答案，他高兴地张开嘴笑了起来，眼睛里还带着激动的泪水，他忽然将她一把紧紧抱在怀里："你答应了，你答应了！不能反悔，不能反悔！"

初晨
是我故意
忘记你

"嗯。"黎初遥在他怀里，微笑着用力点了点头。

不反悔，永远。

（五）沉迷

两人在校园里逛到晚上九点多才回宾馆，都有些小甜蜜和隐隐的激动，但是一旦做了决定之后，又觉得特别安心，好像以前害怕的那些障碍、困难，都有勇气去面对了。

其实黎初遥心里也清楚，她以前总是想一个人去扛，可是今天，她清楚地感受到了身边这个男人，在这两年时间里，拼命努力着，想为她建一个安全港，想给她依靠。

两人手拉着手走进房间后，才意识到，房间里只有一张双人床，看着孤孤单单的双人床，黎初遥有些不自在地理了理头发。

"要不……"黎初晨也感受到了她的不自然，便体贴地说，"我再去开一个房间吧。"

"嗯，也好。"黎初遥连忙点头，不知道为什么，现在的她有些受不了和他待在一个密闭的空间里，总感觉手脚都不知道放到哪里，这样的状态让她感到很恼火。

"那你先借我一点钱。"黎初晨伸手道，"我来的时候比较急，没带钱包，身上带的钱刚才都用完了。"

"哦。"黎初遥从手提包里拿出钱包道，"要多少？"

"我刚才在楼下的时候看了一下挂牌价，普通单人间一千二一个晚上。"黎初晨笑眯眯地伸着手说。

"这么贵！"黎初遥捏着钱包的手变得有点颤抖，表情也默默狰狞起来，她心里嘀咕道，就睡一个晚上要一千多块，抢钱啊！哦，也对，这里是五星级酒店，又是寸土寸金的北京城，一千多元一晚也正常，可是真的好贵啊，要不给他两百块让他去隔壁快捷酒店住一下？不行，快捷酒店不干净怎么能让初晨去住呢，还是我去住吧！不行啊，他今天已经说了我以前挺抠门的了，现在还这样，会被鄙视的吧。

黎初遥在心里抗争了半晌，拿出自己的信用卡，又看了看两米宽的双人床，默默地说："其实这个床也挺大的，要不然，我们……"

"好啊。"黎初晨特别爽快地点头同意。

"好什么？"黎初遥警惕地盯着他看。

"我们挤挤啊。"黎初晨笑着说，"放心，我不会挤到你的，而且我睡了一天了，一点也不困，与其花一千块去开一个房间发呆，我宁愿在你房间里，坐在椅子上看着你。"

"唔……"黎初遥犹豫了一下，盯着黎初晨那善良温润的脸和小白兔一样的纯洁眼神看了半晌，觉得他说得也对，一起凑合一晚得了，何必浪费钱。再说，他们又不是没有一起单独住过，只不过不是一张床而已。

"那好吧。"黎初遥想通了之后，快速收回了自己的信用卡，想到能省下一千块便无比开心。

而黎初晨也在抿着嘴唇笑，眼里闪过一丝狡猾的光芒。他就知道，这家伙抠门的脾性一辈子都不会改的。

黎初遥在外面跑了一天，已经很累了，洗完澡之后换上睡衣，坐在床上用笔记本电脑汇总了一下工作文件，没一会儿，困意就浓浓地袭来，她连打了两个哈欠，抬手揉了揉有些困顿的眼睛。

"早点睡吧，别忙了。"黎初晨坐在床的另一边看着无声的电视，两人中间还隔着近一米的距离。

"马上弄好了。"黎初遥睁大眼睛，坚持把所有资料都整理完毕，才关机睡觉。身体一躺在柔软的床上，她就舒服得忍不住翻了一个身，嘟哝道："我先睡了，晚安。"

"嗯。"黎初晨也关了电视和床头灯，卧室里一下暗了下来。

漆黑的房间里，黎初遥感觉到床的另外一边陷了下去，那人和她面对面躺了下来。

初晨
是我故意
忘记你

空气中传来他浅浅的呼吸声，等她适应了房间里的黑暗后，便对上了他那双好看的眼睛，在黑漆漆的房间里它依然闪着魅惑的光芒。黎初遥莫名有些紧张，绷直了身子小声道："你不是说不睡的吗？"

"是不睡啊，但开着电视怕你睡不着啊。"黎初晨在黑暗里稍稍动了一下，似乎往她身边靠近了一些。

"哦，那我睡了。"不知道为什么，黎初遥觉得自己今天晚上的智商整个都掉线了，她紧紧地握着双手，用力地闭上眼睛。

"睡吧，晚安。"黑暗中，她感觉到他伸出手来，在她的头顶轻轻揉了揉，温柔得像是哄着可爱的小女孩入睡一般，掌心也暖暖的，让人觉得很舒服。黎初遥微微翘起嘴角，她非常喜欢这样的温柔接触，有种被深深疼爱着的感觉。

黎初遥闭着眼睛，明明很困却睡不着，她感觉到身边的人又靠近了她一些，虽然并没有接触到，却已经能感觉到他身上炽热的温度，虽然没睁开眼，却依然感觉到他那双亮亮的眼睛，正在黑暗里，一眨不眨地盯着她。黎初遥有些心慌，甚至开始后悔自己没有叫他出去再开一个房间了。

黎初遥又屏住呼吸坚持了一会儿，感觉他更靠近自己了，虽然他挪动的动作很轻，可在寂静的房间里，弹簧床垫发出的微弱声音，却格外明显，让她连假装忽视都做不到。她甚至感觉到他呼出来的气已经轻轻地吹到了她的脸颊上，让本来就躁动不安的她，更加心慌意乱。

终于，她感觉到他的手臂轻轻地环在她的腰上，明明只是一只手臂压在她身上，她却觉得特别重，重得她无法再装睡下去。

黎初遥睁开眼睛，却见初晨那双眼睛离自己只有一指之隔，鼻尖和自己的鼻尖几乎已经靠在了一起。黎初遥连忙别过脸去，有些慌张地问："你干什么呀？"

"没什么，就是觉得很开心。"黎初晨的声音压抑着浓浓的幸福感，"像是在做梦一样，你答应我的求婚了。"

"哼，你还好意思说，那么随便，戒指都没有。"黎初遥不满地嘀咕道。

"怎么会没有，等我回去就给你买，买最大最好的钻戒。"

"十克拉那种吗？"黎初遥好笑地问。

"有十克拉的吗？"黎初晨对钻石不太懂，但是如果黎初遥喜欢的话，怎么也要去买来。

黑暗中，黎初遥听见他的声音满是认真，忍不住笑道："噗——我也不知道。"

黎初晨听见她笑了，忍不住又抱紧她一些，脸靠得更近了，连他呼吸的温度，她都能感觉到，烧得她全身发烫，连手心都在微微冒汗。

"你……你过去点，你这样我睡不着。"黎初遥忍不住微微推了推他，再这样下去，她剧烈鼓动的心跳声一定会被他听见的。

"好吧。"黎初晨乖乖地收回手，放在脸颊边上，头也往回退了一些，只是那双眼睛，依然盯着她。

黎初遥忍不住翻了个身，背对着他，好像这样就能躲开这暧昧到让她心都痒痒的感觉。其实说起来他们也是成年人了，又是男女朋友，感情也不错，如果真发生一些什么也不奇怪，好吧，这样的情况下不发生什么才有点奇怪，不是男的不行就是女的不行。

其实以前也不是没这样和黎初晨单独相处过，他瘫痪的时候，她帮他擦过身，也没这样脸红心跳的啊。好吧，她承认，以前黎初晨在她心里就是一个阳春白雪一般纯洁干净的少年，光想着和他发生点什么，都会有玷污了他的感觉。可是现在，自己特别喜欢他的靠近，喜欢他炙热的胸膛靠在她的背上，喜欢他的手臂紧紧环绕在她的腰上，喜欢这种让她连心尖都颤抖的甜蜜和亲近。

记得和韩子墨在一起的时候完全没有这种感觉，每次韩子墨那张笑得贱兮兮的脸往她身边凑的时候，她就忍不住一巴掌打在他脸上，然后看到他郁闷至极的表情。

身后的黎初晨很听话，稍稍离她远了一些，只是手臂依然从背后抱着她。

黎初遥抿了抿嘴唇，其实这一刻，她居然希望发生一些什么，希望他能更霸道、更主动一些……

可是，等了半天，他也没进一步的动作，他总是这样，什么都听她的。

唉，也不知道这样是好还是不好，黎初遥也不好意思主动，就这样僵硬地背着身子，纠结了半晌，终于睡着了。

黎初晨在她边上安静地等了很久，等听到她平缓的呼吸声的时候，才微微地又往前靠了一些，伸手将快要睡得掉下床去的人往回拨了一点，她一个翻身躺进了他的怀里。他在黑暗的房间里轻轻笑了笑，收回手，将她揽得更紧，将额头抵在她的额头上，很轻很轻地在她嘴唇上亲了一下，在心里温柔地说："晚安，初遥。"

安静的房间里，两人就这样相拥而眠，他们都睡得那样安稳，那样甜。

第二天清晨，黎初遥醒来的时候发现自己整个人都扒在黎初晨身上，脸舒服地埋在他优雅的颈弯，嘴唇就靠在他的耳垂旁，更夸张的是，自己的一只手居然伸进他的衬衣里，摸着他光滑的肌肤，手心热热的触感让她像触电一般连忙缩回手来，整个人弹坐起来，从蒙眬的刚刚睡醒的状态强制开机了。

黎初晨感觉到压在身上的重量轻了不少，在睡梦中轻哼一声，缓缓睁开弥漫着水雾一般的眼睛，躺在洁白的床铺上，衣衫不整，头发凌乱，慵懒地看着她。

黎初遥真心觉得自己捡了个绝色美男在身边啊，如果以后每天早上起来都能看到这样一幅画面，她一定再也不想起床去上班了，好想把他扑倒了，盖上被子再睡上一轮。

"早啊，初遥。"黎初晨早起的嗓音哑哑的，特别低沉又迷人。

"早。"黎初遥还处于被美色迷惑的恍惚中。

"能给我一个早安吻吗？"黎初晨向她伸出双手，语调中带着一丝撒娇的感觉。

"我还没刷牙。"黎初遥红了脸颊，有些局促。

　　"没关系，我不介意。"他的话还没说完，双手已经抓住了她的两臂，有些强硬地将她拉了下来，紧紧搂在怀里，按住她的后脑，手指插进她的发丝中，闭上眼睛，用力地在她嘴唇上吻下去。

　　这个吻和从前的都不一样，霸道中还带着一丝急切，他的手臂将她死死地压在他身上，抱得她都疼了。他的牙齿咬痛了她的嘴唇，他的唇瓣用力地吮吸着她的，甚至连这样亲密的接触还不够似的，他猛地翻了一个身，将她压在身下。黎初遥忍不住低叫了一声，他的舌尖找到了入口，急不可耐地钻入了她的嘴里缠上她的，不停地辗转反侧，不停地加深着这个吻。

　　黎初遥被他吻得全身发软又燥热不堪，忍不住扭动着身躯，嘴里不自觉地发出低吟。而黎初晨像是被这个声音鼓励了一般，双手也开始加入战场，他用漂亮的手指一颗颗解开她睡衣上的纽扣，嘴唇也跟着向下探索。他的嘴唇像是带着火星一般，吻到哪里，哪里就像被烙印了一般滚烫又有一种诡异的舒适感。

　　黎初遥觉得自己脑子都被烧糊涂了，也忘记了要去推开他，只是觉得这样急切地向她索取一切的黎初晨也是她喜欢的、渴望的，她无法不沉沦在他炙热的进攻下。一切发生得那么快，让她措手不及，当她感觉到下身的疼痛时，一切都已经不重要了，她只想紧紧地抱住那个在她身上驰骋的男人，那是她爱的人，是她想把一切都奉献给他的人。

　　一切就这样水到渠成地发生了，一直到几天之后，黎初遥都不敢相信，那个看上去纯良如小白兔一般的无害男子，会在大清早一句话不说，就化身为狼。

　　男人，果然是永远也猜不透的物种啊。

第十章

初晨，
时间会治好所有的伤口

（一）思念

三月底的北京，晚上还是特别冷，室外的风也特别大，走在路上总有种脸皮都要被吹掉一层的错觉。

黎初晨在那天之后就先回去了，他的公司刚刚开业，也有很多事情要忙。他走的时候一副依依不舍的样子，让黎初遥觉得肉麻又甜蜜。

北京分公司的事还没处理完，黎初遥跟着单依安又跑了几个建筑公司才借够了人，工地上的事单依安也亲自盯着，就怕到期了无法竣工，两人每天早出晚归，累得要死要活。

这天两人准备回酒店的时候，已经晚上十点了，单依安忽然来了兴致，非要明天早上去天安门看升国旗，把黎初遥吓一跳。

"看升旗，那得凌晨三点就爬起来啊。"黎初遥大学在北京上了四年也没来看过升旗，实在是因为懒得早起，何况现在还是大冬天！

"三点就三点呗。"单依安丝毫不在意，"怎么，你不想去啊？"

"我才不去，累死了，我宁愿多睡一会儿。"黎初遥想都没想就拒绝了。

"你说你一个年轻人，怎么这么怕累？"单依安非常瞧不起她这样动不动就说累。

"不，我老了，和您这样的年轻人不能比。"黎初遥宁愿自我丑化也不愿意早起。

"呵呵。"单依安嗤笑道，"你老了？那你怎么满足你的弟弟小情人呢？"

黎初遥被他这样一说，脸瞬间爆红。那天早上，她和黎初晨一起从房间出来的时候，正好撞上在走廊的单依安，他先是微微吃惊，然后很快一副"我懂，我都懂，不用解释了"的样子挑挑眉，从他们身边走过，还丢给她一个暧昧的眼神。

黎初遥想起那天早上的事，忍不住又和他重申一次："什么弟弟？都和你说了他不是我的亲弟弟。"

"啊啊，我知道。"单依安无所谓地摆摆手，"亲不亲有什么关系，爱上了就在一起好了，管别人说什么。"

黎初遥诧异地盯着说出这句话的家伙，他一脸洒脱和坦荡，完全没有觉得自己刚才说出的话已经刷新了道德底线。

算了，这家伙连道德都没有，哪里来的底线。

负责接送他们的车子将他们送到了下榻的酒店，两人刚走进酒店大门，就听见有道清脆的声音在他们身后喊："单依安。"

两人一起回头，居然看见单依安的宝贝妹妹一个人拖着行李箱，一脸不爽地快速跑过来。

"你怎么在这里？"单依安难以置信地望着自己的小妹。

"哼，我为什么不能在这里？"单单在她哥面前永远是一副蛮不讲理的样子，"你能来北京，我就不能来啦？"

"当然能，大小姐想去哪里就去哪里。"单依安笑着哄她。

"我心情不好，你让初遥姐陪我在北京玩。"单单一脸霸道。

"不行。"单依安连连摇头，"她是来给我工作的，不是来玩的。"

"我不管，我都说我心情不好了，你也不问问我为什么，你都不关心我。"

"你还能为什么心情不好。"单依安幸灾乐祸地取笑道，"我用脚都

初晨，是我故意忘记你

能想出来，肯定又是告白失败呗。"

"单依安，你最坏了！"单单眼泪哗啦哗啦往下掉，气得直跺脚！

单依安见她哭了，心情似乎非常好，终于拉住掉头就要跑的单单哄道："好啦，我的大小姐，我亲自陪你玩还不行吗？"

"哼！不要你陪，我要初遥姐陪！"单单甩开他的手，上前一步挽住黎初遥，可爱的小脸气鼓鼓的。

黎初遥在心里默默回复了一句：可是我不想陪啊……不过她知道，她可以和单依安顶嘴，没事时以打击一下他为乐，可要是驳了单单的面子真让单单不开心了，单依安可就不会那么轻易地和她笑笑就过去了。

因为单单的忽然出现，工作结束后，三人还留在北京玩了一个星期，等黎初遥回到 S 市的时候，冬天已经过去，万物苏醒的春天悄悄降临了。

（二）誓言

S 市的机场依然人来人往，航班在下午四点准点落地，出站口人流多了起来，单依安和黎初遥拉着行李箱走在前面，出站口外的铁栅栏前已经站满了来接站的人，黎初遥在人群中一眼就看见了黎初晨。

黎初晨似乎也同时发现了黎初遥，眼神闪亮了起来，立刻绕过栅栏迎了上来，双手微微往上抬了抬，看见黎初遥身边的单依安时又用力地克制住，放下了双手。他知道黎初遥不喜欢在熟人面前和他显得太过亲热，他不想惹她不开心，所以不管此时此刻的他多么想拥抱她，都努力克制了下来。

"累吗？"他走上前去，接过黎初遥手里的拉杆箱和挎包，声音特别轻柔地问。

"还好，不是很累。"黎初遥的表情未变，眼睛却不太好意思看他。那天早上之后，这是他们第一次见面，虽然这些天在外面也天天和他打电话发短信，但是见到面时还是觉得脸上火辣辣地烫。

"呵呵，刚才也不知道是谁在飞机上说要请一个星期的假休息。"边上的单依安打趣道。

"那怎么能叫请假，我这一个月休息了吗？我这叫补休，调休。"黎初遥口齿伶俐地反驳道。

"我不批准。"单依安一副"我是老板我最大"的样子道，"想休息就得扣钱。"

"你……"黎初遥狠狠瞪了他一眼，忍不住对站在一边的单单道，"你看你哥，就是一个吸血鬼。"

"他本来就是，可讨厌了。"单单很认同地点点头。

单依安听单单这样说，忍不住笑着抬手敲了一下单单的脑袋："没心肝的丫头。"

单单对他吐了吐舌头，特别可爱又俏皮，那股青春的活力怎么也挡不住。

黎初遥看着她，就有点不懂了，那个传说中拒绝了她一百零一次告白的男人眼睛是怎么长的，这么漂亮又可爱还家财万贯的女生都不喜欢，他到底喜欢什么样的？

单依安和黎初晨打了一声招呼，四人寒暄了几句便分开了，单依安带着妹妹上了来接他的车。

黎初晨见外人都走了，便再也忍不住，偷偷牵起黎初遥的手，转头看了一眼她的神色似乎没有不高兴，便又握紧了一些，两人相视一笑。

"走吧。"黎初遥率先迈开脚步，拉着黎初晨穿梭在人流中，往地下停车场走去。

"妈妈最近怎么样啊？"黎初遥一边往前走，一边问着。

"挺好的，天天晚上都出去跳广场舞。"黎初晨想了想，忍不住笑道，"还给你准备了好几个相亲对象，等着你回来呢。"

"又来？"黎初遥一听这话，忍不住苦了脸。

"没事，我跟她说了，你已经有对象了。"黎初晨连忙安慰她。

"啊？"黎初遥吓了一跳，"你不会和她坦白了吧？"

"还没有，我觉得我们的事还是慢慢和她说比较好。"黎初晨自然知道轻重，不敢随便刺激黎妈，"我就是跟她说，你已经有男朋友了，只是刚刚开始，等关系再好点，自然会带给她看的。"

"她相信？"黎初遥有点不信自己老妈那么好糊弄，她以前也这么说过，结果每次都被戳破谎言，在她妈眼里她就是一个绝对不可能凭自己的努力嫁出去的女人。

黎初晨笑："我说的，她自然相信。"

"那爸爸呢？"黎初遥还是有点害怕父亲，过年的时候，她甚至都答应爸爸和黎初晨断了，可现在不但没断，还更进了一步。

"爸爸我已经和他说过了。"黎初晨宽慰地笑了笑，"你回来之前，就已经和他说了，等我设计的游戏上线，公司有钱了之后，打算在北京开一个分部，到时候我会过去，带你一起去。以后过年过节都会回来，平时，就当我们俩一起在外面当北漂了。"

黎初遥紧张地问："那爸爸怎么说？"

"他说……"黎初晨笑了笑，"他答应了。"

"答应了？这么简单？"黎初遥有点不敢相信。

"嗯。"

黎初晨低下头，低垂的双眸中，缓缓回忆起了那天，父亲抽完了整整一包烟，才站起来对他说：我努力了一辈子也没让你妈和初遥过上好日子，我老了，挣扎不动了，这个家以后就交给你了，只要初遥愿意，你想带她走，就带走吧，我不拦着。

好好对她，那孩子，命苦。

黎初晨想起父亲的话，微微皱了皱好看的眉头，望着身边并肩而行的人，心里暗暗发誓，从今以后，再也不会让人说她是一个命苦的人，他要让她的生命里，只有快乐、幸福和甜蜜。

（三）真相

　　两人谈话间已经到了车边，黎初晨打开后车厢把行李放进去，黎初遥先上车，坐在了副驾驶的位置上，疲倦地闭上眼睛小憩一下。没一会儿，她听见黎初晨打开车门，坐进了驾驶位，车门关上，等了一会儿并没有听见发动机响起的声音，她刚想睁开眼睛看看，只感觉有一个人影向她靠近，熟悉的味道将她紧紧包围，她的脸微微发烫，本想睁开的眼睛又紧紧闭上……

　　可是等了一小会儿，她以为的事并没有发生，他的手臂从她身边轻轻穿过，耳边传来安全带被拉出的声音，随着咔的一声，她的身体也感受到了安全带的束缚。

　　黎初遥睁开眼睛瞥了他一眼，只见他还低着头，认真地帮她调整安全带的松紧，让她感觉更加舒适。奇怪，明明被这样温柔对待了，像是捧在手里的珍宝一样，却莫名觉得有点郁闷……

　　好吧，她承认，分开那么久，她想和他更加亲近，想要他热烈地抱住自己，亲吻自己，而不是这样，温柔得好像一点也不渴望她一样。

　　黎初晨帮她系好安全带，抬起头，眼神正好与她有些郁闷的眼神相遇。黎初遥先是微微躲闪，后来又像是有些不甘心一样，用力地盯着他，然后伸手，一把拉过他的衣领，在他嘴巴上恶狠狠地亲了一口，然后特别霸气地放开他说："走吧，回家。"

　　黎初晨被亲得有点蒙，反应过来后，忍不住抿着嘴唇，低低地笑出声来。

　　"你笑什么？"黎初遥有些恼怒。

　　"没什么。"黎初晨说完之后，忽然侧过身去，双手捧住她的脸颊，然后深深地给了她一个足以让她窒息到灵魂都颤抖的吻。

　　"下次这种事应该让我主动。"她的耳边，传来了黎初晨带笑的声音。

　　"哼，谁让你动作那么慢。"黎初遥佯装不快地扭头看窗外。

　　可是她没看到，车外不远处站着的韩子墨，瞪大了眼睛，满眼都写着

初晨，是我故意忘记你

难以置信。他不敢相信，自己居然看到刚才那一幕！

  韩子墨知道她今天出差回来，所以早早地就来接她，想装作偶遇的样子，和她见个面，就算听她骂骂自己也是好的。可是他看到了她和黎初晨手牵手走到地下停车库，就算这样他还为她找借口，他们两个感情一向很好，就算牵手也没有什么，可是在车里，他们居然在亲吻，还是她主动的……

  他和黎初遥在一起的时候，她从来没有主动亲过他，一次也没有，每一次都是自己死缠烂打地亲到的，没有一次她会主动拉过他的衣领亲吻他，没有一次她在被他亲过后会露出那样一副迷离又陶醉的表情！

  韩子墨抬手用力地捋了下头发，瞪大双眼，内心疯狂地质问着自己又像在质问她，黎初遥，当年的你，是否真的爱过我？是否真的对我心动过？为什么，从来没有对我这般温柔过？原来不是你不会，而是……我不是那个人吗？

（四）幸福

  黎初遥回到家，洗了一个澡，换上了一身宽松的衣服，躺在沙发上休息。茶几上放着已经洗好的水果，她随手拿了一颗草莓丢进嘴里，摸索着从身下抽出电视遥控器，打开电视，耳边满是电视的声音和黎初晨在厨房做饭的声音，这些声音让她觉得熟悉又安心。她微微一笑，按着遥控器搜索着好看的节目，没一会儿就被一道虎视眈眈的目光盯得受不了。她转过头去，见黎妈站在房间门口，表情很是微妙。

  黎初遥被看得受不了，投降道："妈，你盯着我看什么，怪瘆人的。"

  "哼。"黎妈见黎初遥终于注意到自己了，端起姿态走过去，"听你弟说你处对象了啊？"

  "嗯。"黎初遥也没否认，她和黎初晨的事她想慢慢地和母亲说，一步一步走，总能有办法的。

  "是谁啊？叫什么名字啊？我认识吗？干什么的啊？哪里人……"

"停停停！"黎初遥受不了地捂住耳朵，打断妈妈连珠炮般的提问，"你会关心这些事啊？你前阵子不是说是个男人就行，就算是大街上拉个乞丐你都没意见的吗？"

"你扯吧！"黎妈不承认了，"我什么时候说过这话，我好不容易培养出来的闺女能送给一个乞丐啊！我傻啊？"

"那你上次给我介绍的那个男的，矮也就算了，上面有四个姐姐一个妈，比乞丐还可怕呢。"黎初遥瞥了她一眼道。

"有姐姐怎么了？有姐姐就找不到对象了？你弟还有你呢，他以后也找不着对象了？"黎妈有些心虚，上次那个男的是不行，但是是自己小姐妹介绍的，她又不好一口拒绝，就叫初遥去了，结果被说到现在。

"说不定找不到。"黎初遥小声嘀咕。

"你胡说，你知道你弟多受欢迎吗？那些和我跳广场舞的老太太就没有一个没来和我说过媒的，哎哟我就在想啊，怎么都是说给你弟的，就没一个说给你的，愁死我了。"

"是是是，我给您丢脸了。"黎初遥口不对心地承认错误。

黎妈愁得叹了口气，忽然想到自己家闺女已经有对象了，连忙继续问："哎，你别转移话题，你对象到底是谁？什么时候带回家……"

黎妈的话还没说完，黎初遥的手机就响起来了，她像是看见救星一样，连忙接起来："喂。"

"喂，初遥。"林雨的声音从电话那头传来。

"哟，幸福的小新娘，有何指教啊？"黎初遥打趣道，林雨自从结婚后就和老公一起环游世界度蜜月去了，每天就见她在朋友圈晒各种幸福，IP 地址定位在各种国家，和她这种每天加班的苦逼简直是天壤之别。

"你回来了吧，出来吃饭吧，正好把礼物给你。"林雨在电话里说。

"吃饭就算了吧，家里都做了。"黎初遥看了一眼厨房，饭菜的香味从厨房飘出来，听着油锅爆炒的声音就觉得今晚的菜应该不错，不过，"礼物是必须要的。"

初晨，是我故意忘记你

"行。"林雨在电话那边豪爽地说，"那你吃完饭出来吧，我在我们经常去的咖啡厅等你。"

"好的，没问题。"黎初遥乐颠颠地挂了电话，林雨没回来的时候就一直和她说，给她买了什么什么礼物，多得箱子都装不下了，叫她必须要到机场去跪迎接驾才给她。可惜她回来的时候她正好在北京出差，没能去跪迎，这不她一回来就约上了。

晚上的饭菜果然很丰盛，黎初晨的手艺本来就很好，今天接到了一个多月没见的人更是高兴，多炒了几个菜，甚至用小火炖了一个下午的瓦罐汤，牛肉从昨晚就涂满酱料腌了，今天做了黎初遥最喜欢吃的水煮牛肉。

黎初遥也很给面子地吃了一大碗饭，拍拍饱得不行的肚子，回卧室换了一身便服，和家人打了一声招呼便出门了。

黎初晨追出来，站在楼道上朝刚往下走了几步的黎初遥说："你早点回来，玩得太晚了就打电话给我，我去接你。"

"知道啦。"黎初遥摆摆手笑着走了，心想他是想跟她一起去吧，但是女生的聚会真不太适合带男生一起去，不过今天晚上，她可以和林雨说一下自己和黎初晨的事，估计那家伙会震惊得下巴都掉下来。

黎初遥一边想着，一边打车来到她和林雨经常去的咖啡厅，推开门就见林雨坐在老位置上等她，见她进来就使劲儿招手："这边这边。"

黎初遥走过去坐下，愉快地笑着问："给我带了什么礼物啊？"

林雨从双人沙发上拿起一个大购物袋递过去："哪，都是给你的。"

黎初遥接过袋子打开，里面装了十几个小包装盒，她用手翻着袋子里面的东西问："都是什么啊？"

林雨拉过袋子，一个礼物一个礼物地解释着："这个是我在韩国给你买的湿粉，现在可流行用这个了，早上起来在脸上拍一层，特别透亮又白，都不用打隔离也不用打粉，特好用。"

"我本来就不打隔离也不打粉。"

"啧，你打扮打扮会死啊。"林雨瞪了她一眼，继续介绍道，"这个是彩妆，也是韩国买的，这个香水是在法国买的，你看这个装香水的水晶瓶多漂亮。啊，这本《灌篮高手》是我在日本的一家书店淘到的，上面还有井上雄彦的签名呢！"

"你给我买这么多东西啊。"黎初遥看着她摆出的一桌东西，有些被感动了。

"那当然，每到一个地方我都给你买礼物了，我好吧？"林雨明媚地笑着，一副求夸奖的样子。

"嗯！当然好了！爱死你了。"黎初遥真心感谢道。

"哈哈，你还是不要爱我，我都结婚了，你也赶紧找个靠谱的男人嫁了吧。"林雨笑道。

黎初遥低下头，将礼物一件件地收回购物袋里，抿了抿嘴唇，深吸一口气道："其实，我已经有男朋友了，而且也打算结婚了。"

"什么！你有男朋友了？"林雨大叫一声，惊得咖啡店里所有的客人都看过来，她缩了缩脑袋，狠狠地瞪着黎初遥说，"好啊，你真是不得了，都快谈婚论嫁了也没和我汇报过一次！我老公当年追求我的时候，我可是第一时间就告诉你了，还让他请你吃饭，叫你给我把关！轮到你了，你就做保密工作了，真不够朋友！"

林雨性子急，越说越生气，一把扯过购物袋："不送你了！"

"好啦，别生气了。"黎初遥连忙安抚道，"我不是不告诉你，只是有些……有些开不了口。"

"为什么开不了口？"林雨奇怪地看着她问，"那个人很差吗？难道见不得人？不会吧？"

黎初遥无奈地瞥了她一眼："你想象力能不能别这么丰富啊？"

"那是什么原因啊？"

黎初遥闭了下眼，索性直说了："那人你也认识。"

林雨配合地问："谁啊？"

黎初遥犹豫了一下，抿了抿嘴唇道："李洛书。"

"啊？"林雨一副摸不着头脑的样子，傻乎乎地问，"谁啊？"

黎初遥放弃了，深深吸了一口气，闭着眼睛坦白道："就是黎初晨。"

"……"林雨一阵静默，张开嘴巴，呆呆地望着她，极度怀疑自己出现了幻听，过了好一会儿才说，"不会吧？"

黎初遥端起水杯喝了一口柠檬汁，很认真地看着她点了点头。

林雨往沙发上一靠，眼睛向上转着，似乎在消化这个消息，过了半晌才说："怪不得这么多年你们两个都没有男女朋友，而且天天黏在一起，我以前一直以为是黎初晨喜欢黏着你，原来你们是互相黏啊！"

"不是啦。"黎初遥有些不好意思地说，"没有天天黏在一起好吗？"

"怎么没有？每次你休息的时间和我出来玩，不到三个小时他就会打电话过来问你啥时候回家，我还说他的恋姐情结怎么从小到大都这么严重，啊，原来你们两个早就有一腿了。"

"嗯……"虽然"有一腿"这个词很难听，不过黎初遥还是承认了。

"你们偷偷在一起多久了？"林雨八卦地问。

"六年吧。"

"我的天，怪不得我以前每次给你介绍男朋友，他都会出现，而且眼神还特别可怕，敢情我在挖他墙脚啊。"林雨摸着下巴说道，"那你们两个要在一起，你父母怎么说啊？"

"我爸勉强同意了，我妈还不知道。"黎初遥说完，看了眼林雨道，"你呢，你会觉得我们奇怪吗？"

"还好吧，我又不是不认识你亲弟弟。"林雨笑了笑说，"没什么好奇怪的，你们又没有血缘关系，想在一起就在一起呗。"

"那你会祝福我吗？"黎初遥紧张地伸出手，在桌面上紧紧握住林雨的双手。

"当然啦。"林雨理所当然地点头，"如果是黎初晨的话，我承认他是这个世界上最爱你的男人。"

黎初遥听了这句话，忍不住笑了，笑容在她一向冷峻的容颜上，显得那么耀眼和甜蜜。她低下头，轻声道："我也觉得。"

能得到好朋友毫不犹豫的肯定和祝福，黎初遥真的很高兴，以前她觉得这份爱情有没有祝福都无所谓，见不得光，偷偷藏起来也没关系，她不觉得委屈，只要能跟他在一起，继续望着他温柔的笑颜就足够了。

可是现在，能得到林雨的祝福，能和她分享和恋人相处时的快乐，就好像那些经历过的幸福瞬间又重演了一遍，再一次让自己心里充满了甜蜜和被深爱着的快乐。

好开心。也许，这件事，真的没有自己想的那样难以让人接受。

（五）诅咒

黎初遥和林雨聊了好久，一直到黎初晨打电话过来催了，林雨才开车送她回家。

林雨的视力特别不好，晚上开车戴着眼镜，还开得特别慢，在市区里慢慢往前挪着，急得后面的车子不是按喇叭催促，就是纷纷超车。一段二十分钟的路程，她开了足足四十多分钟，快到小区门口的时候，黎初晨又打电话过来了，黎初遥接起电话，在他开口之前就连忙说："我已经到小区了，马上到家。"

"好，那你上楼慢点。"黎初晨在电话里嘱咐道。

"嗯，知道。"黎初遥答应了一声，心里甜甜的，连脸上都挂着一抹微笑。

林雨打开靠边停车的方向灯，方向盘往右打了打，一边踩着刹车在小区门口停了车，一边有些忌妒地说："真是够了，一个晚上打两个电话催你回家，是有多不放心你啊，我老公一个都没打，完全不担心我去外面野啊。"

"你老公那是不敢打，他要是催你回家，你还不得骂死他啊。"黎初遥好笑地拿起东西，准备下车。

林雨点点头："也是，我不喜欢被人这么管着，哎，我怎么记得你也讨厌被人管来着？"

黎初遥抿着嘴唇笑："别人管我就讨厌，他管我就不讨厌。"

"天哪。"林雨震惊地望着黎初遥，"这是我认识的黎初遥吗？居然能说出这种话，啧啧，爱情的魔力啊。"

"不跟你说了，我回家了。"黎初遥拎好东西，打开车门下车，"拜拜，谢谢你的礼物。"

"客气啥。"林雨降下车窗和她挥了挥手，笑得贱贱的，"等你出去度蜜月的时候，记得还我。"

黎初遥听到这话，眼前居然出现了一幅自己和黎初晨牵着手在海边漫步的景象。她以前从未想过这么远，总是把自己困在一方小小的天井里，可是这些天，她终于走出来了，看到了外面的美好、未来的幸福。

黎初遥摸了摸鼻子，对着林雨扬了扬手，铿锵有力地承诺道："没问题，加倍还。"

林雨听了这话可开心了，乐呵呵地开着车子走了，黎初遥也转身往小区里面走去。皎洁的月光下，她晃悠着手上的购物袋，心情雀跃地哼着小曲。她平时不会唱什么流行歌曲，哼的也是自己随口编的，没调子，挺难听的，但是她就是忍不住哼哼，连步子都轻快得好像在飞，她觉得自己已经很久没有这么轻松过了。

就在她走到自己家那栋楼下，刷了门卡拉开铁门准备走进去的时候，忽然斜刺里冲出一个人影，一把将打开一条缝的铁门按了回去。那人长得很高大，将一米七的黎初遥困在他与铁门之间，黎初遥闻到了一股浓烈的酒味，吓了一跳，身体条件反射地往后一转，手里的购物袋使劲儿打在那人头上，啪地发出很大的声音。

那人被打了个正着，有些晕乎乎地往后退了退，门口的路灯将他的样子照亮，很熟悉的一张脸，却也很轻易地就能破坏掉她一个晚上的好心情。

"你怎么在这里？"黎初遥皱着眉头，望着喝得醉醺醺的韩子墨。

韩子墨用手掌揉了揉有些晕的额头，嘟囔道："那我还能去哪里？"

"初遥，你说，我还能去哪里？"韩子墨眼神里带着七分醉意三分悲痛，他像一个迷路的孩子一般望着她，"我没有家了，没有地方去，我想回到你身边，行不行？你让我回来吧，求求你了。"

韩子墨一边说着，一边上前一步，特无助又可怜地抱住了黎初遥，在她耳边低声地咽鸣着："我知道我错了，我不该丢下你，我好后悔，真的，这六年来无时无刻不在后悔。我当年真的只是想先出去把父母安顿好就回来的，可是我父亲一到美国就去世了，母亲也没熬过去，我耽误了三个月，再回来，已经发生了那么多事，每一件都无法挽回！我不敢见你，我怕看到你，没脸去找你！这么多年了，我终于鼓起勇气回来面对你，我知道晚了，可是我不甘心啊初遥！我不能失去你……"

韩子墨将憋在自己心里六年的事一连串全说了出来，他清醒的时候一句也不说，因为他不愿意让黎初遥看不起，不愿意让她觉得自己还是当年那个懦弱又无能的男人，可是他现在喝醉了，他把所有的脆弱、所有的痛苦，一股脑全抛了出来。

黎初遥安静地听着，心里也有些难过。她能感受到韩子墨的痛苦和懊悔，可是，这一切都跟她无关了啊，他们错了就是错过了，再说什么不甘心又有什么用呢？

黎初遥咬了咬嘴唇，狠下心来，推开韩子墨，望着他说："别再说了，当年的事不管是谁的错，都已经不重要了，时间已经治好了我心里的伤口，等再过久一些，也会治好你的。"

"治不好的，除了你，没人能治好我。"韩子墨不愿意面对现实，更不愿意清醒。今晚的黎初遥比平日里温柔很多，他竟忍不住又像从前那般对着她耍赖，好像这样，她也能像从前一样，不再计较他所有的过错和不成熟。

黎初遥望着他，望着这个曾经爱过的人，她对他的恨也不知道什么时候，渐渐变淡了，看他这样痛苦，想起他以前的那些好，忍不住轻声劝慰道："韩子墨，往前走吧，我们都已经往前走了，你也往前走吧，一个人留在原地会很孤单的。"

黎初遥说完，不想再多做纠缠，转身又刷了门卡，门禁系统发出嘀的一声，她拉开铁门想往里面走，可韩子墨又一次按住了铁门。他低着头，声音极度沉闷甚至带着可怕的忌妒："你们？你们是指谁？你和黎初晨吗？他有什么好！他不过是个命中带克……"

　　韩子墨的话没说完，却被猛然回身的黎初遥一巴掌打在脸上，打断了他还未出口的恶言恶语，黎初遥怒视着他："韩子墨，你真的是一点也没变，还是那么迷信。"

　　韩子墨被打得冷静下来，他抬起通红的脸颊，眼里含着泪水，苦笑了一下，有些无奈地说："你也一点没变，还是这么护着他。"

　　"我以前护着他，是因为他是我的亲人，现在护着他，是因为他是我爱的人，如果你还想和我好好说话，就别再侮辱他。"黎初遥的表情很严肃，她真的很讨厌韩子墨这一家子，总是这么迷信，用可笑的克命之说将所有的过错，都怪罪在一个无辜的人身上。

　　韩子墨淡漠地望着她，眼神幽幽。他知道他输了，他什么也无法挽回，甚至连垂死挣扎都做不到，面前这个女人，看着他的眼神，是那么冷静，冷静得像是从来没有爱过他一样。韩子墨紧紧地咬着嘴唇，用力地将自己心里那个可笑的问题压了下来。

　　黎初遥躲开他那咄咄逼人的视线，转头道："太晚了，你早点回去休息吧，我也要睡了。"

　　她转身想走，可韩子墨紧紧抓着她的手腕，什么话也不说，就是拉着她，不让她走。他知道，如果放开手，他以后可能再也没有勇气，像今天这样没有尊严地过来找她，纠缠她了。

　　"你放手。"

　　韩子墨摇摇头，身体还带着醉意，可抓着她手的力气一点也不小。黎初遥气得没办法，正不知道怎么办的时候，门口的铁门忽然打开了，黎初晨从里面走了出来，淡淡地望着纠缠在一起的两人。

　　"初晨……"黎初遥看着他，怕他误会什么。黎初晨却安慰地看了她一眼，走上前去，用力将韩子墨的手从黎初遥的手腕上掰开，然后抓住韩子墨的手，转头对黎初遥说："你先上去吧，我送他回去。"

黎初遥看了一眼黎初晨，见他好像真的没有介意，松了一口气，又看了一眼醉醺醺的韩子墨，叹了一口气，转身拉开铁门跑上楼去。

韩子墨见黎初遥走了，连忙想追上去，醉醺醺地喊着："初遥，初遥，你回来，你回来，我还有很多话要对你说啊！"

黎初遥像是没听见一般，一溜烟跑回了家。

黎初晨拉着韩子墨，让他发了一会儿酒疯，然后架着他的一只胳膊，扶着他往外走："走吧，别闹了。"

"李洛书！你把初遥还给我，求求你了，我把借你的钱都还你，你把初遥还给我吧！我真的不能没有她！你还给我，还给我好不好？"韩子墨深深地恳求道。

"那些钱你还不还都行，她，我是不会放手的。"黎初晨低下头，轻声道，"其实我一直觉得你是一个傻瓜，当年那么轻易就放弃她。现在，就算有人用全世界来和我换，我都不会换。你死心吧，不用幻想能从我这里抢走她。"

"对，我是傻瓜，我是天下第一大傻瓜。"韩子墨哈哈大笑了两声，踉跄地往前走，忽然回过头来，对着黎初晨说，"可是李洛书，你又算个什么东西，你真以为你能得到幸福吗？你知道吗？我妈临死的时候，一直在说：都是因为收养了你，都是因为我们家收养了你这个天煞孤星，才会家破人亡！"

韩子墨残忍地望着他，一字一句地说："别忘了那老道士给你批的命，你的命硬，注定孤身。你也不用幻想，能得到幸福！"

韩子墨说完，不再看他一眼，又哭又笑地发着酒疯走了。黎初晨看着他的背影，缓缓地用力握紧双手，掌心里那两条长疤，割得他生疼，他紧抿着嘴唇，俊美的侧颜显得那样孤独与倔强。

他不会再被命运困扰，他会用自己的双手，改变一切，会用自己的力量，去抓住他最爱的人！

初晨
是我故意忘记你

第十一章

初晨，
你的爱真的真的很美好

（一）新家

那天晚上之后，韩子墨再也没主动找过黎初遥，黎初遥自然不会主动联系他，可奈何他在本城的建筑行业忽然声名大噪，走到哪里，都有同行在说他的八卦。听说他在美国发了一笔大财，带了大笔资金回国投资，年后注册了一个城建公司，招回了当年他父亲的一些下属，专门和单依安对着干，两人斗得如火如荼。本来较量了几个回合互有输赢，可韩子墨像是个疯子一样，宁愿自己亏损赔本，让别的公司捡便宜，也不让单依安得到一丝一毫的好处，这种伤敌八百自损一千的做法，让同行都觉得，这已经不是什么商业竞争了，完全是你死我亡地搏命搏身家。

单依安这些日子依然一副悠然自得的模样，似乎丝毫不受韩子墨的影响。但是黎初遥身为他的贴身秘书，还是感觉到了他浮躁的情绪，直到一个他亲自跟了半年的合同被韩子墨搅黄之后，他终于怒了。

"你说韩子墨他是不是脑子有毛病啊？这么大的工程，他报价三千万就给别人做，他成本不要钱啊？人工不要钱啊？他用纸给别人糊一座楼吗？"单依安气得摔了手里的文件，靠在椅子上深深吸了一口气。

"你何必生气。"黎初遥弯腰捡起地上的纸张和文件夹轻轻地放在桌子上，"他现在的策略不就是宁愿自己不赚钱，也要让我们公司接不到生意，

160 /

这又不是长久之计，他迟早撑不下去的。"

单依安眼神一转，露出一个奸诈的笑容，眼里满是算计："你说得对，他既然喜欢抢，我就让他抢个够好了，我看他有多少钱和我斗！"

黎初遥叹了一口气，轻轻摇了摇头，这两个人看样子都不会收手了。可是她又能说什么，在这场斗争中，她早就举白旗中途退出，远离战场。

她现在在场外有一个温暖的家、一个爱她的人，她觉得生活过得很幸福，所以不管场内的战役打得多么热火朝天、如火如荼，都和她无关，她不想参与，更不想关注，也许，她该听黎初晨的，干脆先辞职回家休息一段时间好了。

说到黎初晨，他从北京回来后，就像打了鸡血一样，迅速在市里买了一套房子。然后她每天上班时间，都会不时收到他发来的设计方案，有的是从网上找的设计图，有的是他根据房型自己动手画的。他画得虽然简单，却也明了，黎初遥看着就能想象到那些柜子放置在那些角落的样子，有时他还会一次性发很多种墙纸、瓷砖、地板等装修材料的样式给她，让她选得头疼。

黎初遥有选择障碍症，连衣服都不知道该选哪一件，所以一直很少买衣服，一时间叫她选那么多东西，她暴躁了："随便啦！你觉得好看就行了，干吗老问我，明知道我选不出来还让我选！"

黎初晨发来一个笑脸："这是我们两个人的家，不让你选，你不是一点参与感都没有了嘛。"

黎初遥快速在键盘上敲击着："我谢谢你哦！我不需要参与感，请拿出霸道总裁的范，直接装修好把我抓进去住好吗！"

"原来你喜欢这款，我懂了。"黎初晨笑了笑，"下次我会霸道的。"

黎初遥满意地点头："嗯，没什么事就跪安吧，我还有好多工作要处理。"

"喳，小的告退。"黎初晨爽快地回复。

就在黎初遥要关闭对话框的时候，黎初晨又发来了一句："姐姐，么么哒。(づ￣3￣)づ"

她看着这个萌得不得了的表情，忍不住吐槽："说好的霸道呢？"

那边回复："按住，强吻！么么么。"

黎初遥扭头，默默无语。算了，他的细胞里自带萌属性，看样子这辈子是霸道不起来了，总裁还是有希望的。

两个月不到，黎初晨的房子已经装修好了，家具是他拉着黎初遥陪他去买的。两个人就像快要结婚的普通情侣一样，手牵手逛着家具城，一家家地看，一件件地比较，听着老板推荐各种品牌，然后黎初晨选出最漂亮实用又符合自家装修风格的。

家里的很多挂画、小摆件，都是他一件件从网上淘回来的，他还从花鸟市场选了好几十盆漂亮的盆栽放在房间的各个角落，整个屋子被他布置得精致又温馨，处处充满爱的小细节。墙上挂着相框，相框里放着他和黎初遥还有家人的照片，他想着以后和初遥偷偷去拍婚纱照，然后再把照片放进去。书房里放了一张大大的双人摇椅，想着没事的时候，他和黎初遥一起窝在摇椅上看看书，让她枕着他的肩膀睡觉，摇啊摇地就过完一辈子了。

其实黎初晨的公司刚开起来，事情也很多，每天都加班到半夜一两点，可不管怎么忙，他还是会抽时间去网上淘各种东西。他爱上了这种布置家的感觉，只要想到以后他会和黎初遥在这里住一辈子，就像是有使不完的劲一样，从一个网页翻到另一个网页，从一家店跑到另一家店，直到选出最满意的为止。

房子空了三个月，等空气里新装修的味道都散了之后，黎初晨才带黎初遥第一次过来看。那时已至盛夏，日光灼灼，蝉声绕耳，小区的环境非常好，算是本市最高档的小区了。黎初遥三年前买房的时候也看过这里，可惜那时她的钱连这里的首付都给不起，最后只能买了一套十几年房龄的老房子。

没想到没过三年，身边的这个男人已经能不动声色地全款买房了，而且似乎一点也不吃力的样子。黎初遥摸了摸下巴，对黎初晨的收入情况非常好奇，她虽然知道他以前给人做编程，现在给人做游戏，好像都挺赚的，可是具体赚多少她真不知道，下次有机会好好打听一下！

"你盯着我看干什么？"黎初晨感觉到了黎初遥看他时那古怪的目光，一边拉着她往前走，一边转头问。

黎初遥忍不住说："看着你心里高兴呗。"

黎初晨听她这样说，忍不住低头闷笑。

"真的！"黎初遥使劲儿点头。看着他就像看着一棵会动的摇钱树，而且这棵摇钱树还长得这么帅，又是自己种的，怎么可能不高兴呢。

如果说黎初遥这种高兴的心情只是一时兴起的话，那当黎初晨拿出钥匙打开房门，牵着她的手走进去的那一刻，喜悦、激动、感动、幸福，这无数种让她不知道该怎么去表达的情感，就像滚滚洪水一般，汹涌地将她整个人淹没了！

"喜欢吗？"黎初晨站在她身后问。

黎初遥望着干净明亮的客厅，欧式的简装风格，从墙上到柜子上那些精致的小摆件，忍不住抬起双手捂住嘴，用力地点点头。然后，她感觉到有一个人从她身后轻轻抱住她，将脸颊埋入她的颈窝，温柔又动情地在她耳边说："以后，这就是我们的家了，我们俩的。"

黎初遥不知怎么的，鼻尖酸了酸，眼眶微红了起来。她抬起双手，叠在他的手背上，用力抬起头说："嗯，我们俩的。"

黎初晨轻轻笑了，侧着头在她的侧脸上亲了亲，又亲了亲她的耳垂、她的发丝。情到深处，他有些控制不住地抽开双手，用漂亮的指尖从背后轻轻地挑开她单薄的 T 恤，修长又宽厚的手掌探了进去，轻抚在她滚烫的肌肤上。他睁着眼睛，像是对待价值连城的珍宝一般，用最轻柔的力度，抚摸着她的身体，用最虔诚的亲吻，一下一下亲着她洁白的肌肤。

他们就像无数初尝情欲的男女一般，怎么都要不够对方，好像对方的眼神带着电，指尖带着电，声音都带着电，连发丝里的香味都带着电，只

初晨，是我故意忘记你

要一个小小的触发点，就能让彼此全身酥麻，恨不得时时刻刻黏在一起，再也不分开了。

（二）身份

自从两人的新家布置好之后，黎初晨就以工作太忙、需要私人空间为借口从父母家搬出去住。黎初遥也经常找借口不回家，留宿在新家里，有的时候一留就是好几天，每去一次，留的时间就会更长一些，每去一次，就会更舍不得离开，就像是吃了上瘾的毒药一般，根本无法戒掉，只能越陷越深。

几个月以后，黎妈心里有些不是滋味了，儿子搬出去住快小半年了，到现在连新家的钥匙都没给她，甚至连都没带她去看过。

夜晚，星星稀疏地点缀在漆黑的天空，孤零零地洒下些许光辉。窗户内，黎妈躺在床上翻来覆去，就是睡不着觉，忍不住伸手推了推黎爸："老黎，老黎。"黎爸闭着眼睛打着呼噜，睡得香甜。

"醒醒。"黎妈不耐烦地又推了一下，"家里出了这么多事，你也睡得着，真是没心眼。"

黎爸闭着眼睛，嘟囔道："哪里有什么事，净在这里瞎操心。"

黎妈一听这话立刻就火了，唰地从床上坐起来，拍打了一下黎爸露在被子外面光着的手臂："没事？没事初晨那孩子为什么要在外头买房子住？买房子住就算了，还不给我钥匙，我跟他要了好几次了，他都不给我。"

"初晨都二十五六了，这么大个男人不想和爹妈住一起有什么不对的？给你钥匙干吗？给你你还不一天去三次啊。"黎爸吃力地睁开眼睛，瞥了自己的老婆一眼。

"我当然要去啦，我不去谁给他洗衣服，谁给他打扫卫生，他能照顾好自己吗？啊！我就奇怪了，先是初遥说找了男朋友，三天两头不回家，接着就是初晨也跟着三天两头不回家，你说他不会也找了个女朋友吧？好吧，找就找啊，我也没拦着，找了怎么一个两个都不带回家给我看看啊，都藏着掖着干什么？是不是找了什么不靠谱的对象啊？"

黎爸听她这么一说，便失了睡意，叹了一口气，没说话，撑起身体，从床头摸索出一根烟点燃，火光在漆黑的室内一闪而没。

"老黎，干什么不说话？你听到我刚刚说的没有？"黎妈不满道。

"听见了，你就是想太多了，孩子们那么乖，真找到了要结婚的对象，会跟你说的，你也别瞎操心了……"黎爸随口敷衍，起身找拖鞋。

"你干什么去？"黎妈问。

"去厨房喝杯水。"黎爸说着，打开门走了出去。

门外和门内一样黑黢黢的，黎爸向前走了两步，看着女儿和儿子的房门，今晚他们两个又没有回来，家里似乎变得冷清了不少。黎爸知道他们去哪儿了，可看着房里操心着儿女的老婆，他却什么也不能说。等有一天，一切都能说开了，这个家还会和原来一样热闹吧。

黎爸回房间后，又被黎妈唠叨了一晚上，第二天起来上班的时候，觉得简直比值了三个大夜班还累。他到了单位以后，想了想还是给黎初遥打了个电话，让她下班后来单位找他，准备和她好好聊聊，不能一谈起恋爱，就连家都不要了吧。

可是他没想到的是，等到下午下班的时候，来找他的人不是黎初遥，而是黎初晨。

"爸爸。"黎初晨站在他的办公室门外，温声叫着他。

"哎。"黎爸答应了一声，让他进来，"你怎么今天有空跑来看我这个老头啊？"

黎初晨笑着走进去，坐在父亲办公桌旁边的沙发上，已经渐渐西下的夕阳余晖，正好从窗户外边照进来，映在他的面容上，像是缓缓揉入了一层金色的光芒，让他本就俊秀精致的五官更加好看起来。其实黎初晨和黎家人长得一点也不像，黎爸年轻的时候长得刚硬帅气，黎妈长得柔美秀丽，初遥长得像父亲，一双剑眉英气十足，而小时候的初晨长得像母亲，漂亮得像个小女孩。可是现在的初晨长得斯斯文文的，英俊中透着一丝温雅，秀美中又带着执拗的刚劲，眼角微微向下，笑起来温柔十足，不笑的时候看起来总是带着一抹浓得化不开的悲伤。

可就是这个明明和自己家人一点也不像的孩子，硬是把自己变成黎家人，自己每次带他出席一些场合的时候，总是有人说："你儿子长得和你真像啊，简直一个模子刻出来的。"

久而久之，他也渐渐认为，这个孩子和他长得一模一样的。

黎爸笑着摇了摇头，觉得自己这些年自我欺骗得有些可笑，耳边，传来黎初晨的声音："爸，有件事，想请你成全。"

黎爸抬起双眼望着他，上次他来和自己谈初遥的事时也是这样紧张和严肃，眼里透着的全是不顾一切的认真和坚定，这次也一样。黎爸大概猜到了他想说什么，却还是开口问："什么事？"

"我想……请你解除对我的收养关系。"黎初晨轻声说，他心跳得像鼓点一样快，双手也汗津津的，但他坚定地对黎爸说，"我想换回我原本的名字，我想重新叫回李洛书，我想有新的身份，我想跟初遥光明正大地在一起。"

黎初晨一口气说完了自己的想法，黎爸虽然早已有心理准备，可当他听到这句话的时候，心里还是微微一颤，有些酸涩。他打开抽屉，摸出烟盒，抽出一根烟点燃，从缭绕的烟雾中望着眼前的男人。这个男人少年的时候，个子只到自己的胸口，那时他初中刚毕业，忽然就跑到了自己家里，成了自己的儿子，自己疯了的老婆天天抱着他就跟抱着宝贝一样不撒手，自己的女儿也默认了这件事。他是最后一个被告知的，他记得那个小小瘦瘦的少年，睁着一双漂亮得像黑色雨花石一样的眼睛，局促地握紧双手，第一次叫他爸爸的样子。

那时候，他的心情是愤怒的，他不愿意认这个儿子，不愿意这个孩子代替他原来的初晨。可是为了自己的妻子，为了让女儿安心去上大学，他接受了，默默无声地点了头。那之后，他便带着他跑了好几个政府部门，办好了收养手续，将他的名字改成了黎初晨。

　　他记得第一次将改好名字的户口本给他看的时候，那孩子小心翼翼地一页一页翻着户口本，一个名字一个名字地看着，一直到最后一页——自己的那页时，那上面写着：黎初晨（曾用名李洛书），与户主关系：父子。

　　那孩子用他小小的、细细的手指，从那些字上一个个轻抚过去，嘴角微微上扬，似乎在笑，眼里却闪过泪花。他迅速地用手背在眼睛上一抹，然后抬头望着他，明亮地笑着说："谢谢爸爸。"

　　那一刻，也不知道为什么，他忽然心软了，妥协了，放下心里的成见，决定接受这个新的儿子……

　　到现在十几年过去了，当初那个小少年，已经成长为一个这样优秀的男人，当他再一次开口请求的时候，虽然他心里有万般不舍，却找不到一个拒绝的理由。

　　黎爸深深吸了一口烟，从漫长的回忆中回过神来，望着他问："你确定吗？"

　　黎爸轻声说着，并没有注意到办公室的门被轻轻推开一条缝，下午被他电话召唤的黎初遥正站在房门外，静静地听着里面的谈话内容。

　　黎爸继续说道："如果你真要和我解除父子关系，我也没话说，毕竟这些年来，是我们黎家亏欠了你……"

　　"你们没有亏欠我！变成初晨，是我自愿的，不，应该说是我奢求来的。"黎初晨苦笑地说，"小时候我天天和初晨在一起玩，爸爸你不知道我有多羡慕他，他家人那么疼爱他，他的姐姐那么好。爸爸，其实我可能并没有那么无私，我到家里也许并不是为了成全你们的幸福，而是为了成全我自己，我阴暗的内心希望自己能够代替他生活在这个幸福的家庭里。这么多年来，你和妈妈，还有初遥，给了我太多的爱……"

　　黎初晨说到这里，眼中有晶莹的泪花闪过。

　　"明明给了我这么多，我却还是那么贪心，享受了这么多年的亲情还想要爱情。爸爸，我想要初遥的爱情，太想要了。我想跟她在一起，想保护她，

初晨，是我故意忘记你

不想让她再过得那么辛苦！我想把我对她的爱变成她的快乐，而不再是负担，不再是见不得光的感情……

"爸爸，我对你发誓，我会用一生去保护初遥，会在今后的日子一直为她遮风挡雨，请你相信我。"黎初晨站了起来，有些激动地望着黎爸说，"求求你，请给我一个光明正大爱她的名字！"

房门后，黎初遥用力地咬着自己的下唇。

她在口腔中尝到了血的滋味，但她一点都不觉得疼，就像她眼泪吧嗒吧嗒地掉在地上，却一点都不觉得难受。

傻瓜……她抬手快速地擦着模糊的眼睛，里边传来了父亲妥协的声音："好。找个时间跟我去办吧……"

"谢谢爸爸。"黎初晨在房间里面开心地感谢着一直严厉又宽容的父亲。

里面的对话还在继续，黎初遥却悄悄将房门关上，蹑手蹑脚地走出办公室，在公安局外面的小花园里找了个地方坐下。她抬头望着天空，忽然觉得天空的火烧云是那么的美，她已经很久没觉得身边有什么美景了。可是今天，她觉得整个世界都美极了，连耳边嘈杂的车鸣声，听起来都像乐章一样好听。

她今天第一次意识到，原来自己从没说出口的苦恼，那个人会发现得那么及时，当她和他的关系进展到亲密无间的时候，叫他初晨总是让她那样难以启齿，可又不知道该怎么说、怎么办。而他，在几天后就出现在父亲的办公室，请求改回原来的名字。

原来，真的会有一个人，时时刻刻替她打算；原来，真有一个人，这样小心地把她珍藏在手里心里……

真有一个人，这样爱她，让她连心尖尖都软了。

黎初遥在小花园坐了一会儿，就看见黎初晨从父亲的单位走出来，隔着一条马路，她依然能看见他脸上那满满的笑容，一边走一边抬头望着天空，似乎深深地吐出一口气，似乎放下了什么重担一般。

他似乎想起什么，从裤子口袋里拿出手机，拨出了一个号码。黎初遥听到自己的手机响了起来，接起道："初晨。"

　　"嗯。初遥，你在哪儿？"黎初晨一边走一边问。

　　"我在……在回家的路上。"黎初遥也站起身来，隔着一条马路，跟在他身后走着，望着他的侧脸，微笑地回答着。

　　黎初晨说："我也在回家的路上。"

　　黎初遥笑笑，还没等她接话，那边又急急地问："你是在回我们家的路上吧？"

　　"唔……不是哎。"黎初遥实话实说道。

　　"啊，你回爸妈家啊？"黎初晨有些失望地说，"不要嘛，你今晚过来好不好？我特想你。"

　　黎初遥忍不住笑话道："想什么想，早上不是刚从那儿走的吗？"

　　"那也想，每天都想。"

　　"喊，越来越不会说正经话了。"

　　黎初晨停下脚步，有些央求又撒娇地说："初遥，你过来吧，我今天晚上心情特别好，你过来吧。"

　　"那你跟我说，为什么心情好？"黎初遥明知故问道。

　　"现在还不能告诉你，反正我就是心情好。"黎初晨神秘兮兮地说。

　　黎初遥望着对面的他，忍不住笑了笑："你不告诉我，我就不过去。"

　　"哎呀，你这人真是的，就不能让我有点秘密啊。"黎初晨抗议道。

　　"不能。"黎初遥故意逗他，"有秘密的男人不靠谱。"

　　"那我这不叫秘密，叫惊喜。"黎初晨狡猾地笑笑。

　　"好吧，我等你的惊喜。"黎初遥笑着看他坐上了出租车，没再坚持让他说出秘密。黎初晨又在电话里吵着让她过去，黎初遥不忍拒绝他，又一次答应了，这已经是这个星期，第五次留宿新家了。

　　她也知道这个频率有点高，可是……看着他的脸，听着他的声音，那个"不"字，真的说不出口。

黎初遥虽然被迷惑了一下，却没有忘记老爸的召唤，收起电话，低着头往父亲的单位走，想着刚才父亲和黎初晨的对话，脸上还是忍不住扬起了笑容。

（三）起点

黎初遥走到父亲的办公室，一边敲门，一边推开门道："爸。"

黎爸办公室烟雾缭绕，也不知道他抽了多少烟。黎初遥连忙打开窗户道："你能不能少抽点啊？你都不怕得肺癌啊？"

说完，她走到父亲面前，一把夺下他手里的烟，按灭在烟灰缸里："叫我来干吗啊？"

"也没什么事。"黎爸本来想跟黎初遥谈谈她和黎初晨的事，可是现在事情都这样了，人家孩子都要改名了，也没啥好谈的了。孩子们大了，自己做主，他也拦不住什么。

他端起茶杯喝了一口茶水，冲了冲嘴里的烟味："你跟初……你跟李洛书天天不回家是怎么回事？"

他看女儿在自己说完后脸就红了，忍不住训斥道："你谈恋爱归谈恋爱，家不能不回，对不对？你一个女孩子家家，还没结婚呢，天天住人家男的那边，像什么话。"

黎初遥没想到老爸说的是这件事，忍不住羞红了脸，尴尬得手都不知道放哪里才好了。

黎爸见她一副低头乖乖挨训的样子，忍不住道："我不是想说你，你们的事，我是不反对，但是我也说过，前提是低调一点，不要刺激你妈妈。你看看你们，天天不回家，你妈天天晚上在我耳边念叨，再下去，她保不齐哪天就跟在你们后面去看你们的男女朋友是谁了！"

黎初遥抿了抿嘴唇，知道父亲担心的也不是没道理，自己和黎初晨最近是太过了，完全沉迷在甜蜜的恋情中，看不见周围的危险了。

黎爸见女儿没吭气，继续道："不是不让你们黏在一起，是让你们稍微克制一些。等再过个两年，如果你妈的病好转了，那最好，实在不行，到那个时候李洛书的公司也起来了，你就跟他到外地结婚，天天住在一起我也不管你。"

"我知道了，爸爸。"黎初遥连忙开口承认错误。

"初遥，爸爸老了，没别的想法了，就想这个家能像现在这样，平平静静地继续过下去。"黎爸语重心长地说，"爸爸以前就跟你说过，你肩膀上那些家庭的重担啊、责任啊，都别去想了，只要爸爸还活着，就让爸爸扛。"

"你妈也是，如果她一辈子不清醒，我就照顾她一辈子，不用你担心。你和洛书，以后逢年过节回来看看我们就行了。"

"爸。"黎初遥眼眶湿润，"我怎么能丢下你和妈妈呢？"

"什么叫丢下。鸟大了还离巢呢，自然会飞走的。"黎爸笑了笑，"行了，以后的事以后再说。现在，你听我的，你和洛书啊，多回家住住，慢慢和你妈疏远，不要一下子让她看不见你们，她会心慌。"

"我会的。"黎初遥听着爸爸恳切的话语，心中一酸，注意到黎爸的黑发中已经夹杂了白发，皱纹也悄悄爬上他的额头。

她忽然觉得，父亲在不经意间老了许多，她从未发现这个转变，自己印象中的父亲，依然是那个刚劲挺拔、穿着警察制服的壮年男子。可这一年，他好像在以肉眼可见的速度变老，老得那样快，那样突然。

她好想求时间，不要这样，不要在她父亲的脸上留下这么多皱纹，他年轻时是那样英俊帅气，可现在只能看出衰老的五官、混沌的眼睛、斑白的鬓角和皱起的皮肤，唯一不变的，是他那深沉厚重的父爱。

人年轻的时候，好像觉得任何事都比陪伴父母重要，工作比父母重要，恋人比父母重要，朋友比父母重要，有时候甚至连莫名其妙的事也比父母重要。可是当有一天你突然发现自己的父母老了，想好好陪伴他们的时候，已经来不及了，他们留给你的时间，已然不多。

初晨
是我故意
忘记你

和父亲长谈过之后，黎初遥也和初晨说了这事，两人最后商量了一下，除了周末的两天，平时还是回家住，这样一个星期回家住五天，妈妈也不会太过于惦记他们。

　　黎初晨自然不会反对初遥的任何决定，况且他对黎家父母的感情也非常深厚，对黎爸更是感激得不得了，虽然舍不得那甜甜蜜蜜、夜夜缠绵的日子，却也强迫自己忍耐了下来。

　　他不管什么时候，都不愿意让黎初遥因为他们的感情，有一丝为难和困扰，他只想让她在这段感情里，享受到无限的爱和温柔。

　　一个星期之后，黎初遥下班回到家的时候正是饭点，黎妈正在厨房里烧菜，黎初晨则坐在沙发上看着电视，他有点心不在焉，拿着遥控器乱按频道，一个频道还没看两分钟就换了台。

　　等开门的声音响起，他看见黎初遥回来，眼前顿时一亮，忍不住以眼神催促对方快点过去。

　　黎初遥接触到黎初晨的眼神，她最受不了他这个，每次都像被豢养的小动物似的期待地看着你，如果你不回应他，他就会瞬间可怜兮兮得像是被世界抛弃了一样。

　　本来打算回房间换衣服的黎初遥忍不住坐到他身旁，还没等她完全坐下，一只手就悄悄抓住了黎初遥的手。

　　黎初遥的脸一下子就红了，她用力甩了几下也没有甩开，忍不住瞪了黎初晨一眼，眼神却软绵绵的没有什么力道："干吗，快放手，不是说好在家里不这样的吗？"

　　黎初晨被骂了却一点也没生气，满脸笑容又神秘兮兮地从口袋里掏出一个小本子，递给黎初遥，轻声说："你看。"

　　黎初遥接过本子，还没打开，就从红褐色的封皮上得知这是户口本。

　　她打开户口本，看见上面的第一页写着：户主，李洛书……里面还夹着一张身份证，身份证上是一张黎初晨的近照，旁边写着：李洛书。

黎初遥忍不住扬起一抹笑容，这家伙动作真快，爸爸刚答应他，他就已经拉着爸爸去派出所办好了手续。

"以后别再叫我初晨了。"李洛书凑上来，跟黎初遥咬耳朵，气流随着他说话的声音吹到黎初遥的皮肤上，让她的身体跟着一阵战栗，"从今天开始，重新叫我李洛书吧。"

黎初遥抬头望着他，他也用深情的眼神望着她："等我们结婚之后，就把你的户口也迁进来，和户主的关系就是夫妻，和我的连在一起，那样我们就再也不会分开了。"

黎初遥没有说话，只觉得眼里湿湿的，脑海里似乎能模拟出这本户口本以后会是什么样子，以后的日子会有多美好。她忍不住笑了，用尽了全身力气，才压抑住自己上前去拥抱他的冲动。

沙发上，两人的手静悄悄握着，十指紧扣，在电视与炒菜的喧闹声中，李洛书的身子微微前倾，在泪水已悄然落下的黎初遥唇上，轻轻吻了一下。

（四）错误

第二天是周末，黎初遥一觉醒来已经是上午十点。她在床上呆滞了一会儿，才想起自己两天前就和林雨约了周末陪她逛街，现在离约定时间就只剩下半个小时了。黎初遥匆匆忙忙地换好衣服跑了出去，在林大小姐规定的时间到达了指定地点，她看着眼前的婴幼儿用品城，忍不住望了一眼林大小姐的肚子，这家伙结婚也快一年了，不会是……

"你叫我陪你逛这里？不会是……有了吧？"

"你说呢？"林雨笑得一脸鸡贼。

黎初遥看林雨笑得这么贱，就知道自己没猜错，忙祝福道："哇！恭喜恭喜，几个月了？"

"三个月了，本来早就想告诉你了，不过我妈说有了孩子要等满三个月才能和别人说。"林雨说话的时候轻轻摸着自己的小腹，脸上抑制不住地流露出得意与幸福，她叽叽喳喳地对黎初遥说，"我觉得，我肚子里的一定是个男孩，我以后一定要把他打扮成小帅哥，让他从小就有源源不断的小女朋友，到时候我要挑一个最好的当未来的儿媳妇。"

黎初遥一脸受不了地看着林雨，她现在也才二十几岁，居然就想好了二十几年后的事情，她怎么不知道对方是一个想得这么长远的女人？

说话期间，林雨已经迫不及待地拉着黎初遥进了商店，她本来就是一个购物狂，买起自家孩子用的东西，更是毫不手软，从头到尾就三个字，买买买！而且只买男童装。

黎初遥默默地看着她花钱如流水，忍不住阻止道："你这是疯了吗？万一生下来是个女孩怎么办？"

"那就再来买！"林雨毫不犹豫地回答。

黎初遥无奈地摇摇头，拎着大包小包跟在后面，忍不住想如果她自己有了孩子，那她和李洛书也会像林雨一样，过来疯狂地采购吗？

黎初遥想到了李洛书，心里忍不住有些甜甜的……

整整两个小时的时间，林雨终于扫完货，看着两个人绝对拎不动的货，最后索性让每一家店铺都直接给她寄送到家，上门服务！

当两人坐在饭店中，林雨一口气点了一桌子的菜和一杯冷饮后，才问黎初遥："你最近怎么样？和我见面都能迟到，我看你过得也挺好的嘛！"

黎初遥就像李洛书一样抿了抿嘴唇，片刻之后，悄悄地和林雨说了昨晚的事情，说的时候还有点羞涩，就像是刚刚开始谈恋爱的小姑娘，喜滋滋地分享被男朋友呵护的感觉。

林雨一边听一边大呼小叫："什么，他把名字改回来了？

"还是去找你爸说的？

"哇！感觉好酷，好有担当！

"你当时在外面偷听，怎么没冲进去说'走！改完名就去登记'呢？"

黎初遥大感不好意思，忍不住看向周围："行了行了，你别激动，别人都看着我们呢！"

"你管别人做什么，别人还能代替你过日子吗？"林雨不屑道，"我跟你说真的，韩子墨那个人渣，我们就干脆利落地把他扫进垃圾桶；李洛书这样的绩优股，我们就要迅速抓住，免得小鲜肉被拱了。"

"我知道，不过你也不是不知道我妈的病，还是不能急……"

"有什么急不急的？阿姨的病是一天两天的事吗？当年的事你们连提都不敢提，不敢刺激她，什么时候才能让她正视现实啊？我看你们也不用做梦了，早点离家出走领证结婚生娃算了。"林雨正色道，"还有啊，初遥，从小到大我都不赞成李洛书取代黎初晨的位置，在我心里，初晨就是初晨，是我的初恋，我会记得他一辈子。

"可是你们呢？在你们心里初晨的身影早就被李洛书覆盖了，你有没有想过初晨，有没有想过，他一个人在地下，会不会因为被妈妈忘记了而哭？你妈要是有一天清醒了，发现自己忘记了自己的儿子那么多年，会不会内疚会不会难过？你想过吗？"

黎初遥听着林雨的话，想说什么，却觉得什么都显得那么苍白无力。

林雨抬了抬头，将眼泪逼了回去，不愿意它流出来花了她的睫毛膏，继续沉声道："我真的觉得这个错误很不公平，对你、对初晨、对李洛书，还有对你妈，都不公平。难道你觉得公平吗？"

这么多年了，林雨终于将黎初晨是她初恋这件事说了出来。她一直记得小时候的黎初晨长得特别漂亮，可爱又乖巧，总是跟在她和黎初遥身后，小雨姐姐小雨姐姐地甜甜叫着她，记得他是个很温暖的孩子，记得他跑步很快，记得他的头发很软，记得他和她睡过一张沙发，记得他死后，她无数次幻想他长大后的样子。

虽然这是一场没人知道的暗恋，却也是一场陪她走过全部青春的爱情、回忆和思念，直到今天回忆起来，依然酸涩得让她的眼帘湿润。

第十二章

初晨，
我们的梦被打碎了

（一）生命

自从那天和林雨见过面之后，黎初遥就一直在想她的那些话，她说的好像都对，自己好像真的一直做错了，也许一开始就不应该贪图一时安稳，让李洛书到家里来代替黎初晨，结果就因为一个错误的决定、一个谎言，最后不得不用更多的谎言去圆这个错误、这个谎言。

黎初遥想着想着，想得头都疼了，最近身子一直不舒服，肚子经常疼，精神也不太好，晚上还总是起夜七八次，搞得她睡都睡不好，连这个月的"大姨妈"都没来。她觉得自己又一次钻牛角尖了，这样的状态是很不好的，必须打断，必须阻止！

等一下，似乎有什么地方不对……

周五晚上，李洛书下班后一刻也不耽搁地开车回家，周末是他和初遥约好一周里能住新家的日子，他总是连一分钟都舍不得浪费，每次打开房门看到那个人在家里等他，他的心就仿佛在寒冬里被暖洋洋的阳光照射到一样。

可今天回到家的时候，他居然没有在客厅看见黎初遥，心头不由自主地慌乱了一下，直到在卧房里看见睡在床上包裹得像茧子一样的黎初遥，才感觉悬在半空的心落地了。

从小到大，从成为初晨开始，他什么都不怕，什么都不在乎，唯一害怕的就是黎初遥不要他了。

李洛书走到床边，伸手轻轻拉着被子："初遥……"黎初遥不理他。

李洛书又拉了一下被子，拉长声音，还有点委屈："初遥……"

黎初遥……忍住不理他。

李洛书第三次拉了拉被子，声音好像已经泫然欲泣："姐姐，我做错了什么……"

黎初遥忍不住了！她一下掀开被子，用力地瞪着面前的李洛书，看见对方的眼睛亮晶晶的，满脸笑意，哪里有一点委屈的样子。

黎初遥挫败地捂着脸，她就知道是这样，对方根本不委屈，就是在撩拨她，但偏偏屡试不爽，她根本舍不得李洛书有哪怕一点点的委屈。

"你当然做错了！"黎初遥闷闷地说。

"我做错什么了？我都改。"李洛书连忙问。

"这事你估计改不了。"黎初遥破罐子破摔。

"改改改，只要你说我错了，我就改。"李洛书特别诚心地说，一脸黎初遥的话就是圣旨一般。

"改改改！改什么改？你搞出人命了怎么改！你个笨蛋！"黎初遥抓起枕头打李洛书，说一句打一下，像是气得不行。

"什么？"李洛书被打得有些蒙。

"我怀孕了！笨蛋！"黎初遥羞愤地又用枕头在他头上砸了一下。虽然他们两个也避孕，但是就凭这个家伙一天到晚缠着她的劲，说不定还真有漏网之鱼……

所以自己身体一不对劲，她就立刻跑去药店买了验孕棒回来验，果然中奖了！

李洛书不闪不避，被枕头砸到了脑袋，就像被一个从天而降的大礼包砸中了脑袋一样。他傻傻地看着黎初遥，简直不敢相信自己刚才听见了什么，但是黎初遥最后的那句话，变成回音一直萦绕在他的耳际。

我怀孕了，我怀孕了……

他和初遥的孩子，他们一家三口……

他猛地将坐在床上的黎初遥抱起来，大声说："初遥！"

黎初遥被吓到，惊呼道："快放我下来！你的腰不痛吗？"

"不痛！"李洛书说完之后，又对着黎初遥傻笑，"初遥，初遥……"

他在心里将黎初遥的名字一遍一遍地念着，念了无数遍。一次次的复健之中，身体早已感觉不到疼痛，现在充斥在他身躯和脑海里的，只有幸福。

他小心翼翼地将黎初遥放到床上，像是在碰什么特别珍贵的东西，贵重到只要稍一用力，马上就会碎掉。

李洛书跪在地上，将手放在黎初遥的小腹上，还平坦的小腹根本摸不出什么东西。

黎初遥看着身前的男人，看他低头专注的模样，觉得自己的心正被泡在温水里，热热的，胀胀的，一辈子都不想离开……

（二）破绽

怀孕之后，李洛书对黎初遥的态度就更加紧张了，恨不得时时刻刻和她黏在一起。尽管他的公司明明在草创期，他忙得不得了，但他还是每天下班准时回家，把所有工作都带回家做，而且每当黎初遥要试玩他设计的游戏时他都不让，一直说电脑有辐射，对宝宝不好。黎初遥忍不住瞥了他一眼，心想自己天天上班，办公室里有三台电脑开着，也没觉得怎么样啊。

不过这种被满心呵护的感觉，让她挺开心的。但是自己和李洛书的事显然已经瞒不住，他们两个人都希望能赶紧领证结婚，然后把宝宝生下来，好好把他养大，给他最多的疼爱、最温暖的家。

两人商量了之后，决定让黎初遥先去试探一下黎妈，看看情况，要是真的不行，就直接先领证，然后黎初遥找借口说公司要调她去外省工作，先躲起来待产再说。

这天下午，黎初遥软磨硬泡地将黎妈带到市中心的商业区，说是快要入冬了，帮黎妈买一件新大衣。黎妈和黎初遥是一模一样的性格，抠门得不得了，衣服只要能穿就不会买新的，也不在乎款式好不好看，只想把所有的钱都省下来，说是以后给初晨娶媳妇用。

"得了吧，初晨娶媳妇还用得上你那两个钱。"黎初遥每次听她这么说，都忍不住鄙视一句。

"他用不用我的钱是他的事，当妈的给他准备好了是当妈的心意。"黎妈特别理所当然地说，"这是当妈的应该做的。"

"那你给我准备嫁妆了没？"黎初遥问。

"那当然。"黎妈白了她一眼，"我会少了你的吗？你倒是把你对象带回来给我看看啊，天天藏着掖着是不是怕我和他要礼金啊？你放心，我不要他的钱，把你娶走我就谢谢他了。"

"什么话，搞得好像我没人要一样。"黎初遥不爽地嘀咕着。

黎妈走在前面，目光被一件灰色的毛大衣吸引住了，稀罕地用手摸着大衣上软软的貂毛。旁边的导购小姐看见了，连忙走过来推荐道："阿姨眼光就是好，这是一件整貂的衣服，不是那种七拼八凑的毛攒起来的，您看这毛的感觉就不一样！"

好东西确实能用眼睛分辨出来，那衣服上的毛一根根软软的，稍微有风吹过就一忽儿抖了起来，别提多精神。

黎妈心动不已，翻开衣服的吊牌一看，却顿时被那大几万的标价给吓到，惊呼道："抢钱啊！"

导购小姐专业素质特别好，面不改色道："阿姨，现在这衣服打八折呢。这样好的貂皮大衣，买一件少一件，以后市面上说不定就没了。"

黎妈才不管她说什么，头摇得和拨浪鼓一样，可眼睛又有些不舍地望着那件衣服。黎妈是东北女人，对貂皮大衣有着特殊的执念，她老家的女人们，但凡家里有点家底的，结婚的时候家里都会给准备一件上好的貂皮大衣，可她年轻的时候家里穷买不起，结婚了之后跟着黎爸来了 S 市，有了两个孩子后，日子过得更加紧巴巴了。

这件貂皮确实好看，黎初遥见她喜欢也劝她买了，可她死活不肯，拉着黎初遥往前走。结果逛了一下午，再也没有一件衣服入得了她的眼。

母女俩逛了一下午，两手空空地坐在咖啡店里休息，黎妈看了半天菜单才点了一杯最便宜的原味奶茶，黎初遥随便点了一些，借口去上厕所，迅速回到商场三楼，把那件貂皮大衣买了下来。

回来的时候，黎初遥直接把购物袋丢到黎妈旁边的椅子上，黎妈看见了衣服，惊得咂舌："哎呀，你怎么买了啊，多贵啊！你一年才赚多少钱啊，这不要去掉一半啊，这么糟蹋钱你不心疼啊！"

"我刷的洛……初晨的卡。"黎初遥笑眯眯地说着，"不心疼。"

"初晨的啊。"黎妈点点头，松了一口气，想想不对，"初晨的钱就不是钱啊，你这个当姐姐的也好意思，说带我出来买衣服，敢情叫你弟埋单啊？"

"是他非要我刷他的卡的，他想孝顺孝顺你都不给机会啊？"黎初遥劝道。

"那是，初晨是孝顺的，现在很少有男孩子像你弟一样孝顺了。"黎妈听到黎初遥这样说，便也释怀了，美美地打开购物袋，摸着貂皮大衣上软软滑滑的绒毛，沧桑的脸上布满了满意的笑容。

黎初遥见她心情正好，便凝视着她，试探性地开口问道："妈，你还记得我高三时候，家里发生的火灾吗？"

"什么火灾？"黎妈皱起眉头，有些迷惑，"我们家什么时候发生火灾了？你这孩子瞎说什么，火灾也是能乱说的吗？"

黎初遥心中猛地一沉。原来妈妈连火灾都不记得了，那肯定也不记得初晨已经在火灾中去世的事情……

"那我们家原来住的城东的大院你记得吗？四楼那家有个老奶奶，你不是总说她阴森古怪、不讲卫生吗？你还经常和她吵架的。"黎初遥不愿意放弃，循序渐进地问着。

"哦，那个老太婆，我记得。"黎妈点头。那是个非常矫情的老太太，住黎家楼下，黎家两个孩子，在家里玩耍难免吵吵闹闹，弄出点动静，一般人都不会说什么，可是这个老太太就不行，但凡上面有一点响动都会上楼来骂，黎妈也不是好欺负的，一来二去，双方经常吵架。

"对，就是她家没关煤气引起的火灾，那个老太太，还被烧死了。"黎初遥轻声说道。当年那场火灾，除了初晨之外，楼下的老太太也没能幸免。

"火灾？火灾？"黎妈的神情有些怪异，她紧紧地皱着眉头，似乎头疼得不行。忽然，她伸出手紧握成拳，使劲地敲打着头部，有些疯狂地叫喊着，"什么火灾！什么火灾！我不知道！我不知道！"

黎妈的动作大得咖啡厅的人都吓了一跳，目光齐齐射来。黎初遥连忙站起来，拉住母亲安慰道："没有火灾，没有火灾，我乱说的，妈你别激动，你先坐下来。"

黎妈被黎初遥安慰了一阵才安静下来，眼神特别偏执怪异，嘴巴里一直小声叨咕着："没有火灾，没有，没有。"

"对，没有。"黎初遥叹了口气，小心地安抚着母亲。

她一直以为母亲的病情早就稳定了，只需每天吃一些精神药物即可，却没想到，只是稍稍提醒她一些当年的事情，就能把她刺激得当场就要发疯。也许，这辈子要指望母亲清醒，是不可能的了。

黎初遥用勺子搅着杯子里的牛奶，心中纷乱。她拿起牛奶喝了一口，却没想到，刚喝进肚子里，就恶心得干呕了好一阵子。

"你怎么了？"黎妈清醒了一点，看女儿身体不舒服，连忙关心地问道。

"没事，有点恶心。"黎初遥随便找了个借口，其实她怀孕初期反应特别大，几乎吃什么吐什么。

黎妈似乎也察觉了什么，有些怀疑地看着黎初遥："你最近老是恶心吧？"

"没有。"黎初遥打哈哈笑道，"就是这两天吃坏肚子了。"

初晨，是我故意忘记你

"是吃坏肚子了吗？"黎妈有些不相信，女人对一些事情总是那么敏感。

"哎呀，是啦，过两天就好了。"黎初遥假装若无其事地埋单，"妈，我先走了，晚上还得去公司加班呢，你自己打车回去啊。"

黎初遥说完，拿起座位上的包包，起身往外走，她虽然极力镇定，可脚步比起平常快了很多，走到咖啡厅门口的时候，更是像逃一般地离开。慌乱中的她，根本没有注意到背后黎妈那狐疑的目光。

（三）曝光

黎初遥坐上出租车后，就给李洛书发短信，说她马上就回去了，李洛书回复了两个字："等你。"黎初遥看着这两个字，特别开心地笑了，她望着窗外有些萧条的冬景，心情却格外阳光。

出租车在新家的小区门口停下，车还没停稳，她就一眼看见了等在小区门口的李洛书，只见他站在路边，望着车里的她浅浅地笑着，等车停稳了，便信步走来，帮她付了打车费后，打开车门，小心翼翼地把她扶了出来。

黎初遥呆呆地望着他问："这么冷的天，你怎么出来了？"

李洛书紧紧握住黎初遥的手，将手拉到唇边轻轻哈气，又把自己脖子上的围巾解下来给黎初遥围着，撒娇说："不是说等你的嘛。"

"你可以在家里等啊。"黎初遥听着李洛书微翘的尾音，简直身体都酥了半边。

"想早点见到你嘛。"李洛书看着她的眼神，深情得像是能滴出水来，平日里觉得肉麻的情话，从他嘴巴里说出来，却显得那么好听又真实，让她整颗心都跟着飞扬起来。

黎初遥嘴有点笨，不知道怎么回答，却忍不住扑进他厚实的怀抱里，用脸蹭了蹭他的胸膛，用行动告诉他，自己有多喜欢他，多喜欢听他在自己耳边说情话，多喜欢靠在他的胸口感受他暖暖的温度，多喜欢他那带着淡淡水果香气的清爽味道。

李洛书也低下头来，用力地抱了抱她，然后在她头顶亲了一下才放开她问："今天和妈妈谈得怎么样？"

黎初遥摇摇头，叹了口气，失望地说："完全不行，别说初晨的事了，就连火灾的事她都想不起来，逼问得紧了还会头疼。"

"算了，想不起来就别逼她了，妈妈也不容易。"李洛书安慰着有些失落的黎初遥，本来他也没奢望这件事会进行得很顺利，现在的情况，他早就预料到了，"我们还是先登记吧，然后你就安心在家里养胎，其他的谎都让我来说。"

她抬头望着他那坚定的眼神，心里的不安都放下了，笑着点头道："当然应该让你帮我去和妈妈说我调任外地，你说什么妈妈都信。"

"好好好，我去说。"李洛书宠溺地点了一下她的鼻子，"走吧，我们回家。"

"嗯。"黎初遥用力地点点头，然后问，"晚上给我做了什么好吃的？"

因为他们一周只有周末两天才住在这边，所以每次过来，李洛书总是提前买好很多食材，变着法子给黎初遥做好吃的。

李洛书手艺本来就好，又用心去做，这些日子厨艺又精进了不少，已经牢牢抓住黎初遥的胃了。

"嗯，我买了新鲜的排骨，用冬瓜给你炖汤喝，还有小河虾，用辣椒给你爆炒一下，你可以连壳一起吃了，好好补补钙。你知道的，怀孕的女人啊，要多补钙……"李洛书一手拿着黎初遥的挎包，一手搂着黎初遥的腰，一边说着晚上的菜，一边带着她慢慢往前走，一步一步，从小区门口到家楼下，不到五百米的距离，两人一路走，一路笑着，男人总是忍不住低下头来，亲亲女人的脸颊，女人也一直仰着头，望着他，满眼的甜蜜和爱意，两人周身弥漫着幸福的味道，吸引着和他们擦肩而过的路人频频回头。

谁都没有注意到，就在小区大门的不远处，一个中年妇女正一脸震惊地看着他们的背影，手脚抖得就像风中的落叶，像是看见了什么不可思议

初晨，是我故意忘记你

的肮脏的东西……

（四）地狱

新家在四楼，虽然是电梯洋房，两人却从来用不上电梯，每次都是走楼梯上去的。李洛书让黎初遥走在前面，自己在后面小心护着她，楼道间还是像过去一样安静，对门并没有住人，连装修都还没开始，会到这一层来的就只有他们两个而已。李洛书像往常一样打开门，先让黎初遥进去，看着黎初遥在玄关处换好了鞋子，这才跟着进入家中，准备关门。

但就在这个时候，楼梯间又传出厚重的脚步声，李洛书随意地回头看了一眼，看见一个中年妇女扶着楼梯的扶手缓慢地走上来，只一眼，他便心惊得不行。

她短发，头发花白，鼻梁上架着一副老花镜，穿一身灰蓝色的衣服，手中还提着一个装着貂皮大衣的购物袋。

李洛书整个身体都僵硬了，他扶着门把直挺挺地立在门边，叫了一声："妈……"

这声"妈"无异于晴天霹雳，惊得黎初遥仓促回头，只看见黎妈忽然像炮弹一样，一口气冲了上来，推开挡在门口的李洛书，冲进房间，从客厅绕到厨房，又从厨房绕到卧室！

黎初遥就跟李洛书一样，整个人都木了，她甚至因为害怕而微微颤抖了起来。她的目光跟随着母亲的身影，从那些摆放在屋子里的双人照片，挂在阳台混着晾晒的衣服，和屋子里唯一一张双人床上掠过。随着母亲的气息越来越急促，表情越来越惊恐，转头望向她的眼神充满迷惑、愤怒、恐惧甚至恶心！

黎初遥打了一个冷战，害怕地小声叫道："妈……"

黎妈整个人都陷入一阵恍惚之中。从看见初遥和初晨一起亲亲密密地走进小区的时候她就一直恍惚着。她始终不敢相信自己看见了什么，她尾随两人来到楼上，却看见了让她再也无法逃避的东西：他们两个人住在一间屋子，睡一张床！发生了什么？发生了什么！

黎初遥的声音，将黎妈从恍惚中唤醒，她颤抖地举起双手，蓦然旋身，用尽全身力气甩了黎初遥一巴掌。清脆的响声在房间内回响，黎初遥被打得趔趄了一步，脸也重重偏向一边，脸上火辣辣地疼，白皙的面颊上很快浮出五个指印。

这一巴掌来得又快又猛，李洛书完全没来得及阻止，他一把扶住初遥，心疼地望着她脸上的伤痕，忍不住对黎妈吼道："你干什么啊？"

黎妈被李洛书吼了一声，整个人崩溃地望着他。她的儿子居然吼她？一直以来温和孝顺的儿子居然吼她？她疯了一样将手里的购物袋向两人砸去，李洛书连忙抬手，护住黎初遥，购物袋先砸在李洛书的手臂上，又掉在地上，里面新买的貂皮大衣露出一角，黑漆漆的就像黎妈现在的心情。

黎妈像是疯了一样，声嘶力竭地喊道："我干什么？是你们在干什么！你们在干什么！在这个房子里干什么？你们说啊！你们要不要脸啊？这样的事都干得出来！要不要脸！"

黎初遥看着愤怒的黎妈，开始害怕。初晨死的时候，黎妈就是这样愤怒恐慌得不能接受，然后就疯了！她不能再让黎妈这样，林雨说得对，让李洛书扮演初晨一开始就是个错误，不管是对初晨，还是对黎妈和李洛书！

她再也忍不住喊了起来："妈，你冷静一点，不是你想的这样。"

"不是我想的这样，那是怎样？你还想骗我？你是不是还想骗我？"黎妈上前去想一把抓住黎初遥质问，却被李洛书挡住，黎妈甩开李洛书的手吼，"你们两个是姐弟啊！怎么能干这种事！黎初遥，你老实说，你是不是有了，是不是？"

黎初遥咬了咬嘴唇，看着母亲，有些艰难却又倔强地点头："是。"

"啊啊啊啊啊！"黎妈疯狂地大叫着，这尖叫声一直持续了一分多钟，怎么也停不下来。黎初遥怕她疯过去，连忙从李洛书身后跑出来，握着她的双肩，直视着她，用力地吼着："妈，你醒醒，你不要这样，你看看身旁的人，他不是初晨啊！初晨已经死了，他死了好多年了，你醒醒吧！别再这样了。"

黎初遥的声音就像轰隆隆的车轮碾压过黎妈的脑海，黎妈在一瞬间变得狂怒，她上前劈头盖脸地打着黎初遥，好像那不是自己的女儿，而是一个仇人！她叫道："你乱说，你乱说！你怎么这么歹毒，你弟弟好端端地在我面前，你怎么敢咒他死！你还勾引他，他是你亲弟弟，你怎么敢勾引他！"

黎初遥抬手挡着黎妈的拍打，她不敢还手，只能一步一步地后退。

李洛书快步从后面抱住黎妈，试图安抚："妈，妈……"

黎初遥这时候终于能够喘上一口气了，她的性格一向要强，话都说到这份上了，干脆说开算了，她再一次大声说道："妈，你醒醒！陪着你这么多年的不是初晨，是李洛书，是初晨的同班同学！初晨已经死了，死在那场火灾里，你记得的，你只是不愿意想起来而已！"

"初晨死了？"黎妈停了下来，用特别小的声音问道，眼里净是破碎的混乱。

"妈，你醒醒吧。初晨真的死了。"黎初遥特别难过地看着母亲，哭着点头，她最不想看见的一幕还是出现了，她最不想伤害的人还是被她伤害了。千小心万小心，还是让妈妈通过这样的方式、这样的打击，再次去接受这个事实。

可是……

"妈，十三年了。你就让初晨安心地去吧，别再抓着李洛书当影子了。"黎初遥哭着安慰着母亲。

可黎妈眼神涣散，一直疯狂地摇着头说："初晨死了，初晨死了，不不，他没有死，没有。"

"妈，我是有了孩子，你马上就有外孙了，会有一个新的亲人，我们一家重新开始，过新的生活好不好？"黎初遥小心地走过去，拉住母亲的手，希望用新的血脉唤醒她的意识。

黎妈好像听进去了，直愣愣地望着她的肚子："孩子……孩子？"

"对啊，妈，我有孩子了。"黎初遥小声地说着，就怕惊扰母亲。

黎妈颤颤巍巍地伸出手，摸了摸黎初遥的肚子："不行，这孩子不能生，这是你和初晨的孽种，你不能害了你弟弟，听妈的话，妈陪你去打掉，把孽种打掉。"

一直站在一旁的李洛书再也无法沉默，他对黎妈有愧疚之情，有孺慕之思，他万万不愿意伤害她，可是他也忍受不了，她一口一个孽种去称呼他的孩子，那是他和初遥爱的结晶，那是他求了好多年，想了好多年，让他可以感受到无比幸福的孩子，那不是孽种，那是他万分期盼的宝贝。

"阿姨！"李洛书用力地按住黎妈的肩膀，十几年来，第一次换了称呼。一声阿姨，瞬间将黎妈打蒙了，就像十几年前李洛书那声妈妈，将她从混沌的地狱中拉出来一样，这一次，也同样将她从美梦中惊醒。

"阿姨，我不是黎初晨，我是李洛书啊。"李洛书缓缓地将这句话说了出来。

黎妈的眼泪瞬间落了下来，她挥开李洛书的双手，痛苦地嘶吼一声："啊——不不！你不是，你不是。"

"妈，妈。"黎初遥心疼地上前去想抱抱黎妈，可却被她用力推开。黎妈整个人似乎都崩溃了，又像是清醒了："初晨死了，初晨死了。啊啊啊，我的初晨啊！"

丧子之痛，糊涂多年，可再次想起，依然像是被人活活用刀子剖开了那般痛，黎妈疼得嘶吼着，哭泣着，忽然抬起头，一把推开试图安慰她的黎初瑶，拿起放置在餐桌上的水果刀，对着自己的胸口就要扎下去："我也不活了，我也不活了！"

"妈！你干什么！你松手，你松手。"黎初遥吓到了，连忙上前去阻止她。

"你走开！"黎妈握着水果刀想将她挥开，可黎初遥却怕水果刀伤着黎妈，没敢后退反而上前去夺。两人这般拉扯着，李洛书看着着急，想上

初晨，是我故意忘记你

前去将两人分开，却不知怎么的，黎妈一个用力，扑哧一声，那刀就猛地扎进了黎初瑶的肚子里……

黎初遥怔怔地低下头看着，鲜血像是打开了水龙头的自来水一般，从肚子上的伤口里疯狂涌出，在洁白的衣服上洇开，好像一朵鲜艳花朵的盛放。

她愣愣地睁大眼睛，难以置信地看着母亲，不相信眼前的这一切。

黎妈也呆住了，看着自己和女儿交握的手，看着那流着血的伤口和闪着寒光的水果刀，她吓得全身都在发抖。她不愿意相信，她竟然将刀刺入女儿的身体？

黎初遥怔怔地摸上自己的小腹，湿漉黏腻的触感沾满手掌。

她的宝宝……

不知是疼的，还是吓的，眼泪就这样唰的一下从她的双眼里流出，混着溅在脸上的鲜血，河流一般淌下。

"初遥！"李洛书也被这突如其来的变故吓住了，那大片大片的鲜血染红了他的眼睛。他大叫了一声，声音尖锐得好像要划开空气。他一把推开黎妈，扑向黎初遥，用手紧紧按着黎初遥的伤口，慌张得不知道如何是好。他抬起头，对陷入疯狂的黎妈吼道："你为什么要这样！你到底什么时候才能清醒！"

他的声音在一瞬间变得嘶哑，眼里满是恨意："你为什么不能睁开眼睛看看她！这么多年了，初晨死了这么多年，都是初遥在你身边照顾你！她连自己的幸福都可以不要，是我非要缠着她，是我非要爱她，是我非要和她在一起！这么多年了，她就是怕刺激你，什么都不敢说！她这么好，你为什么就不能多爱她一点？她也是你的孩子啊！"

李洛书哭喊着的声音，拉回了黎妈的一丝神志，她望向躺在血泊中的黎初遥，脑海仿佛炸开一般，她触电一样放开手里的水果刀，哆嗦地抱着头："我不是故意的！我不是故意的！我不是故意的！"

黎妈无法接受这样的控诉和现实，她脆弱的神经又一次崩坏了，她什么也不顾地踉踉跄跄向外跑去！

　　她干了什么？她干了什么？黎妈什么都不知道，什么都想不起来，只觉得天旋地转，整个人向下倒去，从楼梯间的楼梯上滚了下去，然后，砰的一声……

　　那沉重的声音，传进了李洛书的耳朵里，李洛书怔了一下，缓缓转身，望着空荡荡的门口，小心翼翼地一步一步走过去，越过房门，走出通道，来到楼道间。

　　他看到了自己最不愿意看到的画面。

　　世界在这一刻又变成幼年的黑白。

　　地狱扑面而来。

　　黎妈躺在半层楼之下，身体扭曲，像一个被摔破了的娃娃，头颅枕着的地面上，是一小摊血迹。

　　他就这样站着，房间里有受伤的黎初遥，楼梯下躺着黎妈。

　　那一片片的鲜红，刺得他连呼吸都困难了，他张大嘴，却连一点声音都发不出来。他双手用力地抓着头发，干吼般高喊着，那痛苦简直像无形的尖刀一般，在一下下地将他凌迟！

　　忽然间，韩子墨醉酒后的话，像诅咒一样在他耳边回荡："别忘了那老道士给你批的命，你是天煞孤星，克六亲死八方，注定不得善终。你不用幻想能得到幸福。"

　　不用幻想得到幸福……吗？

初晨，是我故意忘记你

第十三章

初晨，
我愿意用我的生命去爱你 /

（一）绝望

医院雪白的天花板下，抢救室代表手术中的红灯已经亮了一整个晚上。

两扇紧紧闭合的大门隔绝内外，坐在走廊休息椅上的李洛书双手微微颤抖，刺骨的寒意正在不断侵蚀他的身体和脑海，但这些寒意不是从外穿透皮肤进入骨髓，而是从心底一点一点渗出来的。

他脑子很乱，眼前血红血红的一片，这不是他第一次看到这样的景象，幼年的时候，父母的死亡，少年的时候，韩家夫妻从楼上摔下，今天，是自己的养母和最爱的人……

还有对他恨之入骨的奶奶、他最好的朋友黎初晨……

他明明才活了二十六年，却亲眼见到那么多亲人朋友离开！

李洛书直愣愣地望着自己不停颤抖的双手，不停地在心里问自己，难道，他真的是天煞孤星？难道，他进了谁家，谁家就家宅不宁吗？

难道他真的不可能得到幸福，不可能得到家人吗？

耳边又响起年少时，黎初遥对他说的话：以后谁要是说你是天煞孤星，说你命不好，你就吐谁口水！

那时的自己，是多么高兴，终于有一个人告诉自己，自己不是……

可是初遥、初遥……

正当李洛书思绪混乱，快要绝望的时候，手术室的红灯熄灭了，那仿佛要关一辈子的门打开，戴着口罩穿着手术服的医生护士先后出来。

李洛书连忙站起来，迎上去："医生，医生，里面的病人怎么样了？"

医生的声音隔着口罩传出，带着一丝沉闷与特有的冷酷："李先生，病人腹部受伤，失血过多，但没有生命危险，只是她肚子里的孩子已经没有了，一会儿还需要去妇科做清宫手术。"

李洛书踉跄了一下，向后退了一步，医生的话就像是压死骆驼的最后一根稻草一样，将他完全压垮了，白色的天花板在他眼前旋转起来，人的面孔跟着扭曲，门、窗、椅子，世界上的一切，一切人和事，好像都被卷入了这混沌不清的旋涡之中！

他什么也看不清了，只知道，又有一个亲人离他而去了，虽然那只是一个没有成形的孩子，却是他盼望了无数个日夜的孩子……

"李洛书！"疾步而来的黎爸冲过来，一拳打在了他的脸上，愤怒地质问着，"你答应过我什么？你这个畜生！我就不该相信你！"

"爸……"

"不要叫我爸，我没你这个儿子！"黎爸的声音里带着一丝恨意，"你说要进我们家我就给你进了，你说要脱离关系我就让你走了！你说你会好好对初遥我也相信了！你说你不会让你和初遥的事刺激到你妈，我也相信了！可是现在呢，你就是这样回报我对你的信任！"

"我真是瞎了眼！"愤怒中的黎爸已经失去理智，他这一生，最疼的儿子早夭了，就剩下老婆和女儿了，却一下子就让眼前这个男人都害了！他恨啊，恨自己从前心软，恨自己当时怎么就不死拦着他们！

李洛书一句辩解的话都没说，他就像一个罪人，垂着头孤零零地站在那儿，他想说对不起，可是对不起有用吗？

他想跪下给黎爸磕头认罪，可是磕头认罪又有用吗？

这一刻，他们都想时光倒流，想着这一切都没发生就好了，想着他不那么贪婪、不那么自私就好了。

一个小时后，为黎妈做手术的医生也出来了，宣布了黎妈的情况——高度刺激下引起中风，已经全瘫了，而黎妈本来就患有精神病，现在更是连一丝意识都没有了。

　　黎爸颓然坐倒在地上，过了好一会儿才忽然爆发出崩溃的哭声。李洛书摇摇晃晃地想上前去扶他，却被他甩开手，低吼着："你滚！滚！不要再出现在我们家！滚！"

　　李洛书颤巍巍地收回手，像是一个无主的游魂一样，扶着墙壁，一步一步地往外走着……

　　他那双漂亮的眼睛里，充满了悲凉、绝望和深深的恐惧！

　　他有些窒息地抬起头，望着医院走廊上明晃晃的日光灯，那灯圈的光晕里似乎闪耀出黎初遥秀丽的面孔。

　　李洛书双眼通红地流着泪，死死地盯着那灯，用力在心里呐喊着、质问着：初遥，初遥，如果这天煞孤星命运的人真的是我，该怎么办？

　　真的是我……该怎么办？

　　我早该离开你，早该离开这个家，一个人活着，我不该奢望那些温暖，那些爱！我早就该认命才对啊，我死赖着不走，死赖着你爱我，是在犯罪啊！

　　我爱你，我想要得到你的爱，就是我的原罪……

　　而我，早已罪不可恕。

　　李洛书闭上眼睛，满脸都是绝望。

　　（二）着魔

　　黎初遥好像做了一个很长很长的梦。噩梦中的一切都让她恐惧颤抖，她猛然清醒过来，慌忙四处张望，只见黎爸坐在病床边，正守着她，佝偻着肩膀，好像有一座看不见的大山正压在他的背上。

　　"爸……"黎初遥看着这样的黎爸，心中隐隐有不好的预感，她舔了下嘴唇，满嘴腥咸与刺痛，"妈……怎么样了？"

黎爸低着头，沉默地望着她。

"爸？"黎初遥焦急地问。

"你妈，还没醒。"黎爸疲惫地说着，"医生说……以后也不会醒了。"

黎初遥震惊地望着父亲，有些难以置信地摇着头，挣扎着想从床上爬起来，可麻药的劲头还没过去，她用尽全身力气，却连手指都抬不起来。她睁大眼睛，望着苍白的天花板，终于忍不住大声哭了起来。

黎爸看着女儿痛哭的样子，心里也难受起来，过了好久，他才再次开口说："初遥，你和李洛书分手吧。"

一声清脆的碎响在黎初遥心中响起，将她痛哭的声音打断，黎初遥以为自己在太过于震惊的情况下没有回应，但她的耳朵听见自己用尖锐的声音在问："为什么？"

黎爸面上泛起怒色："我就是不许你和他在一起！他就是一个丧门星！"

黎爸一直以来压抑着的怒气终于爆发了出来，他没办法恨自己的女儿，只能将所有的恨转嫁到李洛书身上。

黎初遥动了动嘴唇，眼眶发红，但语气前所未有地坚定，她对黎爸轻轻说："爸，你为什么这么说？你以前不是一直耻笑这是无稽之谈吗？你以前不是一直说这是封建迷信吗？你为什么要这样？"

黎爸怒从心生，瞪视着黎初遥吼："我为什么要这样？你看看你和你妈都被他害成什么样了？啊？世界上的好男人那么多，为什么你偏偏要选他？我都和你说了，你们的事不能给你妈知道，你们还搞成这样！现在你还要和他在一起，你有没有良心！你就一点也不内疚吗？"

黎爸的指责让黎初遥心里难受极了，她怎么可能不内疚，她内疚得都快死了！一想到妈妈被自己气得再也起不来，她恨不得一头撞死去谢罪。可是，可是都这样了，她都已经失去妈妈了，失去宝宝了，难道还要失去李洛书吗？

那她还有什么？还有什么啊？

她不想这样，她用一切换了和他在一起的机会，她不想让自己后退，也不允许自己后退！

"不要，我不要和他分开，我爱他！"黎初遥躺在床上，用尽全身力气喊着，"我爱他！"

黎爸狂怒道："爱？你拿什么去爱！拿你妈的命去爱！拿我的命去爱！拿你自己的命去爱吗？我看你是魔怔了！"

"对，我是魔怔了，我就是要拿我自己的命去爱！就算他真的是天煞孤星！我就是被他克死了也愿意！"黎初遥将心里的话喊了出来。

黎爸气得上去就打了她一巴掌，打完后又心疼得红了眼眶，半晌说不出话来。

病房里只听得见黎初遥闷闷的抽泣声，病房外，李洛书一个人站在那里，单手紧紧握着门把手，低着头，长长的刘海遮住眉眼，身影显得那样寂寞而悲伤。

（三）决裂

经过一个月的休养，黎家一家终于从医院离开。

黎妈依旧没有任何好转的迹象，躺在床上不能言不能动。她还能睁开眼睛，但这样无意识的睁眼恰恰是最恶毒的诅咒，如同要每一个和她对视的人都不得好死！

每当黎初遥接触到黎妈的视线的时候，就有一种几乎要窒息的感觉。那样的视线就像黎妈摔下去之前的谩骂，满满都是"你们疯了""初晨没死"……

黎初遥帮着黎妈擦身体，仔仔细细地把黎妈身上弄得干干净净的，她的眼神很专注，专注得几乎执拗。

也许我才是真正该死的，如果我那一天没有让初晨回去，这一切都不会发生。

但我还活着。

妈妈，我还活着……我就一定要让剩下的人都过得幸福！

晚上，黎爸从警局回来之后，两人吃了一顿沉默的晚餐，然后黎初遥收拾完碗筷，就走了。

黎爸对李洛书的意见很大，不许他进家门，不许他照顾黎妈，所以黎初遥每天为黎妈擦洗按摩过后，会回到自己和李洛书的家中。

事情发生之后，他们的家，似乎变了一种味道，没有了原来的温馨甜蜜，总是给人一种冰冷昏暗的感觉。李洛书最近也沉默了不少，不再时时刻刻缠着黎初遥了，只是在她回来的时候，紧紧地抱着她，一言不发，就那样抱着，像抱着世界上最后一丝希望。

这些天，黎初遥特别容易疲惫，刚刚回到家连澡也不想洗，就躺在床上一动也不想动。

李洛书知道她累了，便走过来，温柔地帮她把外衣脱了，拉起一旁的被子给她盖上，还将热水都倒好了放在桌子上。

"很累吧？"李洛书低垂着眼帘，轻声问，他上了床，双手习惯性地紧紧抱住黎初遥。

黎初遥摇了摇头，转身，无声地回抱住他，像他紧抱着自己那样，紧紧抱着他。

她睁着眼睛，用力地吸了一口气，这样的温度，这样的气息，是她拼尽所有换来的，她不累，也不后悔。

房间内的灯光熄灭了，只有月光照亮他们。

她在黑暗里用眼睛描摹着自己熟悉的面孔，用力握着对方的手，不用言语，李洛书已经知道黎初遥想说什么。

我们要在一起，永远在一起。

李洛书闭上眼睛，俯下身，将轻吻密集落下，落在黎初遥的额头、脸颊、鼻梁、嘴唇，他温柔地吻着她，像是要将她的样子狠狠地刻在脑子里，

初晨
是我故意
忘记你

每一点每一滴，都烙印在他的心上。

这样的吻带着那样浓烈的哀伤，连疲惫的黎初遥都感觉到有些不对劲，还没等她开口确认，就听见李洛书用极其压抑的声音说："初遥，我们分手吧。"

轰的一声，世界在黎初遥面前炸开！

黎初遥简直不敢相信自己听见了什么，她一下子从床上坐了起来。

"你说什么？"黎初遥紧紧地盯着他问，"你再说一遍？"

她不相信这样的话，他能说两次。她不相信这个时时刻刻渴望着她的爱的男人，会说出这样的话！

"我们……分手吧。"李洛书看着黎初遥。清冷的目光中，黎初遥看出了他是认真的，他真的决定离开她……

黎初遥低下头来，似乎听见了自己急促的呼吸声，她舔舔嘴角，张开嘴巴，却不知道说什么。

她这是被抛弃了吗？

被一个她认为失去自己就会死的人，被一份她差点用母亲的性命换来的爱情，抛弃了？

黎初遥几乎崩溃了，一个月以来压抑在她心中的内疚、难过、悲伤、沉痛在瞬间爆发出来，她忽地从床上站了起来，疯了一样对李洛书大喊：

"李洛书，你凭什么和我分手，凭什么！

"你怎么能这样对我！

"我已经失去一切了，为什么还要让我失去你！

"是你要跟我在一起的！是你非要跟我在一起的！你怎么能说分手就分手！

"你不能这样对我，不可以！

"我不，我不分手！我不要离开你！"

黎初遥哭喊着，疯狂地将屋子里的一切砸碎在脚边，就像将从前的那些美好日子也统统砸碎一般。

李洛书一动也没动，任由她砸着，任由她打着，眼泪无声无息地落下，滴落在他曾经认为能让他幸福的家里，滴落在他的美梦里，滴落在清醒后的绝望里。

他看着面前已经陷入疯狂的初遥，他多想上前去抱住她，多想告诉她，他不想走，不想和她分开，他一直以为自己可以给她幸福的！

可是……可是他忘了，自己从来就是一个只能给别人带来噩运的人……他被世界抛弃了啊，他被上天诅咒了啊！他不能拉着她，让她也跟着自己堕入这可怕的噩运里。她那么好，那么喜欢孩子，那么喜欢家人，他早就应该放她走才对。

也许，现在放手，让她很疼。

可是，终究，还能活着不是吗？

她说她愿意被自己克死，可是如果有一天她真的死了怎么办？不在了怎么办？

他会和她一起死，可是，就算这样，他也舍不得……

他舍不得她死，他宁愿，自己走，自己死。

窗帘被扯下了半边，墙壁上的挂画杂乱地摔在地上，桌面上的所有小东西散乱地铺了一地，桌子是歪的，凳子全部四脚朝天，吃饭回来时买的鲜艳的玫瑰早被踩扁，踩出了一地泥泞。

也许这就是誓言最终的模样，肮脏混乱得让人憎恶。

黎初遥终于茫然地停下了自己的动作。她看了看周围，竟然认不出这是自己和李洛书一心一意布置的房间。她的目光在这个陌生的地方扫视着，最终落在了房间中的李洛书身上。

李洛书像脚上生了钉子一样，一动不动地站在原地。

他衣冠楚楚，人模狗样。

黎初遥一下子笑了起来。她又变成那个冷静、刚强，仿佛不会被任何事打倒的女人。她轻轻说："如果你要走，就再也不要回来了。"

但她想说的是，如果你要走，我就死给你看。

李洛书一言不发，转身就走，就这样，毫不犹豫、头也不回地离开。

离开的时候，李洛书小心地替她关了门。

一扇不足五厘米厚的门，阻断了他和她的路。

门外，李洛书抬起手来，想要按下电梯的按钮，但刚才紧紧握成拳头的手指已经僵硬，他费了一番工夫才将手指张开，掌心已经一片血肉模糊。

电梯叮的一声，上来又下去。李洛书就这样决绝地离开了。

过去所有的坚持和亲昵，全是笑话，显得那么滑稽。

黎初遥突然丧失了支撑自己的力量。

她跪倒在地，散落一地的玻璃碴轻易地刺入了她的双腿。

但她感觉不到疼痛。

月亮依旧柔美地挂在天空，月华照下来，将一地的玻璃碎片照得闪闪发亮。

第十四章

初晨，
我怎么找都找不到你

（一）囚笼

三年后，隆天集团。

下午五点半，窗户外头一片灰蒙蒙的，像一个大型垃圾制造厂正倒罩在天空，源源不断地将垃圾与废渣倾泻而下，于是整个世界都笼罩在尘埃与雾霭之中，无休无止。

黎初遥正在办公室向下属小刘交代一件事情，但随着下班时间的到来，哪怕只剩下最后几句话了，她也停下吩咐，说："行了，你先回去吧，剩下的明天再说。"

"好的，黎秘。"小刘乖乖地应了一声，拿着东西离开办公室。

回到外头格子间的时候，办公室里的其他职员交头接耳，全在说黎初遥："你看我就说了吧，甭管事情做没做完、还差多少，黎秘肯定在下班的时候就放小刘出来，比北京时间都还准时！"

"我进来也三年了，就没一天看见黎秘没准时上班、准时下班的。"

"你们知道公司都说黎秘什么吗？都叫黎秘机器人，她对谁都冷冰冰的，对单总也这样，我好几年了都没看黎秘笑过，也不知道单总是不是口味独特。"

说笑之间，还有人问小刘的想法。

小刘腼腆地笑了笑，嘴里含混过去，最后也没有说自己的想法。

也就几分钟的时间，窃窃私语的办公室忽然安静下来。

小刘回头一看，不出意外地看见黎初遥从办公室走出来，背着背包往电梯走去。不知道为什么，小刘看着对方挺拔的背影，只觉得这样的背影有说不出的孤单和沉寂……

黎初遥在六点的时候回到了爸妈家。

家里的门微微敞开，属于韩子墨的声音源源不断地从缝隙中流淌出来，间或夹杂着黎爸的笑声，开心得像是屋子里头的他们才是一家人，她只是个外人与过客。

三年来，韩子墨经常不请自来，帮她照顾母亲，陪着黎父聊天下棋。她不是不知道他在想什么，却对这份感情完全无动于衷。她已经不是当初那个对她好一点、温柔一点，就会陷进去爱上别人的黎初遥了。

现在的她，整个人、整颗心都是冷的。

黎初遥推门进去。

韩子墨这时正好炒完了最后一盘小炒肉，他围着围裙将炒肉端出来，一眼就看见了走进来的黎初遥，连忙说："你回来了？时间刚刚好，我果然算得一分不差，快去洗个手，洗完手就能吃饭了。"

坐在沙发上的黎爸同时帮腔："回来了就洗个手吃饭。"

黎初遥淡淡地点点头，洗完了手，却没有立刻坐下，而是先去房间里喂黎妈吃饭。

三年过去了，黎妈一直像个活死人一样，用直挺挺的躯壳证明黎初遥当年的罪。黎妈现在住的房间是黎初遥当年的房间。

房间的墙壁上还贴着张放大到海报大小的照片。

那是李洛书的照片。

这么多年来，黎初遥从来没有粉过明星，也不爱打扮，房间里唯一贴在墙上的照片就是李洛书的。一开始，她将李洛书当成弟弟掏心掏肺，后来，她将李洛书当成爱人掏心掏肺。

她现在抬一抬眼睛，还能和李洛书深情的目光相对。但她低垂下眼帘的时候，就只能看见黎妈不肯合上的双眼。

我的罪……

黎初遥想。

如果这不是罪，宝宝为什么会没有，妈妈为什么会出事？

李洛书，又为什么会走？这一走，便杳无音信，再也找不着了……

啊，三年了，一想到他，她的心里还是像用刀搅过一样疼。真没用，黎初遥冷冷地嘲讽了一下自己。

喂完了黎妈之后她走出房间，这时距离她回家刚过半小时，这几年来，她做什么都是一个时间，吃饭、睡觉、上班、下班……她的生活不再是"想要做什么"，而变成"该要做什么"。

她就像一个钟摆那样，按着既定的方向前行，精密，但没有活力。

饭厅里，两个男人并没有吃饭，都坐在饭桌边等她。

黎初遥在自己的位置上坐下，沉默地盛饭，吃菜，整个房间的气氛似乎也因为她的到来而显得沉闷。

也许我不应该回来。黎初遥百无聊赖地想。我没有回来的时候，屋子里的气氛是多么愉快。等我回来之后，就什么都没有了。

她吃完饭，要将碗筷拿到水池，韩子墨立刻蹿上来夺走她手里的碗，笑着说："我来我来，洗碗这种粗活怎么能让你干呢？"

黎初遥没有和韩子墨抢，她早就无所谓了，抬眼看着黎爸，说了回来之后的第一句话："爸，我回家了。"

黎爸看着黎初遥欲言又止，想对女儿说些什么，但黎初遥已经站起身，背起背包，离开了这里。

黎初遥离开的时候，韩子墨提着湿淋淋的双手从厨房中走出来。

黎爸看向韩子墨，话就说得自然多了："小韩，你也不用洗了，你就……"

"我去追初遥！"韩子墨特别麻溜地接口，"叔叔你别担心，我一定把她好好送到家里！"

黎爸还没来得及说话，韩子墨已经扯下了厨房门上的擦手巾，胡乱擦了两把手之后就飞快追着黎初遥而去，在出门时他还不忘大声说："对了叔，你别洗碗，等我明天再洗！"

话音还没有落下，人就已经走到再也听不见声音的远处。

黎爸摇摇头，从兜里掏出根烟来点燃抽着，这些年来，他的烟瘾越来越大，大到了一天不抽就手抖的地步。戒不掉喽。

黎爸安静地想着。坐在他现在的位置，既能看见房间里的黎妈，又能看见走廊上的灯光。

也再没有人会藏起他的烟，劝他抽烟不好，有害健康了。

这三年过的是个什么日子啊？老婆成了植物人，也许再也醒不过来了；女儿倒是还活着，但活得像是下一刻就要死了一样。

他忍不住苦笑一下。

如果当年知道是这个结果，也许……他不会非要李洛书离开了。

"初遥，我上次跟你说的事情你考虑得怎么样了？

"就是之前我说过的，你到我的公司上班的事情，只要你过来，我开给你的工钱绝对比你现在的工资高十倍！

"初遥，我和你说话呢，你吱一声啊。"

一路上，韩子墨就跟苍蝇一样围在黎初遥身旁嗡嗡嗡嗡。

这么多年来，黎初遥已经习惯了韩子墨的唠唠叨叨，她一声不吭，径自往家里走去。

三年时间，足以让当时门可罗雀的新小区变得热闹起来。

森森的树木包围着幽幽的绿水，挺立在道路旁的路灯像是一只只放大了的萤火虫，在黑夜里吝啬地点亮着自己跟前的那一块地。

黎初遥一路走过大门，走进门厅，眼看着马上就要乘电梯上楼了。

韩子墨终于大喊一声："好啊，你还是不回答，那就是逼我使出绝招了！"说着，韩子墨变戏法一样从自己的兜里摸出一个支票本，拿出钢笔一本正经地对黎初遥说，"你吱一声我就还你一块钱，这笔生意怎么样？"

黎初遥走进电梯前冷冷地瞥了韩子墨一眼。

韩子墨立马跟上，连忙说："别生气别生气，我们初遥的话，怎么也得一字千金，那你吱一声！"

电梯到了，黎初遥又瞥了他一眼，一句话没说，走了进去，按下关门键，将自己锁在里头，将韩子墨锁在外头。

电梯缓缓上升，面对着紧闭的电梯门，韩子墨叹了一口气，脸上痞痞的笑容渐渐淡下来。

孤零零的灯照着孤零零的他。

他对着紧闭的电梯门，喃喃着说："三年了，初遥……"

这是你的避风港，还是锁着你的囚笼？

什么时候你才愿意给我一个机会补偿你？

（二）出局

翌日上午，黎初遥刚要前往公司，就被单依安的一通电话叫到了医院。

不知道从什么时候开始，黎初遥越来越不爱前往医院，见到医院的白墙，闻着无处不在的消毒药水的味道，听着来来往往的呻吟、哀号以及救护车的鸣笛声，黎初遥就有一种说不出的恶心感，胃里跟翻江倒海一样难受。

也许是因为她在这里经历了太多的苦难，所以才连看一眼、闻一下、听一声，都无法承受。

单依安所在的地方是医院的特护病房。这间单人病房布置得像酒店一样漂亮，美中不足的大概就是被束缚在床上的单单。

黎初遥知道，单单有一个喜欢了十几年的男人，她经历了不下一百零一次的告白，终于要和这个男人结婚了，结果那男人又在最后时刻反悔了。

初晨，是我故意忘记你

那之后，单单就得了抑郁症，总是不停地伤害自己。

病房里传出单单虚弱的声音："哥，你为什么要救我？我真的活得好辛苦，你不要管我了好不好？"

黎初遥恍惚了一下，有点熟悉啊。

她在心中想道，目光落到单单身上，看见娇美的女孩子披头散发，脸上泪痕斑驳，被束缚住的左手腕上缠着厚厚的纱布，但还是有点点血迹从白纱布底下渗了出来……

有点像她三年前的时候……黎初遥刚刚这样想，就自嘲一笑。不，一点都不像，单单还有可以哭、可以闹、可以谩骂的人和力气，她已经没有了，早就没有了。

不管是这样的人还是这样的力气。

黎初遥走到单依安身旁，叫了一声："单总。"示意他自己已经来了。

单依安似乎没有听见黎初遥的声音，他依旧坐在单单的床边，双手虚虚交握，目光晦涩地看着自己的妹妹。

他将手抬起来，手指碰到单单面颊上的泪痕，指尖在上面流连不止，似乎舍不得离开。

单单瑟缩了一下，下意识侧头避开单依安的手指，却对上单依安仿佛被背叛的斥责眼神。

不知道从什么时候开始，每当单依安做这些亲密的动作的时候，单单总是有一种怪异的感觉。

看出了单单的回避，单依安的手指如同被火燎着似的抖了一下。片刻后，他忍耐的声音响起来："我怎么可能不管你，单单，我已经和你说过了，如果你再伤害自己……"

他盯着妹妹，一字一顿："我就去弄死唐小天。"

床上的单单霍然抬起头来，目光比单依安更加坚决和冷酷，她说："不要！你不要伤害他！"

就是这样，就是这样！

每次说到唐小天，他乖巧的妹妹就跟变了个人似的和他作对！

好像为了唐小天，她能够什么都不顾，不要哥哥，不要自己，只要唐小天一句话，她就如同飞蛾扑火一样甘之如饴地振动双翼，奔向绝境。

黎初遥眼睁睁看着单依安额头上爆出一根青筋。

她事不关己地垂下眼睛，没有任何多余的精力去关注、考虑。

最终，单依安也没有再放出狠话，只是用力喘了一口气，霍然站起来，对着黎初遥说："你劝劝她。"

黎初遥点点头，单单之前没什么朋友，有时候和黎初遥还能聊几句，所以每次单单住院，单依安总是让黎初遥来劝劝她。

可是，自己又能劝她什么呢？其实黎初遥心里很清楚，被情所伤的人，谁都劝不好，因为那些伤，是她们自己心甘情愿去受的。

"上次不是说好不这样了吗？"黎初遥坐下来，望着单单手腕上猩红的绷带问。

单单憔悴地望着她，早已不复最初认识时那单纯可爱、青春靓丽的样子了，她哑着声音说："我也不知道为什么，就是难受，特别难受，总觉得活着好辛苦……

"初遥姐，你说唐小天究竟为什么不喜欢我？我那么用力地喜欢他，可是他就是不喜欢我……

"我好难受，好难受。

"我想杀了唐小天，又想杀了我自己，但是我舍不得……"

单单哭着问黎初遥："初遥姐，我是不是很傻？"

黎初遥扯了扯嘴角，露出一个浮于表面的笑容，那笑容像水面上的波纹，风一吹就了无痕迹。

"谁知道。"黎初遥低着头，轻声道，"也许女人这辈子，总会为了某个人这样傻一次吧……"

黎初遥离开病房的时候，单依安已经在病房外等了五分钟。

初晨，是我故意忘记你

这世界上能够让单依安耐心等待的女人，大概只有单单一个了。

"单单跟你说了什么？"单依安问。

"说她爱唐小天。"黎初遥回答。

单依安神色阴晴难辨，他在原地踱着步，像困兽在笼中一遍一遍地转着圈，却毫无挣脱的办法。

单依安确实不知道究竟该拿单单怎么办。

他试过了所有的方法，利诱、威胁、转移注意力，结果统统没用！单单就是着了迷地追逐着唐小天，哪怕撞到头破血流也不肯停下。

而他更不可能对单单放手。

单单是他在这世界上唯一不希望她受到任何伤害的人，可是……她却被另外一个男人这样伤害着。

每次想到这里，他都愤怒得不可抑制，却没办法做出任何报复，因为单单会伤心，会恨他！

他在这时候也终于感觉到了一丝心力交瘁，他问黎初遥："一个不爱自己的人，到底有什么好爱的？"

黎初遥握紧双手，轻声道："谁知道，感情的事，谁也不能控制。"

单依安低下头，一句话也不说了，似乎在想些什么……

"单总，下午召开的年度会议即将开始，再不走就要迟到了。"

"走吧。"单依安也不愿意再多想，打起精神和黎初遥回了公司。最近为了单单的事，他到处求医，公司的事都没怎么上心去管，不能再这样了，得打起精神来。

路上堵了一下车，单依安最后迟到了十分钟。这是一个可以容忍的限度，在走进会议室的时候，单依安已经春风拂面地微笑着向众人点头致歉："各位抱歉，路上稍微堵了一下，我们现在就开始……"

但一位新任的大股东决定不助长老总的坏习惯，于是毫不给面子，施施然站起来，对走进房间的单依安说："单总贵人事忙，连每一年召开的股东大会都可以迟到，我都有点不敢再让单总管理我的资产了。"

单依安瞳孔紧缩，说话的人是韩子墨！

究竟从什么时候起，韩子墨有了他公司的大量股份，成了大股东之一？

他下意识地将视线转向黎初遥，看见了一张同样震惊和茫然的面孔。

黎初遥根本没有想到韩子墨会出现在隆天集团的股东大会上。

韩子墨和单依安的公司早在三年前就针锋相对了，韩子墨衔恨而来，重新创办公司的唯一目的就是搞垮单依安，但单依安毕竟根基深厚，本身也是一个商业奇才，韩子墨过去的事事针对并没有搞垮单依安，反而将自己的公司也拖入泥泞。

真要再拼下去，单依安固然不好受，但韩子墨绝对会先破产。

也许是看出了这一点，韩子墨后来也变得理性多了，第一目的赚钱，第二目的才是搞垮单依安。

等到再后来，一连串的事情发生，她连自己的事情都不在意了，自然没有精力去注意韩子墨和单依安……根本没有想到，韩子墨居然能够进入隆天，成为隆天的主要股东之一。

她有些恍惚地看着韩子墨。

韩子墨今天穿了一套很帅气的深色西装，却没有打领带，而是特意将衬衫的扣子解开两颗，一只手插在口袋里，侧着头，微仰下巴，连发尾都仔仔细细地烫出弧度来，力求以最完美的形象出现在黎初遥和单依安面前。

对黎初遥是开屏，对单依安是宣战！

他等这一天已经等得太久了，在好多年前，在李洛书还在的时候，韩子墨就已经畅想着这一天……畅想着他能够堂堂正正地站在单依安面前，打败单依安，挽回黎初遥。

想着他能够再一次牵起她的手。

就一次。

因为牵起之后，他就再也不会放开了。

短暂的恍惚之后，黎初遥平静地挪开目光，跟在单依安身旁，在自己的位置上坐下。

她觉得自己身体里一定有什么东西坏掉了。

她明明应该冲上去，抓他，挠他，咬他，谩骂诅咒他，骂韩子墨自以为是，嘲笑韩子墨一厢情愿，极尽憎恶与发泄。

但她一点那样的感情都没有。

她看着韩子墨，像在看一个局外人；看着自己，也像在看一个局外人。

（三）念头

韩子墨手持隆天逾百分之二十的股份，成为隆天举足轻重且具有决策权的股东之一，已经成为事实。

最近因为单单成天闹自杀的事，单依安不免对公司的管理有所疏忽，其结果就是被韩子墨敲了这当头一棒。

年度股东大会之后，虽然单依安立刻醒悟过来，加紧对公司的内部控制，但有了韩子墨这么大一枚钉子在，他的种种举措可以说是举步维艰，也就勉强保持着自己剩下的统治权不动摇，十分被动。

可就算这样，单单出院的那天，单依安为了能让她开心点，还是带着她乘着私人飞机前往国外的精品街扫货。

单单喜欢买衣服、包包、首饰，家里一层楼全是她的衣帽间。单依安以为她会开心，可是就算他刷爆了卡，单单也没露出一个笑容。

他心里忍不住有些受挫，晚上入住了他订好的总统套房后，终于忍不住问出了憋在心里一天的问题："单单，唐小天究竟有什么好的，让你这样神魂颠倒？有什么事情……"单依安慢慢说，"是他能做到，而我做不到的？"

为什么你喜欢的偏偏是他，而不是……

就算是在自己的脑海中，单依安也没有把这句话给想完。他心脏不由自主地缩紧，一面感觉到隐秘的快乐，一面又有根深蒂固的惶恐。

单单正要说话，但在这个时候，两个人的耳朵突然捕捉到一声幽幽的、轻微的开关跳动的响声。

然后呼的一声，室内的灯光齐齐熄灭，黑暗突兀地降临了。

单单吓了一跳，转身查看的时候不知道怎么的绊到了椅子腿，整个人一下子往旁边倒去！

她不由得惊呼一声："啊——"

但预料中的疼痛并没有传来，沙发上的单依安早就算准单单的位置，一下子上前抱住对方。

两个人的距离很近，黑暗中，他们身体紧贴，呼吸纠缠。

这样尴尬又暧昧的气氛袭击了单单，她全身僵硬，没法说话也没法动弹，瞪大眼睛望着单依安。

黑暗里，单依安的心脏也跳得很快，有什么东西，似乎明朗起来，却又让他觉得特别可怕……

两人谁也没说话，仅仅过几秒，唰的一声，整栋楼又来电了。

只是几秒而已，他们却觉得过了很长时间，电一来，单单就像一只受惊的兔子一样，跳离了单依安的怀抱。

单依安也重新坐回沙发上，用力地按下激烈跳动的心脏，咳了一声掩饰了一下刚才的尴尬："都多大的人了，还毛毛躁躁的，刚出医院就想再跌回去吗？"

单单没有回答单依安，她也不知道为什么，忽然就问了一句："哥，你也不小了，你有没有想过……娶个大嫂回来？"

单依安没有生气，也并不觉得突兀。

他用幽深漆黑的眼睛望着单单。单单别开头不敢看他，过了好一会儿，她才听见单依安说："我早就有人选了。"

"你早就有喜欢的人了？谁啊？"单单听到他这样说，刚才心里奇怪的想法忽地没有了，好奇地拉着他追问，"谁啊？"

"黎初遥啊。"单依安淡淡地说出了一个名字，"让她当你的大嫂，怎么样？"

　　单单眨了眨眼，想了想，用力点点头："初遥姐虽然冷了点，但确实是一个很好的人呢！"

　　（四）交易

　　当今年的第一场大雪从天空飘下的时候，点点霜白欺上枝头，为来往的行人与车辆点缀装饰。

　　黎初遥站在董事长办公室中，灰色的玻璃作为背景立在她身旁，雾蒙蒙的，让站着的女人更显得寡淡单薄。

　　她定定地看着单依安，好像没有听清楚他刚才在说什么。

　　单依安又签下一份文件，在看合同的空隙气定神闲地将刚才的话重复一遍："黎初遥，你嫁给我怎么样？"

　　"为什么想娶我？"黎初遥不能理解单依安的想法。

　　"我暂时需要一个妻子，单单也需要一个大嫂。"单依安淡淡说着。

　　"跟我无关。"黎初遥冷冷地说，"我没有理由嫁给你。"

　　"你有。"单依安放下手中的合同，往前倾了倾身，在黎初遥耳边说了一句悄悄话。

　　就是这一句话，让黎初遥好像永远罩了张面具的平静面孔突然碎裂，无数复杂情绪从裂纹下迸溅而出。

　　黎初遥猛地抬起眼来，死死地盯着单依安，因为感情太过于强烈，她的眼神几乎流露出憎恨。

　　单依安泰然自若。

　　几秒钟后，他看见黎初遥别开头，恢复了之前平静的模样，同时也听见了对方的回答。

　　这个回答就像主人本身一样干脆利落：

"好。"

果然答应了。单依安扬唇一笑。

黎初遥，你知不知道，你看上去精明能干，冷酷无情，实际上就和单单一样傻，甚至比单单还傻。

他说："既然你答应了，那你不反对我在待会儿的公司会议上将这件事情宣布吧？"

"随意。"黎初遥面无表情地说。

单依安满意颔首。

上午九点，会议室里坐满了人。

单依安坐在董事长的位置上，笑容可掬地听着董事会上众人的汇报与建议。

从年会到现在不过小半个月的时间，但坐在单依安身后的黎初遥惊讶地发现，公司中居然有一半的股东若有似无地站到了韩子墨身旁。

她默默地看了一眼韩子墨，正好和韩子墨含笑的视线对上。

椭圆的会议桌边，单依安坐在最开头的位置，韩子墨坐在最后的位置，两个位置正好遥遥相对，看上去就仿佛两个男人正隔着一张桌子对峙。

但韩子墨这时候有点跑神，主要是黎初遥正坐在单依安身旁，有黎初遥在的地方，别说一个单依安了，就算十个单依安捆在一起，那也是比不上黎初遥的一根小指头的！

韩子墨不遗余力地在会议上用眼神表达着自己对黎初遥的感情，他随时按需求变换，一会儿更温柔一些，一会儿更霸气一些，一会儿又缠缠绵绵，一会儿又深情不悔，总之能表现出来的都被他给表现了出来。

"韩总，韩总，韩总？"旁边的人一连叫了韩子墨三声。

韩子墨依旧目不转睛地注视着黎初遥："什么事？"

"是这样的，我们属意韩总出任公司的副总，不知道韩总意下如何？"那人含笑说。

韩子墨眨眨眼睛，总算将视线给调了回来，屈尊施舍给单依安一个眼神："这事我说了不算，大家还是要尊重单总的意思。"

坐在一旁的黎初遥看得清楚，韩子墨和刚才说话的人完全是一唱一和地向单依安逼宫。

但单依安很有风度："股东会议一向是投票制，我们按照大家投票的结果说话，毕竟大家的目的都是为了让公司有更好的发展。"

说完，他做了个手势，示意投票开始。

投票的结果很快出来，韩子墨以 63% 的选票成功通过副总选举。

单依安没有行使董事长的一票否决权，他一直微笑地等待事情落幕，还率先鼓掌恭喜韩子墨成为公司的副总。

韩子墨到了这个时候倒是挑挑眉毛，猜不透单依安葫芦里究竟卖的什么药。

但他旋即在心中冷笑一声。

不管你卖的是什么药，这都只是一个开头，我会慢慢把你身旁的东西都夺走，让你尝到一无所有的滋味，体会到我当初天崩地裂一样的痛苦！

单依安这时候微微眯起了眼睛。他斯文俊秀，露出笑容的时候总是显得十分亲切："既然大家谈完了公事，那我就占用一点时间，宣布我个人的私事。"

他身体从放松地靠在椅背上转为前倾，两肘压在桌面，双手跟着交握，仅一个姿势的变化，就让与会众人不得不在意起他接下来要说的话来。

"就在开会的前五分钟，我向黎初遥小姐求婚成功，三个月后，我将和黎初遥小姐共结连理，到时希望诸位能够赏光参加婚宴。"

单依安说完就握着黎初遥的手，示意大家可以鼓掌了。

会议中的众人很给面子地鼓起掌来，对他们来说单依安要娶谁都和他们没关系，和他们有关系的只是公司的股份以及权力。

但就在掌声响起的这一刻，韩子墨的怒吼和椅子被撞翻的声音跟着响了起来！

"不可能，你骗我，初遥怎么可能跟你结婚！

"单依安，你用了什么卑鄙无耻的手段逼迫初遥！"

嘈杂的惊呼接二连三地在这个时候响起，黎初遥抬眼看着韩子墨。

隔着半个会议室，韩子墨早就没有了刚才的智珠在握与游刃有余，他正用力推开身旁试图拦着他的盟友或是挡着他的敌人，勇猛地冲向单依安，就像要掏出枪来将胆敢伤害他最心爱女人的单依安打死一样。

但下一刻，单依安慢条斯理地按下了桌面上的紧急按钮。

会议室的大门霍然被撞开，早就守候在外面的保镖一个个如狼似虎地冲进来，抓住了韩子墨的胳膊与腿。

一步、两步、三步。

最后三步，韩子墨走得一步比一步艰难。

他的胳膊被人抓住，他的腰被人抱紧，他的整个上半身连同脑袋都被人重重地按到桌面上！

就算到了这个时候，韩子墨也不服输。

他的脑袋向单依安所在的方向侧着，眼神就像恶狼一样凶残幽绿，恐怖得让人觉得他下一刻就要跳起来将单依安撕碎！

但单依安理也不理韩子墨，转头体贴地问黎初遥："有没有被吓到？"

黎初遥缓缓摇了摇头。

她的手还被单依安握在掌心。

她没有挣扎，这是两人早已约定好的交易。

但黎初遥和韩子墨凶狠的眼神对上了，韩子墨发现她和单依安紧握双手之后，一下子被迎头击溃。

固有的认知被打破，熟悉的世界被颠倒，一切，都变成从前未曾想过的坏与恶。

黎初遥的心脏突然被前所未有的悲哀所笼罩。

她看着现在的韩子墨，仿佛看见了李洛书离开后的自己。

她在这一刻终于原谅韩子墨了。

她知道，至少现在，韩子墨疯狂地爱着她。因为她也……疯狂地爱着李洛书。

就算活着比死更难受也无所谓啊。

黎初遥咧嘴一笑。

谁让她就是着了魔地爱着李洛书呢？

（五）遗失

突如其来的婚礼给黎初遥的生活带来了不小的变化。

虽然婚礼在三个月后，但公司里的同事已经先一步把她看成了董事长夫人，行事间都特别小心翼翼。

单单估计是最先知道这件事情的人了，她在单依安宣布的那一天就来公司找黎初遥，漫无边际地扯了好久之后，才小心翼翼地看着黎初遥，憋不住问："初遥姐，你真的……想要嫁给我哥哥吗？"

黎初遥淡淡一笑。

有什么想不想的，她不都答应了吗？

单单不等黎初遥回答，又急急说："虽然我哥哥确实又坏又邪恶，做事不择手段，平常还爱欺负我，看上去什么优点都没有，但是——"

"但他还是我哥哥。"单单的声音慢慢小下去，她看着黎初遥，大大的眼睛中依稀闪烁着亮光，是希望与生命的色彩，"初遥姐，你会爱上哥哥的吧？

"初遥姐，你要嫁给我哥了，现在你是什么样的感觉？我当初要嫁给唐小天的时候，真的特别开心，感觉就像得到了全世界最大宝藏的地图一样。"她坐在椅子上苦笑了一下，"可是等我到了地图所在位置，却发现，宝藏早就被人挖走了。"

黎初遥看着沮丧的单单，片刻后才说："至少你还知道去哪里找宝藏……"

我呢，连通往宝藏的地图都没有。

再也找不回我的宝藏……

单单离开之后，黎初遥回了家。

今天韩子墨并没有过来，黎爸已经习惯了韩子墨天天按时前来报到，猛然有一天没见到韩子墨，十分不习惯，还问黎初遥："初遥，小韩今天是不是有事情？"

"他没有事情。"黎初遥说，顿了顿，又说，"爸，我要结婚了。"

这个消息让黎爸猛地一呆："是和谁？"

问出这句话的时候，他心中一连闪过两个人选，是李洛书还是韩子墨？他们各有各的好，又各有各的不好——

黎初遥说："是我公司的老板，单依安。"

"单依安？"黎爸迟疑了一会儿才回过味来，"为什么会是他？你之前从来没有和他交往过……"

他的话没能继续说下去。

黎初遥平静无波的面孔说明了一切。

韩子墨不可能，李洛书不见了。

女儿要嫁给谁？能嫁给谁？谁还能带给女儿幸福？

黎爸的心猛地一抽，连带着手也微微抖动起来，居然没有夹紧手中的烟头，让香烟连同灰白色的烟灰一起掉到了地上。

"初遥。"黎爸叫着女儿的名字，停了很久很久，才把想说却不知道如何开口的话补全，"你要幸福。"

这是一个父亲对女儿最深的祝愿与期许。

就算幸福已被生活折磨殆尽。

三个月的时间一晃而过。

一切都在有条不紊地进行着。

初晨，是我故意忘记你

婚纱，婚纱照，婚礼的请帖，婚礼现场的布置……当所有事情差不多敲定的时候，也到了结婚的前夜。

黎初遥在家中准备明天结婚要用的东西，但其实没有任何好准备的，婚礼上要用的东西一直就被放置在该放置的位置，动都不曾被主人动过。

寒风送着晚上九点的钟声进入室内。

一束紫色的亮光倏然划破窗户外头的黑夜，在深蓝近紫的天空炸亮！

这时，烟火划破空气的声音才姗姗传来。

黎初遥下意识地随着光亮与声音的方向转过头来，更多的烟火接二连三地蹿上天空，姹紫嫣红的色彩在小院的上空开了个遍，闪着光点的，散成长条的，像星星，像绒球，像一切绽放着艳丽的美好。

夜空是烟火的布幕，眼瞳倒映着烟火的绚烂。

黎初遥站在窗前，静静地看了烟火好一会儿后，才走出家门，来到小院里。

韩子墨正坐在小院的花坛边，身前用一筒一筒的烟花摆出了一个大大的心形。从过去到现在，韩子墨都没有遗忘这个小小的习惯。

他对着黎初遥露出笑容："初遥，你下来了。"

也许是冬天太冷的缘故，他的眼睛红红的，鼻子也红红的，像个在寒冬里瑟缩的大兔子。

"韩子墨。"黎初遥连名带姓地叫了对方。

或许是黎初遥下来，也或许是黎初遥终于和他说话的缘故，韩子墨的眼里一下子闪出希冀，他忍不住站起来走到黎初遥身旁，对她说："初遥，这么多年了，不管你信不信，不管我多穷，过得多艰难，我都会记得在过年前放好多好多的烟火……初遥，我一直记得你，我从来没有哪一刻忘记过你，我……我只是，太懦弱——"

他的眼中慢慢泛起泪光，所有的遮掩与伪装出来的坚强在这个时候已经无以为继，他放下一切，只有一个乞求："我对不起你。我无时无刻不在恨自己。但你能不能再给我一个机会？再给我一个让你幸福的机会？"

"我们已经结束了。"黎初遥公式化地回答韩子墨。

时间仿佛在这一时刻停滞。

无从判断究竟过了多长久的时光。

韩子墨仿佛用尽了全身力气，说道："就算李洛书已经离开你，就算你根本不爱单依安，我也……不行吗？"

黎初遥没有回答，她冷淡的表情告诉了韩子墨一切。

韩子墨最终笑了一声："初遥，我知道了，我不行，这个世界上谁都行，只有我不行，因为你始终还在恨我……"

大概世界上的事情就是这样。

错过了就是错过了。

丢失了就是丢失了。

我曾不慎将你遗落，哪怕未来百般努力千般追逐万般乞求，终究没法将你再次拾起。

你所有的残忍最后都归我所有。

"我突然觉得这样子挺好的。初遥，你不爱我，但至少恨我；你不跟我在一起，但至少永远记住了我。这样一看，从某个角度来说我也赢了吧？"

他说着抬起手来，想要摸一摸黎初遥的头发，但黎初遥先一步别开了脸。

韩子墨的手最终落入了自己的口袋。

他眼中的泪光已经消失了，一只手插在兜里，重新抬起下巴，露出之前刚刚回来时那种漫不经心的骄傲。

"初遥，既然你真的决定要嫁给他了，那就让我再给你放一次盛大的烟火，让我送你一份最厚的嫁妆来祝福你吧……"

初遥，我只希望你能幸福。

我愿意用我的所有换取你未来最微小的幸福。

初晨，是我故意忘记你

第十五章

初晨，
我还是失去了你

（一）美梦

第二天，晴空万里。

黎初遥坐在化妆间中，化妆师是一个浓妆艳抹的女人，正拿着粉扑仔仔细细地为她上粉。

三年前林雨生了个女儿，三年后林雨又一次怀孕，挺着个大肚子就快要生了，本来不管黎初遥还是林雨的丈夫，都考虑到孕妇行动不便，让林雨不用特意过来了。

但女人一辈子就嫁这么一次啊！

林雨和黎初遥是多少年的同学兼闺蜜，怎么能缺席这么盛大的场面，因此她义无反顾地挺着大肚子来了，并在看见黎初遥的第一眼哀叹道："早知道我就不来了，这不是成了你这朵兰花旁的狗尾巴草了吗？"

这时候的黎初遥已经换上了婚纱，纯白的婚纱拖曳着长长的尾巴，从腰部开始，珍珠与碎钻密密麻麻，星罗棋布。

黎初遥端坐在椅子上神色还像过去一样冷淡，但在精致的妆容之下，这样的冷淡反而变成了另外一种高贵与凛然。

就算是身为同性的林雨，看到这样的黎初遥也忍不住怦然心动，油然而生一种想要征服对方的欲望。

黎初遥扬了扬嘴角，从镜子里扫了一眼林雨。虽然怀孕已经快七个月，但林雨身材高挑，又会保养和打扮，看上去和刚刚结婚的时候也没差多少，连怀孕都不太显得出来。

这三年来林雨也习惯了黎初遥的沉默，她贫了这么几句之后又开始唠唠叨叨："你三个月前突然跟我说要和单依安结婚，我还当你脑袋抽了呢，没想到三个月后你还真就结婚了。说认真的，如果你现在反悔，那我们就立刻逃婚，总好过你婚都结了第二天一想不对再离，那是分分钟从未婚变成已婚，身价顿时从专卖店主变成路边摊爆款，那差距可是和马里亚纳海沟一样深啊！"

黎初遥哭笑不得，她不得不开口说："你想太多了，我怎么会反悔呢……"让我反悔的那个人……根本不会再出现了啊。

她的目光落在梳妆台的镜子下边。

从公布婚讯到现在三个月了，她的手机从来没有关机过一分钟。她时时刻刻关注着自己的手机，希望李洛书能给她发一条短信、打一个电话。

但并没有，一丁点的声息都没有。

他消失在人海里，消失在世界上。

从她的生命里，彻彻底底地离开了。

黎初遥看着手机的时间太长，眼神太过于露骨，让一旁的林雨也明白了什么。

林雨跟着沉默了一下，最后还是忍不住愤愤不平道："我当初简直瞎了眼！韩子墨是个浑蛋，李洛书也没有好到哪里去，一个个全是该死上一百遍的贱人！"

"别说了。"黎初遥低声说。

"初遥！你现在还帮他？"林雨怒道。

"我不想听到任何人说他坏话。"黎初遥打断林雨的话。

林雨气得差点抓狂，为防止自己和黎初遥在她的结婚日大吵起来，她恨恨起身，快速离开化妆间冷静冷静。

这时，化妆师屏息凝神地将面妆最后的部分给处理完了。

像是掐好了时间，门被轻轻敲响。

黎初遥穿着婚纱向前走去，长长的拖尾在她身后迤逦，晨光在门被推开的时候射入，珍珠与水钻吸纳光源，熠熠生辉，像是天空中的太阳碎成了无数光点，落在这一袭华美的裙摆之上。

她走到婚礼会场的门外，等待着父亲的到来。按照习俗，黎爸将站在门外，牵着黎初遥走过红毯，将黎初遥交到单依安手上。

她呆呆地望着紧闭的门，忽然一只手伸到她面前，她低头看去，那只手年轻苍白，显然没有属于黎爸的苍老遒劲。

黎初遥茫然地顺着这只手往上看。

一路沿着胳膊、肩膀、脖颈，直到对方的面孔。

倥偬一生，停滞于此。

风的脚步，人的脚步，连世界的脚步都停了。

一切都静悄悄的。

黎初遥在不知不觉中屏住呼吸，生怕呼吸带出的动静会吹碎面前这一幕。

如果这是梦境，那一定是她此生所做过最美的梦。

从不能接受到怨恨痛苦，从怨恨痛苦到心如死灰。

可是不管是最初还是最后，不管在什么时候，黎初遥唯一想的只是——能再见到李洛书。

她以新娘子的身份参加这场婚礼的唯一原因，只是为了再见到他……

三年的时间，他似乎一点也没变。他的眼睛还像从前一样，闪烁着最美的光彩，他的气质依然温润如玉，他的脸庞比从前瘦了很多，却显得更加深邃俊秀，雅致斐然。他穿着合身的黑色西装，似乎为了今天特地打扮了一番，他看上去明明成熟了很多，可黎初遥还是一眼看穿了他的脆弱和脸上那深深的眷恋。

黎初遥死死咬着嘴唇。

"你今天很漂亮。"她听见他这样轻声地说着，"以前，我曾经无数次幻想过，你穿上婚纱，挽着我的手，走过红地毯的样子……

"没想到今天以这种方式实现了。"李洛书用力地笑了一下，他笑起来的样子，还是像从前一样好看，只是他眼里闪烁着的泪光，让看着他笑的人，心都碎了。

他轻轻牵起她的手，放在他的胳膊上挎住，然后用特别轻特别轻的声音说："姐，让我送你出嫁吧。"

黎初遥瞬间就哭了，豆大的泪珠在一瞬间顺着脸颊滑下来，打湿黎初遥的前襟与手上的捧花。

蓝白相间的花朵上沾染了尤带热意的泪珠，轻轻一颤，似乎承受不住其重量。

黎初遥泪眼模糊。周围的一切都变成模糊的色块，朦胧着闪烁着摇晃着，就像离开李洛书之后她的生命，混沌成一团。

会场的门，唰的一声被拉开，会场里刺眼的追光打来，宾客们的笑容在模糊的视线中闪过。混沌之中，唯有李洛书的声音还如同往昔一样鲜明与清亮，像一束光，像一柄剑，轻而易举地进入她的生命，分割她的生命。

她能够感觉到李洛书正紧紧握着自己的手，他们靠在一起，正相互依偎着，一步一步地往前走着。

她转头望向他的侧脸，辉煌的灯火将他的面孔照得熠熠生辉，他的脊背挺得很直，就像是奔赴战场的骑士。

她走的每一步，都像是第一步，又像是最后一步。

痛苦与幸福在同一时间涌入她的身体，她有多幸福就有多痛苦，有多痛苦，就有多幸福。

她有好多好多的话想要对李洛书说，但正因为太多了，她反而发不出一丝声音，甚至连哭泣所带来的哽咽都无法冲出喉咙。

混合着刺目的灯光，模糊的泪水，迷蒙的白纱，她似乎在这一刻看见了李洛书用刀狠狠地割着双手上的掌纹，看见了他谨小慎微地跟在自己身后，看见了他第一次在大学校门外等她的样子，看见了他们曾经亲密地在一起……

只是百米，却像是走尽了一生！

过去成为过去，未来踱步而来。

黎初遥心脏都空落落的，好像胸口破了一个大洞，正有冷风不住地往里头灌。

他们究竟是怎么走到今天的？

相爱也是不可饶恕的错吗？

为什么一定要所有人都不幸才是终结？

如果可以……黎初遥恍惚地垂下眼。

地上的鲜红开始放大，扭曲，而后突然腾跃而起，铺天盖地地晕染了整个屋子。

如果可以……她在一切的最初，和初晨一起葬身火海该有多好……

宾客之中，韩子墨穿着灰色的西装，远远地看见了一切。

他对身边的律师说："你再说一遍……"

律师机械地将韩子墨说了无数遍的话重复一遍："将我在隆天持有的所有股份，无条件赠送给黎初遥小姐。愿黎初遥小姐和单依安先生百年好合，白头到老。"

韩子墨"嗯"了一声："没错，就是这样。然后……"

他转过身。

他也该走了，哪怕前方无路可走。

这短短的距离已经走到了尽头。

李洛书牵着黎初遥，来到了单依安和满堂宾客面前。

他没有放开黎初遥的手，就这样挺拔地站在黎初遥身边，坚定得仿佛能替黎初遥遮所有的风，挡所有的雨。

黎初遥转向李洛书，动了动干涩的嘴唇，想让李洛书带自己走。

我们的生命中总有这样一个人。不管他高矮胖瘦，不管他对你好还是不好，不管他究竟爱你还是不爱你。

你总会原谅他。

你永远需要他。

但在黎初遥开口之前，李洛书已经垂下眼，珍而重之地将黎初遥的手交到单依安手上。他只说了一句话："请好好对她。"

单依安接过黎初遥的手，他的回答一如既往地优雅："我会的。"

李洛书离开了。

他来这里的所有目的，不过是为了送黎初遥这一程。

头纱下，黎初遥的妆容已经被泪水糊得一塌糊涂。

李洛书离开之后，被阻隔在喉咙里的哽咽终于冲破关隘，细碎的哭泣在婚礼会场中蔓延。

宾客们窃窃私语，婚礼上的气氛奇怪极了。

单依安泰然自若，牵着她走完最后一段红毯，悄声和黎初遥说："我刚才还以为他会把你抢走。"

"他是个胆小鬼。"黎初遥说，"是个不敢再爱了的胆小鬼……"

这个胆小鬼，他不敢再爱了，也不敢再奢求爱，他被命运打败了，他回来了……

却又那么绝情地走了。

他真的来送自己出嫁了，明明知道会是这个结局，可真到了最后，她依然疼得快要死去……

教堂外，圣歌空灵地响起。

还没有走远的李洛书已经走不动了，他身上的西装已经被虚汗打湿，他感觉不到双腿的存在，每走一步都像是在挪，每走一步都用了全身所有的意志，但就算如此，他也不知道自己将在哪一刻倒下。

初晨
是我故意忘记你

今天的这个下一刻来得有点快。

又一步之后，李洛书的意识中断了片刻，等他恍惚醒来的时候，他已经摔倒在了地上，脑袋的两步之外，就是一盆土陶盆栽。

他用力撑着身体，但撑了半天也没能让自己重新从地上站起来。

他索性放弃了。

因为他忽然之间不知道自己还有什么坚持的理由。

初遥已经走了。

带着他的心一起走了。

一个没有心的人，还怎么继续活下去？

他躺在地上，一抹冰凉突然碰触到他的脸颊。

下雪了。

他仰起头来。

点点雪花在空中飞扬，他似乎在这飞扬的雪花中想起了大学寒假的时候，那时候也是下着这样的雪，他一个人在步行街摆地摊，而初遥从风雪中跑来，拉着他的手，对他说："走，回家吧。"

回家吧……

回家吧……

他再也不会有家了，再也不会有了……

李洛书全身的骨髓都在翻滚着疼痛着，为这一事实，为这既定的命运。

(二) 尘埃

结婚半年之后，黎初遥与单依安从民政局出来，结婚证变成离婚证。

两人和平离婚。

没有争执，没有吵闹，结婚时没有感觉，离婚后也没有感觉。

这只是一个彻头彻尾的交易而已。

现在交易结束，交易的双方都无意续订合同。

黎初遥往家里走去。家里就只有退休了的黎爸一个人在，半个月前，当了三年半植物人的黎妈去世了。去世的那一天晚上，黎初遥恍惚做了一个梦，梦境中，黎妈变回了初晨还没有去世之前的模样，清醒精明，将她抱在怀里轻轻地拍打，说谢谢她，说谢谢李洛书，还有老头子的照顾。现在她走了，让他们好好照顾自己……

　　黎初遥醒来之后就发现黎妈彻底闭上了眼睛，身体也不知道在什么时候凉了下去。

　　黎初遥的脸也是凉的，还有些痒。

　　她抬手一摸，发现不知什么时候，泪水爬了满脸。

　　同样大小的房间，人越来越少，屋子越来越空阔。

　　黎初遥回到家中，黎爸正在客厅里看着黎妈的照片发呆。听见开门的声音，黎爸连忙转开视线，生怕黎初遥因为自己的失态而更加不放心家里："回来了？"

　　"嗯。"黎初遥应了一声。

　　"婚……"黎爸顿了顿，"离了？"

　　"离了。"黎初遥说。

　　父女俩再无话可说。

　　黎爸看着黎初遥像过去一样走进厨房，仿佛什么事也没有发生地煮饭做菜，收拾家务……他知道女儿是真的感觉什么事情也没有发生。

　　她结婚的时候没有期待，离婚的时候没有想法。

　　一个女人生命中最重要的一件事情，她早已熟视无睹，置若罔闻。

　　这三年半的时间里，他越知道李洛书对黎初遥的重要性，心中的悔意就越沉重。

　　黎初遥结婚前，黎爸以为一切等结了婚就好；黎初遥结婚后，黎爸才知道，对女儿而言，这个世界上哪怕有无数男人对她好，她也只需要李洛书一个。

　　他终于开口："初遥，要不然我们将李洛书找回来吧，爸爸之前的徒

初晨是我故意忘记你

弟在公安局管出入档案，托他找找，说不定能够找到……"

正收拾桌子的黎初遥有点晃神。

去找李洛书吗?

她想要见李洛书吗?

她想啊……

但她对着爸爸淡淡摇了摇头。

李洛书不是失踪。半年前，单依安向她求婚的时候就问了她想不想见李洛书，如果想，那就用结婚将李洛书逼出来。

正因为有这一句话，她才答应和单依安结婚。

这世界上就是有那么一个人，让你都低到了尘埃里，还于尘埃中希冀眷恋，不改初衷。

李洛书果然来了。

但他来了又走了。

他将自己的态度表达得清清楚楚，明明白白。

黎初遥心如死灰。

她的爱让她依旧不能将他忘怀，可她的尊严让她无法再走上去。

人与人就是如此。

他无声走来，又突然离去。

于茫茫人海中，他们相遇，相交，却终究背道而驰。

不知未来是否会有那一日，他们再次相见，却连叫出对方的名字都嫌生涩与尴尬。

（三）灰烬

时间一年年过去，她都已经快记不清失去李洛书多久了，过去的每一天都和明天一样，每一个明天又都和过去一样，这样的日子一直延续到黎初遥接到了一个陌生电话。

打来电话的也是一个陌生人。

陌生人在电话里对黎初遥说："您好，请问您是黎初遥女士吗？"

"是。"

"我想通知您一个消息，李洛书先生因骨癌病发去世了，他的遗产继承人填写的是您……"

电话里的人很客气，之后又说了些有关遗产的事情。

但在听清楚"李洛书"与"去世"两个词语之后，黎初遥脑袋嗡的一声，什么都听不见了。

李洛书死了，骨癌，因为早期下半身瘫痪的并发症引起的，当年只是骨炎，也不知道他这些年是怎么糟蹋自己的，最后竟然恶化成了骨癌，死的时候刚过三十六岁。

他离开她，整整十年，他真的应了那老道士给他批的命，客死他乡，孤苦一生……

黎初遥自从知道这个消息之后，一直浑浑噩噩的，别说处理丧事，就是平常和人说话，都有些颠三倒四。

这一次黎爸做了所有的事情。

收殓遗体，联系殡仪馆，告知亲朋好友，了解遗嘱内容，以及在亲朋好友怀疑微妙的眼光之中，坚定地让李洛书用自己的名字下葬。

生前当了那么久的别人，死后总要做回真正的自己。

李洛书安详的容颜在大火中化为灰烬。

跟来送李洛书最后一程的黎初遥愣愣地看着，觉得自己好像也在大火的轰鸣声中，渐渐消失，渐渐离开，永远不再存在于这个可怕的世界上。

李洛书的所有遗物都被摆到了黎初遥的桌子上。

这已经是葬礼三天之后了。

足足三天时间，黎初遥才从那种连自己都感觉不到的空虚之中回过神来，她开始接手李洛书的遗物，去看看他这些年，一个人究竟是怎么过来的。

她去了他住的地方，却发现那个房子，和他们曾经住的房子装修得一模一样，连挂着的照片、摆放着的小摆件、墙上贴的墙纸都一模一样。

　　黎初遥走进这个房间，就像走进了曾经那个幸福的家。

　　可是这个家里，没有那个让自己幸福的人……

　　黎初遥紧紧地皱着眉头，站在玄关处，一点一点地摸着家里的每一件东西、每一个摆饰，忍不住又哭又笑了起来。

　　这些年，她以为他被命运打败了，他变成了胆小鬼，可是直到这一刻她才知道，直到时间的洪荒吞没他生命的那一刻，依然没有夺走他对她的爱情。

　　"傻瓜，真是一个傻瓜。"黎初遥哭着骂着，"你这辈子，就不能做一件聪明的事吗？既然已经走了，为什么不放下呢？

　　"既然放不下，为什么不回来？

　　"我在等你啊，一直在等你……"

　　黎初遥哭着跪倒在房间里，这么多年从没哭过的她，一次性地哭个痛快……

　　她觉得自己因为这个房间，一点一点活起来，又一点一点地死去。

　　这个世界再没有了她爱与爱她的那个人。

　　过去的记忆与未来的时光一同被埋葬于此。

　　李洛书，我终于失去你了。

番外 单依安/

（一）

　　单单醒来的时候，发现自己躺在榕城医院的 VIP 病房里，她一眼就认出了她身上穿着的蓝色病号服，胸口处是用金丝线绣着的榕城医院专属徽章。

　　这些年，她没少来这家医院。她实在是太熟悉这里了，不管是病房的布置，还是空气里花草清香剂混着消毒水的味道，她闭着眼都能清晰地辨别出来。

　　再次回到熟悉的地方，她的内心没有一丝喜悦。

　　常年躲在房间里不愿见天日的她，脸色要比常人苍白许多，手臂上的血管清晰可见。相比上一次入院的时候，她又瘦了不少，眼眶深陷，颧骨凸起，使得她看起来很像欧美魔幻大片里的幽灵。

　　自她醒来后，那双幽暗的眼睛就一直紧紧地盯着头顶的白色天花板，黑色的瞳孔里看不到丝毫光亮，若不是能听到她鼻尖清浅的呼吸声，不知道的，还以为她是个死人。

　　若她真死了倒也是一种解脱。对于她来说，世界上的一切好像都变得轻飘飘的，人也好，事也好，都没有任何意义，激不起她一点兴趣。

　　她知道自己生病了，医生说她得了很严重的抑郁症，失眠、暴躁、走神、

初晨，是我故意忘记你

记忆力衰退、容易激动……

这些日子因为唐小天悔婚的事，她不知道哭了多少次。她都哭傻了，可是也只有她傻了而已。

就像这次，大晚上的，她又傻傻地跑去唐小天家门口等着，想再见见他，也许求求他，他就心软了。可是自己那可怜的自尊又不允许她这样做，明明知道那个男人不爱自己，这样纠缠真的太难看了。

内心就这样纠结着、拉扯着，她失魂落魄地在马路上走着。当看见那辆超速驶来的面包车时，她除了惊讶，居然没有一点点害怕。

身体被撞飞的那一刻，痛感从四面八方袭来，她在空中成了一道抛物线，然后重重地摔了下去，像个破布娃娃躺在柏油马路上，看着血不断地从自己的体内流出。

那铁锈一般的红色，在她的身下绽放，就像她家别墅花园的铁栅栏上枯萎的玫瑰花，又像她那惨烈的爱情。

意识失去的那一刻，她以为终于可以结束了。

结果，又是在这家医院醒来。

躺在病床上的单单突然无力地笑了声，这一笑，牵动了她身上的所有神经，顿时，疼痛感全都回来了，她痛得"咝"了声，下意识地想要伸手擦眼泪，却发现自己的手正被人握着，一个男人安静地睡在她的病床边。

虽然温暖的阳光透过敞开的玻璃窗落在他清瘦的脊背上，他熟睡的样子看起来很是人畜无害，但单单还是能感觉到那个人身上散发出来的阵阵寒气。

这就是单依安，除了他，谁还会有这么强大的气场；而且除了他，谁还有那么大的本事，将她一而再再而三地从死神手里抢过来。

单依安本就睡得不沉，一听到单单的痛叫声他就醒了，睁开眼，他就看到单单正流着泪望着他。

单单嗫嚅地道了声："哥，我好疼。"

一句话就把单依安的心狠狠地揪了起来，那张冷峻的脸上表情有些松动。

单依安的目光扫过单单伤痕累累的身体，想去触碰她却又怕弄疼她，他忍了忍，最后还是咬着牙说："疼？死你都不怕，还怕疼？"

单单知道他又生气了，有些讨好地伸出手，想扯扯他的衣袖，可是全身一点力气也没有，她这一动就疼得抽了一口冷气。

单依安连忙紧张地按住单单的手，急忙说道："别动！疼还乱动什么，我叫医生过来。"

说罢，他起身去按病床头的呼叫铃。

单单红着眼摇摇头："哥，我不想见医生。"

"这可由不得你，你再这么任性下去，迟早把自己小命折腾没了！"单依安言辞冷厉，不顾单单的阻拦，果断地按下了呼叫铃。

没多久，单单的主治医师就带着护士过来了。单单躺在病床上被推着去做各种检查，单依安一路陪着她。

做完全部的检查，单单浑身又累又痛，单依安看她一直在喊痛很是心疼，但又不知道该做点什么。如若可以的话，他真想把单单身上的疼痛都转移到自己身上，看着她痛苦，他比谁都难受。最后还是医生帮的忙，给单单打了止痛针和镇静剂。

打完针的单单很快就再度昏睡过去，单依安依旧不放心地守在她的病床前。

没过多久，张医生拿着单单的检查报告过来了，单依安脚步轻轻地走出病房，小心翼翼地带上了门。

"单单在被车撞飞的时候，肌肉组织受到了严重的损伤，所以她才会感到那么疼。不过庆幸的是，她的头部除了稍有些出血外，并没有太大问题。"张医生拿着报告跟单依安解释道。

听完，单依安那颗悬着的心稍微放松了些，但还没等他松口气，就听到张医生继续道："单先生，你应该很清楚你妹妹为什么会出车祸。我是单单的精神科主治医师，我有义务告知你一声，单单的抑郁症现在靠药物

初晨，是我故意忘记你

根本控制不住，她的病情又加重了。"

单依安很清楚医生说的意思，他的脸色变得很难看。他沉默地看了一眼病房内熟睡的单单，然后转头，神色凝重地对张医生恳求道："请您务必治好她。"

张医生对他摇了摇头："单先生，我只能给你妹妹药物上的治疗，抑郁症到了她这种地步，加大药量的同时，副作用也会很大，而且效果也不好。我觉得家人给予的慰藉有时候比药物更管用。"

"家人给的慰藉？哼。"单依安自嘲一声，眼神微冷，嘴角带着嘲讽的笑容，"她要的可从来不是这个。"

张医生皱眉道："单先生，不试试怎么知道，难道你要放弃？"

"放弃？"单依安冷笑一声，眼睛冰冷地眯起。

不，他这辈子都不可能放弃她。

既然医生都无能为力，那他只好以他自己的方式来救单单了。

跟张医生聊完，单依安再回到病房时，单单已经醒了，见单依安进来，她下意识地想要坐起来。

单依安走了过去，动作轻柔地扶着她半躺下，拿了枕头垫在了她的身后，问道："感觉有没有好点？"

"还是很疼。"单单苦着脸道。

"知道疼就好，看你下次过马路还敢不敢心不在焉的。"单依安讥诮地说道，脸上的表情很是冷酷。

单单沉默了一会儿，可怜兮兮地道："不敢了啦。"

"呵。"单依安弯起手指敲了敲她的头顶，叹了口气，无奈道，"要吃苹果吗？"

单单有点惊讶，但还是点了点头。

单依安坐在一旁拿着水果刀给单单削苹果，他从小就没伺候过人，也不是伺候人的料，削苹果的手法一看就不是很熟练，一个苹果削完，果肉都去了大半，看上去又小又难看。但单单还是很高兴，她这会儿真的有点饿了。

此刻她身体里的"小恶魔"似乎睡着了。

见她想吃，单依安直接把苹果递到了她的嘴边。

虽然单依安对她挺好，她也打心眼里承认了这个哥哥，但是对于单依安这种亲昵的举动，她还是觉得很是别扭。她没有张嘴，而是伸出手来，要去接那苹果，结果放在她手心里的却是单依安刚才用来削苹果的那把水果刀。

单单一脸惊愕地看向单依安。

单依安握紧单单拿着刀的手，往他自己胸口刺去。

眼看那锋利的刀尖就要刺到他身上了，单单惊慌地尖叫起来，大喊道："单依安，你想干什么？你疯了？"

"单单，你在担心我吗？你如果担心我的话，那请你记住，以后你伤害自己一分，我就学你伤害自己一分。"单依安说这话时，脸上虽然带着笑容，可是眼神却冰冷得很。

单单知道他这个人从来都是说到做到，所以单依安并不是在跟她开玩笑，他是很直白地在拿自己威胁她。

他明知道，单单已经把他当成了这世界上唯一的依靠，她已经认定了他是她的哥哥，她怎么可能舍得他也受伤害。

单依安这样的人，谁也斗不过。

这个事实，单单从小就清楚地意识到了。

所以这一次，她都没有挣扎就妥协了。

她流着泪忍痛掰开单依安握着她的手，将水果刀丢在了一旁，颤抖地哭着，吼他："单依安，你这个疯子。"

"我是疯子？你呢？你为了一个男人不也疯了吗？我们俩流着相同的血液，你是疯子，那我也好不到哪里去。"

单依安放开她的手，深吸了一口气，轻轻为她把脸颊上的眼泪擦干，声音又忽然变得温柔无比，好像刚才那个执拗又疯狂的男人不是他一样：

"好了，别哭了，苹果都变黄了，还吃吗？"他拿着那个丑兮兮的苹果在单单面前晃了晃。

单单盯着他看了半晌，忍不住叹了一口气，说道："吃，我不想你跟着我一起饿死。"

单依安笑，拿刀把苹果切成小块，一点点喂给她。

等单单将整个苹果都吃完，单依安伸手擦了下她哭花的小脸，扶着她又躺了下去。

单单躺在床上，柔弱无骨的小手紧紧地拉着单依安温暖的大手，小声道："哥，我会为了你努力地活下去。可是，如果有一天，我真的坚持不住了，我从你身边消失了，你也别因为我伤害自己，你要知道，我一直都不是个听话的好姑娘，你要替我好好活着。"

单依安冷笑一声，低头道："别傻了，只要我活着，就不可能放你一个人离开。"

"哥，你真是的……"她都不知道该说什么好了，就这样放她离开不好吗？

"睡吧，好好休息吧。我不允许你伤害自己，知道吗？"单依安轻柔地抚摸着单单额头的碎发呢喃着。

单单因为药效的缘故，再度睡了过去，她没有听到单依安说的话，而单依安也不会让她听到。

在医院躺了一个半月，单单才被准许出院。

这阵子，单依安一直在医院陪着她，公司的事都交给了黎初遥打理。

出院那天，单依安特意自己开车来接单单，他没有直接载着她回单家别墅，而是去了机场。

单单是到了半路上才发觉不对，她一脸惊奇地问单依安："哥，我们不回家吗？"

单依安笑笑："不回了，你之前不是老嚷嚷说我们家很没意思吗？又说医院的味道难闻，想呼吸新鲜空气，所以我准备带你出国去旅行。"

"旅行？你有时间吗？"单单吃惊道。她的确很久没出去玩过了，所以听到出国，她那双原本灰暗的眼眸不由得亮了起来。

单依安回头看了她一眼，一手握着方向盘，一手温柔地摸了摸她有些枯黄的头发："有的，陪你，我总是有时间的。"

虽然不知道下一次自己情绪失控是什么时候，但此刻的单单还是很开心地笑了。她许久没有这么高兴了，就像个要去游乐场的小孩子。

单单好像突然想起了什么，紧张地对单依安咋呼道："怎么办，我还没有带旅行的衣服呢？行李呢？要不我先回家收拾下行李？"

"不用了，到那儿全买新的就是了。"单依安笑着说。

"我太幸福了！我哥可是土豪！"单单一把抱住单依安。

靠着他宽厚的臂膀，单单想着，老天爷果真很公平，唐小天给了她巨大的伤害，她却从单依安这里得到了无尽的宠爱。

爱情与亲情，她最起码还拥有了一样。

黎初遥打电话给单依安要他回去主持下午的董事会时，单依安已经带着单单登上了飞往巴黎的飞机。

他要带单单去环游世界，调节心情，而公司就只好交给黎初遥了。

得知单依安带妹妹去出国旅游，却把公司那么多事扔给自己的黎初遥自然是气得不行，在电话里就把单依安骂了一通。

"你是不是有病，这么大的公司交给我一个人？"黎初遥在电话那头咬牙切齿地质问。

"我相信你的能力。"单依安微笑地弹了弹飞机头等舱上的窗户。

"呵呵，您还真高看我了，倒闭了我可不负责。"黎初遥撂下一句狠话便挂了，毕竟她只是员工，也不能把老板抓回来啊！

挂完电话，单依安笑吟吟地看着头靠在自己肩上的单单，她没有睡着，阳光自窗外照射进来，她正伸着手，透过五指缝隙看着窗外蔚蓝的天空，嘴角挂着清浅的笑。

这样的单单宁静而又美丽，让人不忍去打扰。

单依安就这么静静地看着她，顺着她的目光一同看向窗外。

隐约间，他听到她道了声："如果时间能一直停留在现在多好。"

没有唐小天，没有痛苦，只有那蓝天白云，晴空万里。

是啊！能停留在此多好。

只有他与她。

他内心喟叹一声，一如她所想。

（二）

第一站是法国，单依安先带着单单去了巴黎香榭丽舍大街，将今年流行的衣裙、包包、首饰买了好几大箱，把她装扮得美美的之后，带着她在法国街头漫步，慢悠悠地走着去看了埃菲尔铁塔，又带她去参观了卢浮宫跟凡尔赛宫，又去了卢森堡公园赏景。他们一共在巴黎逗留了七天，然后又转机去了圣托里尼岛，在海边抓鱼逗虾，享受日光浴。

沙滩上的所有人都穿得很清凉，男的裸着上半身，女的穿着性感的比基尼，他们在海滩上烧烤，在蓝色的大海里嬉戏，唯独单单一个人裹着严严实实的防晒衣坐在沙滩上的躺椅上，喝着冰镇的西瓜汁，一脸艳羡地望着他们。

单依安在离她几米远的地方打电话，又是黎初遥找他，催问他什么时候回去。

公司忙得她焦头烂额，她一个人实在应付不过来。真不知道单依安之前都是怎么独自打理公司的。

黎初遥在电话里又把单依安数落了一顿，最后缓下语气问道："老板，你到底什么时候回来啊？"

单依安回头朝不远处的单单看了一眼，嘴角噙着笑回道："还不确定，估计一个月，有可能更长，看我心情。"

黎初遥听到这样的答案，只觉得眼前一黑，深吸一口气道："单依安，你真不怕你公司被我玩坏了？"

"无所谓，坏了就坏了，我现在只要单单高兴就行。"他一脸不以为意地说道。

提到单单，黎初遥不禁回想起那个瘦弱病态的女孩，忍不住心疼了下，无奈地叹了口气，也不忍心再骂单依安了。毕竟，他就只有单单一个妹妹。

她也是当过姐姐的，以前初晨在的时候，只要能让初晨快乐，她也是恨不得把一切都给他。后来初晨走了，李洛书变成了初晨，结果她自己却成了被拼命保护的那一个。

她欠李洛书太多，那么迫切地想要去弥补他，可是他却一丝一毫的机会都不给她。

单依安最起码还能守着单单，而她呢？她的初晨呢？决然离去，孤身一人在外的他，过得还好吗？有没有按时吃饭？有没有生病？有没有好好照顾自己？

单依安急着要去陪单单，匆匆要挂电话。

黎初遥也没有阻拦，由着他去了。

以前她还一天一个短信地催他回来，到后来三天打个电话，现在都不想再催了。

每个人心中都有根杠杆，公司与单单孰轻孰重，单依安难道不比她更清楚吗？她何必多管闲事。

单依安打完电话回到单单身边的时候，见她正羡慕地望着海边嬉闹的人群，他笑着问道："单单，要去吗？"

闻言，单单抬起头看着他。

跟其他男士一样，单依安光着上身，下身就穿着条沙滩裤。没想到平时看起来很清瘦，总是一副禁欲斯文样子的单依安，实际上身材是这么好，腹肌漂亮，还有人鱼线，皮肤也白。

单单很是惊愕地望着单依安，她忍不住脸红了，移开了目光。

初晨，是我故意忘记你

单依安倒没有注意到她的害羞，见她将手藏到了身后，他不由得想起她身上那些斑驳的疤痕，以为她是怕丑，所以不想换泳衣下水，心里掠过一丝心疼。顿了会儿，他跟单单提议道："想不想去冲浪？"

"冲浪？"单单的脸上露出新奇的表情来，"我不会啊。"

"我教你。"单依安一把将她拉起，拉着她往前走。

单单看着阳光下走在前面的他，心里暖暖的，忍不住扬起了一丝笑容。

以前从来没人教过她这些，也没有人这样拉着她在海滩上走。她其中的一个梦想就是和心爱的人来海滩边，手牵手奔跑着踏浪，他虽然不是自己的爱人，可是感觉依然不错呢。

也许，自己只是想要一个全心全意陪着的人吧？

不等她多想，单依安直接拉着犹豫的她去了器材店租了两个冲浪板。下海之前，单依安拿了防晒霜出来要给单单涂。

单单近些年都很少出门，更别说来这么炎热的海边了。常年把自己关在屋里的她，皮肤很是脆弱，被这么强烈的阳光一晒，很容易被晒伤。

单依安倒了点防晒霜在手里，没有多想，直接扯过她的手臂，均匀地抹在了上面。他的手指很软，动作很轻柔，指尖触碰她皮肤时，她忍不住有些战栗，耳朵有点微微泛红。

除了唐小天，她还没有被别的男人这么触碰过，虽然眼前的这个人是自己的哥哥，但她还是感到很不自在。

涂完手，待涂到锁骨跟肩膀时，单单实在受不了，伸手阻止了他，红着脸道："剩下我自己涂吧。"

"后背你够得着吗？"单依安强势地继续抹着。

单单实在是有些窘迫，连忙转身，红着脸，一把从他手里抢过了防晒霜："我够得着。"

单依安抬头，这时才发现她的神色有些尴尬，他便低咳一声，转过身道："行，那你自己弄吧，我到前面等你。"说完他抱着两个巨大的冲浪板走到前面。

单单抿唇笑了一下，自己飞快地在后背上抹了许多防晒霜后，才冲了出来，跑向在前面慢慢地走着的单依安，爽朗又大声地喊："哥，教我冲浪吧！"

单依安回过头，看着她飞扬的笑脸，忍不住也跟着笑了，好像自己整颗心，整个人也跟着飞扬了起来。

两人在海边住了一个多月，每天单依安都带着单单去冲浪，去潜水，去打沙滩排球，去海边坐滑翔翼，单单从来没想过海边居然能这么好玩。她一直以为到海边只能看看大海，踩踩水，现在才知道有趣极了。

单单忽然想要单依安陪她玩好多以前她不敢玩的项目，她想去滑雪，想去蹦极，想去跳伞，想去看极光！

当她说出这些的时候，单依安只是淡定一笑，一脸宠溺地说："走啊，陪你。"

单单开心得大叫，将他一把抱住。她真的很庆幸，自己还有单依安这么好的哥哥，他费尽心思地让她明白，世界上还有这么多好玩的项目，这么多好看的风景，她还没去体验过，怎么能就这么死了？

（三）

经过长达一个多月的全球旅行，单单的心情开朗了许多，对单依安来说，单单的健康比什么都重要。

单依安对自己的体贴与照顾，单单都一一记在了心里，负面情绪慢慢被控制住，对待生活也不再那么消极了。

这一个多月，单依安带她去了很多地方，见了诸多美丽的风景，遇到了无数的人，这些人中有穷人，也有富人；有老人、青年，也有小孩；有幸福的，也有悲伤的。

每个人的人生都充斥着各式各样的不如意，例如怀才不遇、遇人不淑、爱得不得、得而不终。

在印度，她看到一个手脚双残的女孩在表演杂技，四周很多人围观。那女孩的脸上挂着灿烂的笑容，眼里满是流光溢彩，对每一个赏她钱的人都弯腰鞠躬，致以最高的谢意，她对生活的热爱，让单单感动得差点落泪。

相较于这个身体残疾的姑娘，单单觉得自己已经很幸运了。

她不过就是爱上了一个人，而那个人不爱她罢了，哪需要把自己弄得这般惨烈，寻死觅活。这是对生命的不尊重，也是对她亲人的不敬。

单单年轻，四肢健全，长得也算漂亮，虽然父母都不在身边，但是她有个全世界最宠她的哥哥，她哥哥还很有钱，除了爱情，她想要什么哥哥都可以给她，她何其幸福啊。

所以说，人还是要多出去走走，你见的人多了，看到的世界大了，心也就开阔了。

单单怕自己病情再度发作，每天都按时按量吃着抗抑郁的药，希望自己能早日从抑郁症的痛苦中解脱出来。

飞了快大半个地球，最后一站，单依安带着单单去了塔斯马尼亚。那是澳大利亚联邦唯一的岛州，离南极很近，运气好的话可以看到唯美的极光。

从机场一出来，单依安先租了一辆车，准备带着妹妹在岛上自驾游。他们先去萨拉曼卡市场逛了一大圈，在那买了些食物跟露营需要的东西，当天就在霍巴特暂住了一晚，在那儿的小酒馆里尝到了很多品种的酒。

单单本就不会喝酒，但当晚还是按捺不住好奇心，喝了好几杯颜色好看的鸡尾酒。

看她那么高兴，单依安也没有阻拦她。

没一会儿，单单就醉了。

喝醉的单单很是乖巧，她不会发酒疯，只是双手趴在酒桌上，下巴抵着手臂，睁着双迷离的大眼睛，看着单依安一个劲儿地傻笑，嘴里不停地嘟囔着："单依安，你这个小白脸。"

酒馆里的人都不知道他俩是兄妹，再加上单单说的是中文，所以对于她的醉话没有人在意，除了单依安。

听到她这么称呼自己，单依安惊得被酒呛了一下，咳了几声后，他朝单单凑过头去，俯在她的耳朵边，低声问："为什么觉得我是小白脸？"

单单伸手，用手指戳了下单依安高挺的鼻梁，呵呵笑道："笨蛋！因为你长得好看啊！"她边说边打酒嗝，说完还不忘指指自己，"跟我一样好看。"

单依安很是哭笑不得地看着她，故意逗她："那我是小白脸，你是什么啊？"

"我是小白脸的妹妹。"

"小白脸的妹妹是什么啊？"

"小白脸的妹妹……妹妹是白雪公主！"单单一脸可爱地仰着小脑袋说道。

单依安忍不住笑出声，温柔地摸了摸单单那头柔软的长发，无奈道："你还真会给自己脸上贴金。"

单单醉了，单依安也没有在酒馆逗留多久，付了酒钱后，他扶着单单离开了那个小酒馆，一路走着回到了酒店。

霍巴特的夜景很美丽，星空就像银河一般璀璨。

凉风自河面上吹过来，让人感到一阵舒爽。

单单的酒稍微醒了点，她歪着头靠在单依安的胸前，看了眼头顶深邃的夜空，突然感慨了一声："好美啊，真想永远待在这里。"

单依安揽着她，静静地听着，没有出声。

单单去每一个旅游地都会这么说，可是单依安知道，她内心最想停留的不是这些地方。不过没关系，他会慢慢地将她心底的那个人驱除出去。

因为醉酒的缘故，单单第二天睡到了中午才起来。她头有些疼，单依安让酒店的人给她煮了醒酒汤。

吃完午饭后，单单的精神又恢复了，单依安便开车带她去了彭古因小

初晨，是我故意忘记你

镇看企鹅，单单很是欢喜。

日落之前，他们又驱车去了克雷德尔山，听说那儿的山峰是看极光最好的地方。

克雷德尔山山行陡峭，山路崎岖，驾车很不方便。单依安把车停在了半山腰，然后背着露营的帐篷和背包，拉着单单的手，牵着她一路往山上走。

单依安看起来很是清瘦，但没想到力气倒不小，背那么多东西爬山，也不见他有多喘。反倒是单单，缺乏锻炼，没走几步就累了，拽着单依安的手，死活不愿再上去。

单依安拗不过她，恰好天色已晚，再上去也不是很明智，所以只能停了下来，选了个靠山的林子，扎了帐篷，准备就此露营。

单单想帮哥哥的忙，但发现自己什么也不会做，单依安也不想让她做什么，怕她一不小心弄伤她自己。

先把帐篷扎了个雏形出来，单依安让单单先待帐篷里休息。单单也没矫情，高兴地拿着背包钻进了帐篷内，像个孩子似的，翻捡着包内的食物，挑自己爱吃的往嘴里塞。

单依安弄完一切，走进帐篷的时候，就看到单单一脸惬意地躺在软垫上在吃樱桃，嘴角还沾着些许樱桃汁。

单依安觉得好笑，嘴上虽毫不客气地嘲讽了她几句，但还是俯下身，伸手温柔地给她擦了下脏兮兮的嘴角。

单单的唇色很粉，蘸着樱桃汁看着更加艳丽。单依安微微皱眉，手指的力度更大了一些，他的手指有些冷，触及单单的唇时，让她冷不丁地哆嗦了下，慌忙躲开。单单嘀咕道："你的手好凉。"

单依安没接话，低下头，收回手，碰过单单嘴唇的手指在手心用力地磨了两下，才开口道："要不要出去看极光？"

"要！"单单大声道，跟着单依安正准备离开帐篷，突然听到外面传来一阵像是狼嚎又像是狗叫的声音。

她的脸色瞬间白了下来，吓得跌坐到单依安的身上，紧张地抓着他的衣领，顾不得害羞地惊问道："哥，那是什么声音？"

单依安不以为意地躺下身来，头靠在软垫上，懒洋洋地回道："可能是狼吧！"

"什么？这里有狼吗？"单单害怕地尖叫道，差点哭出声来，整个人往单依安的身旁靠去，红着眼道，"你怎么不告诉我这里有狼？有的话我就不来了，我还不想死啊！"

她哭诉间，附近又响起了几声动物的叫声。

听到她亲口说不愿死，单依安心情莫名很好，他笑着伸手摸了摸单单的头，将她按在了自己的怀里，亲昵道："傻瓜，我骗你呢，澳大利亚的狼早就绝种了，外面可能是野狗在叫吧。"

单单趴在他的胸口，抬起头来，惨兮兮地小声问道："真的吗？那些野狗不会攻击我们吧？"

单依安见她一副受惊的模样，虽然心里软软的，可还是忍不住吓她道："野狗饿了就会攻击人，不过你乖乖地不出声，等它们走了，就安全了。"

"是吗？"单单果真信了他的话，吓得趴在哥哥的身上，大气都不敢出一声。

她很瘦，压在他身上都感觉不到多少重量，单依安一手揽着她，像哄小孩似的，有一下没一下地拍着她的背安抚，渐渐地，她平静了下来。

过了一会儿，外面的野狗群远去，单依安侧过头看她，发现她竟然睡着了。

她的睡颜很是天真无邪，眼睛紧闭，长长的睫毛像扇子一般垂下，肤色雪白，五官精致，就像个甜美的洋娃娃，让人忍不住去触摸。

她的呼吸缭绕，扑散到他的脸上，挠得他的心莫名地发痒。

单依安像着了魔，抬起手轻轻碰了碰她的睫毛，又猛地收回来，用力地摇摇头，把她放平躺下，用力地呼出一口气，过了好久才起身走出帐篷。

山间晚风清凉，他只身立于山风之中，清冷的月光打在他的身上，他的脸上浮现了一丝迷茫又复杂的表情……

初晨，
是我故意
忘记你

（四）

极光是大自然的神奇产物，它并不是每天都会出现。

单依安在山上守了一晚上，也未能等到极光的降临。他原本想着等极光出现再喊醒单单一起看，结果，直到天方出现了鱼肚白，都未能有幸欣赏到克雷德尔山那最美的风景。

单单醒来的时候，天已经亮了。她一边暗自惊叹自己竟然睡了一个晚上，一边急着掀开帐篷去找单依安。

单依安就坐在不远处的山坡上发呆，单单过去的时候，他都没有察觉，直到肩上被人轻轻地拍了一下，他才警觉地回头，一脸受惊地望着朝他嬉皮笑脸的单单，并揉了揉胀痛的额头。

“你醒了。”他语气颇淡地朝单单说道。

单单点了点头，捂嘴打了个哈欠，有点生气道：“你怎么都不喊醒我？不是说好带我来看极光的吗？极光呢？出现了吗？”

他回头，定定地看了她一会儿，忽而笑了下，道：“我们运气不大好，昨晚极光没有出现。”

“气象台不是说昨晚会有吗？唉，果然不能信天气预报。”单单有些失望地噘着嘴说道，然后坐在了单依安的身旁。

两人望着远方渐渐升起的朝阳，似乎都陷入了沉思。

单单突然开口道：“不过没事，看不了极光看看日出也好，我都忘了有多久没看日出了。”

她的头自然地靠在了依安的肩膀上，单依安微微低头看了她一眼，没有动，过了好一会儿，似乎同一个动作保持得有点累了，才轻轻歪过头，轻轻地将下巴靠在她的头顶上，和她肩靠着肩一起看日出。

这是他们俩第一次在一起看日出，克雷德尔山的清晨很寂静，水汽凝结在他们的头发上，像留下一层薄雾。

他们就这样坐了不知道有多久，才收拾东西准备下山。等他们回到居住的酒店时，已经是早上九点多了。

单依安问单单："晚上还要去看极光吗？"

单单摇了摇头，安静地看着他，恬静地笑道："哥，我们回国吧，我都玩累了。"

"是玩得不开心吗？"他眉头微蹙，有些紧张地问。

"不是，我很开心，但是真的好累啊，我有点想家了。"单单嘟囔着。

单依安仔细地打量了她一番，看出她没有撒谎，才放下心来，说了一声："好。"

他们回国的那一天，是黎初遥过来接的机。

单单带了很多礼物回去，从机场出来，一看到黎初遥，她就兴奋地朝黎初遥奔了过去，拉着黎初遥的手臂，亲昵地说道："初遥姐，我给你买了好多东西，有包包、围巾、项链，还有好吃的。"

黎初遥有一段时间没见单单了，见对方这么活泼，她有点惊讶，但打心眼里替对方感到高兴。

单单还这么年轻，理应这么快乐地活着才对。

单单边跟黎初遥絮叨，边跟单依安吵着要他开行李箱给黎初遥拿礼物。

"礼物又不急着给，我们先去车上，这里人太多了。"单依安拒绝，情绪看起来并不是很高。

单单还在不依不饶，最后还是黎初遥出来解围，拉住她道："单单，你一定饿了吧，我先送你们回家，咱们吃完饭后再一起拆礼物好吗？"

"也好。"闻言，单单点点头。

黎初遥帮他们把行李放到车上，他们回的是单家别墅。回去的路上是单依安开的车，本来黎初遥觉得他旅途劳顿，应该休息的，但单依安又大男子主义上身，没等黎初遥开口，他就率先坐到了驾驶位，随手系上了安全带。

黎初遥也没跟他抢，直接拉着单单坐到了车后座。

一路上，单依安都没说什么话，都是单单一个人在跟黎初遥讲他们此次全球旅行的见闻。黎初遥听得津津有味，附和单单的间隙，她偷偷地朝单依安看了一眼，只见他一副沉闷的样子，不知道他在想什么。

到了单家，保姆知道单氏兄妹要回来，早就准备好了午饭。单依安跟单单先分别回房间洗了澡，缓缓旅途的疲惫，然后下楼来吃饭。

黎初遥已经先坐到了餐桌上，等他们下来时，她都已经开吃了。

虽说她跟单依安离婚了，但在单家，黎初遥还是没把自己当客人。单依安跟单单也都习惯了她的存在，没有多说什么，兄妹俩也都就了座。

一顿饭的工夫，黎初遥就接了五六个电话。

吃完饭，黎初遥要求单依安跟她回一趟公司，好几个大项目要等着他签字，那些合作方都催了好几遍了。

单依安应了，回头看了眼单单——她正蹲在行李箱前给黎初遥整理礼物。

感觉到单依安的目光，单单抬头朝他笑了一下，懂事地说："哥，你放心去吧，不用担心我，我在家挺好的。"

单依安张了张嘴，想要说点什么，单单已经继续道："家里还有孙阿姨陪我，所以你跟初遥姐走吧，我等你回来吃晚饭。"

看单单精神状态真挺好的，单依安让保姆好好陪着单单，然后跟着黎初遥重新上了车。

没了单单的存在，车内的气氛变得很沉闷。

黎初遥早就觉得不对劲了，刚上车，她就忍不住问："你怎么了？是不是出什么事了？你一副心不在焉的样子。旅游回来，我看单单状态不错，倒是你，像是得了什么病。"

单依安轻轻"嗯"了声，停顿了半晌，最终只说了句："没什么。"

人家不愿意说，黎初遥也不自讨没趣，也就没再追问下去。

到了公司，两人都火急火燎地开始忙工作，顾不得闲聊。

虽说这两人以前夫妻关系不融洽，现在朋友关系也一般，但在工作上却是非常契合。

单依安刚回来没几天，他就带着黎初遥签下了好几个工程合约，一下子把公司半年的业绩给完成了，这在业内引起了不小的轰动。

国外回来后的那几天，单依安一直因为工作的事忙得都没机会回家，与单单的接触也少了许多，但他并没有因此就减少对单单的关注。

一空下来，单依安就会给家里打电话，询问保姆单单的情况，得知她情绪很好后，他才会放心。

所有人都以为单依安真的在忙，所以没时间回家，其实只有他自己最清楚，他只是有点想躲开单单。他也不知道为什么，这是他这么多年来，第一次想躲避一个人，不是因为害怕，而是因为走得太近了。

从小到大，从来没有一个人可以和他走得这么近，走进他的心里，埋在最深的位置。这种感觉让他陌生，让他心慌，想要逃，却又舍不得。

（五）

单依安在公司附近的五星级酒店包了间长住房，这几日他要么去外地出差，要么就睡那儿。

单单打了好几个电话给单依安，埋怨地问他什么时候回家，他都是借口说在忙，过几日便回。嘴上这么说，一颗心早就想要飞奔回家了。

周五晚上，单依安设了个饭局接待了一个合作公司的老总，被灌了不少酒，助理扶他去酒店休息的时候，他整个人都醉醺醺的，连澡都没洗，就躺床上睡着了。

这一觉，他睡得特别沉，醒来的时候已经是第二天中午了。闻着身上的酒味，他只觉得一阵反胃，跑去浴室先冲了个澡，然后换了衣服，考究地整理完自己的仪容后又回到了公司。

虽说是周六，但作为老板的他还是得回去加班，一同加班的还有被他当作机器人一般使唤的黎初遥。

一年三百六十五天，黎初遥的假期一只手都数得过来。当旁人都看不过去，为黎初遥抱不平说单依安太没人性时，黎初遥自己倒觉得无所谓。自从李洛书离开后，她就只剩下了工作。

在这一点上，她与单依安倒很相像，他们都喜欢用工作来麻醉自己。只要不停地忙起来，就没有那么多工夫去胡思乱想了。

单依安经过副总经理办公室的时候，正好从门缝里看到黎初遥坐在她那张舒适的老板椅上在跟人打电话，言语中充满了调笑。

单依安不免觉得有些好奇，才在外头听了一会儿，就被黎初遥发现了。

她挂了电话，调侃道："我们堂堂单总，什么时候也爱学人听墙根了？"

单依安不以为意地笑笑，双手插着裤兜走进了黎初遥的办公室，随意地坐到了一旁的待客椅上，跷着腿，回怼道："我们黎副总什么时候开始闲得给人做起红娘来了？是哪个不上路的小子，连个女朋友都找不到，还要你介绍。"

黎初遥笑笑："耀华的太子爷。"

"陈耀华的儿子？刚从国外回来的那个？叫什么陈琪太的？"单依安挑眉。

"也不能说刚回吧，他去年也回国待了一阵子。你忘记了吗？上次你给单单办生日宴的时候，陈琪太也来了。"

"是吗？"单依安没什么印象，继续道，"你给他介绍了哪家千金啊？我听你们聊得挺高兴的，那小子好像很满意。"

黎初遥本来就要告诉单依安，这会儿他主动问了，便得意地朝他眨了眨眼，道："你妹妹。"

"什么？"单依安惊诧一声，脸上的笑容瞬间消失，神情变得冷凝了起来。

"单单，陈琪太去年见了单单，觉得她长得很好看，又文静，很是喜欢，好几次私下跟人打听求人介绍。之前我看单单情绪不好，就没敢说。这次你们从国外回来后，单单的精神都变得好起来了，整个人又阳光又活泼。前几天我去耀华谈生意，碰到了陈琪太，他跟我提起单单，我就答应他回去先问下单单的意见，这不，才做起了红娘。"黎初遥仔细地解释。

单依安目光阴冷地看着她，咬牙切齿道："这事你为什么事先没有告诉我？"

"本来我觉得单单不大可能答应见陈琪太，所以我就想着没必要告诉你。结果今早单单打我电话，说在家无聊，约我出去逛街。我说我还得加班，但想起陈琪太正闲着没事干，就跟你妹妹提了他的事，结果单单说愿意尝试着接触一下他，我就让陈琪太去你家接她了。看样子他俩相处得不错，刚陈琪太打电话给我还很高兴，还问我单单喜欢吃什么，他们一会儿去吃午饭……"

黎初遥还没有说完，单依安突然从椅子里站了起来，几步走上前，伸手一把拽住黎初遥的衣领，表情凶狠地问："他们在哪里吃饭？"

黎初遥没料到单依安会反应这么大，被他吓了一跳，边挣扎边咒骂道："单依安你有病啊？有话好好说不行，你拽着我干什么？赶紧给我放开！"

单依安没理睬她，黑着脸再度问道："他们这会儿在哪儿？"

"在国贸那边吃牛排呢！"黎初遥红着眼，没好气地回答。

她刚说完，单依安便松开了手。

黎初遥重重地摔回了椅子里，没等她破口大骂，单依安已经脚步匆匆地离开了她的办公室。

门被用力地甩上，黎初遥被气得不轻，朝他的背影狠狠地啐骂了一声："神经病！"

国贸附近的西餐厅很多，但单单爱吃的牛排只有一家。

从黎初遥的办公室里出来后，单依安直接开车去了国贸，到了目的地，他却将车停在了国贸大厦旁的马路边上没有下车。

马路对面就是单单以前最爱去的西餐厅，那儿的西冷牛排是她的最爱。

单依安每次带她来吃，她总是吃了一份不够还要抢他的。

对此，单依安非但不会说她，还特意花巨资把这家店的厨师给请回了家，单独为单单做吃的，就为了哄她开心。

从小到大，他单依安想要的东西，就没有得不到的。可这些年，自从单单回到了他的身边，他才发现，他内心真正想要的，不过是妹妹的微笑而已。

他希望她幸福，也渴望给她幸福，只要她快乐，他做什么都可以。

他安静地坐在车内，望着不远处餐厅里坐在窗户边谈笑风生的那对男女，忽然觉得自己很可笑。

他这是在干什么？

不是只要单单高兴就行吗？

陈琪太不知道在跟单单说什么，单单笑得那么开心，她脸上的笑容就没停下过。那笑容是多么灿烂，多么阳光，多么青春啊！

单依安都快忘记单单有多久没这么酣畅地笑过了，除了她当年陪在唐小天身边时，他已经很久没见她这么笑过了。

虽然上次旅游，她在他身边也玩得很开心，但脸上的笑容一直是带着拘束、保留和稍许勉强的。

单依安不禁嫉妒起陈琪太来，那个耀华无所事事的太子爷，绣花枕头，没用的大草包，竟然能逗得单单这么开心。这让他很不舒服，他内心嫉妒得要抓狂，却没办法下车走过去，将单单拉走。

如果谈恋爱能让她变回以前的单单，他可以只远远地观望着，就像过去一样。

吃完牛排，陈琪太又陪着单单去商场逛了一圈，吃了超级好吃的冰激凌，又看了场最新上映的电影，然后才送她回家。

回到单家别墅的时候，已经快傍晚了。陈琪太父亲给他打电话，要他赶回家参加家宴。

单单也没有留他下来到家里坐坐。毕竟是刚认识，虽说两人年纪相仿，也挺聊得来，但女孩子家还是矜持点好。

从陈琪太的车上下来，单单一眼就看到了站在门口的单依安。她的心冷不丁地惊了一下，触及对方森冷的目光，她竟然有种做错事被抓到的感觉。

一旁的陈琪太也看到了单依安，对着他嬉皮笑脸地点了下头当作是打招呼。

单依安没看他，只是朝单单招了招手，道："单单，过来。"

单单头皮发麻地朝他走了过去。

保姆听到声音，赶紧从别墅里跑了出来，给单单拿东西。

单单慢慢走到单依安的身旁，看出他脸色不太好，小心翼翼地开口问道："哥，你什么时候回家的？"

"刚刚。"单依安目不转睛地盯着陈琪太驱车离去的方向，直到那辆车彻底消失在他的视线里，他才转头看向单单，淡淡地回道。

单单隐约猜到了他脸色不好的原因，主动解释道："哥，刚才那个是小陈总，他爸是耀华的老总，之前来过我们家的。嗯……那个，我今天跟他一起出去玩了。他这人挺风趣幽默的……我想……"

"你想跟他深入发展一下？"没等单单说完，单依安率先打断她的话。

单单惊讶地看着他，沉默片刻，才微微地点了下头，目光低垂道："我想回到以前那样，像个正常人，去微笑，去玩，去爱。"

单依安静静地看着她，内心宛如波涛汹涌，可他却还是保持着一副淡定的模样，伸手温柔地摸了摸她的头，柔声道："挺好的。"

单单紧张地抬头看向他："你不生我的气吗？我都没有事先知会你一声就跑出去跟人玩了。"

单依安摇摇头，苦笑道："没事，我早就知道了。"

"噢，肯定又是初遥姐告诉你的，不会是你让初遥姐介绍小陈总给我的吧？哥，你怎么那么坏，你都不跟我商量一下。"单单忽然大叫道，俏丽的小脸上露出一副恍然大悟的神情。

单依安笑笑，没有为自己辩解。

是谁介绍的都不重要，重要的是，那个男人能让你高兴。

（六）

单单虽然已经快三十岁了，可内心还是像个很天真的孩子，而陈琪太本身就还是个大男孩，孩子气未脱，喜欢玩，又会玩，所以常常逗得单单很开心。

他俩交往得很顺利，陈琪太每天都会来单家接单单出去。

单依安本就不喜欢陈琪太，觉得他这人都老大不小了，还一副无所事事的样子，让他很不齿，加上单单的事，他更是看对方不顺眼。

可单依安看陈琪太再不顺眼，只要单单喜欢，他也无可奈何，只能暗自腹诽自己这个妹妹看男人的眼光真是一如既往地糟糕。

保姆倒是很替单单高兴，每天准时准点地跟单依安报告单单的情况，以前都是有没有吃饭啊，什么时候睡觉啊，弹钢琴多久啊，现在都是陈先生又来接小姐了，陈小姐给小姐买了很多礼物，小姐很高兴地回家了，小姐说不回来吃饭了……

单依安越听越烦，最后索性让保姆别说了，说以后只要报告单单有没有回家就行了。

挂掉电话，单依安坐在宽敞的老板椅里闭目养神，一颗心却怎么也静不下来。他猛地睁开眼，坐直了身体，想找点事来做做，却发现手头的事早就做完了。前几天他就跟工作狂似的，把能做的工作全都做了，现在实在空闲得很。

他有些心烦地将手边的文件随意地扔在了办公桌上，起身离开了办公室。本想找黎初遥聊会儿天，分散下心神，结果他人刚走到黎初遥的办公室，还没伸手推门，黎初遥就板着脸把自动窗帘给拉上了，紧接着，办公室内就传来了锁门的声音。

单依安惊愕地愣在原地，忽而自嘲地笑了下。

看来黎副总的气还没消，他还是别上去火上浇油了。他这会儿也挺烦躁，万一进去了，看到黎初遥，又忍不住想到陈琪太，误伤人了可不大好。

单依安悻悻地回到了自己的办公室，正好有内部电话接进来，竟然是他妈妈打来的。

单依安刚离开时，忘拿了手机，陈书情联系不到他，就只好打公司电话了。

自从单依安把单单接回单家别墅照顾之后，陈书情跟儿子的关系就出现了裂缝，隔三岔五就要跟单依安闹一下，因为单单不是她亲生的。

单单的母亲当年是个千金小姐，爱上了单依安的爸爸，但那时候单父跟陈书情已经在一起了，还有个儿子单依安。单单的母亲没有因此放弃，反而更加不顾一切地想要跟单父在一起，并不惜拿自己家的所有财产作为嫁妆。

单父贪图钱财，假意跟陈书情断了联系，娶了单单的母亲，可最后还是把她给抛弃了。单单的妈妈受不了刺激，最后寻死，而陈书情又重新回到了单父身边，享受着那些原本就不属于她的荣华富贵。

对于陈书情而言，单单就是她心头的一根刺，她原本期望单单跟她妈妈一样死了算了，但是没想到这丫头福大命大，非但没死，还被单依安带回了家里养着，这让她气得不行。

单依安怕争吵影响到单单的情绪，就在外头买了套新别墅，索性带着单单搬了出去。

那时候单父还在，陈书情虽要闹，但还是会顾及单父的面子，只好作罢。

两年前，单父因病去世，陈书情就是孤家寡人了，就又念叨起儿子来，要求儿子搬回家住，让他把单单送进疗养院。

单依安自然是扔不下单单，没听他妈的话。陈书情一气之下，跑到了纽约，闹起了离家出走。没想到在那里认识了个外国男人，一下子又坠入了爱河，就没空管单单的事了。

没多久，就传来了陈书情要再婚的消息。

单依安一开始以为母亲是在开玩笑，没想到她是认真的。

陈书情还年轻，这么早就守寡确实可惜。对于母亲再婚的事，单依安并没有多加阻挠，只是暗自查了下那个人的信息，得知是个靠谱的老实人后，就放任母亲结婚去了。

陈书情再婚之后，就直接移民去了美国，跟个初婚的小女生似的，忙着跟老公恩爱，也不逼着单依安陪她一起住了，单依安也乐得清静。

哪怕是逢年过节，母子俩也甚少联系。这不，陈书情突然打电话过来，单依安下意识地皱了下眉头。

"什么事？"电话一接通，单依安语气颇为冷淡。

似乎对儿子的这种态度已经习以为常了，陈书情倒也不生气，只是娇嗔了一声："什么什么事？没事就不能找你了？臭小子，妈都不叫一声，真是白养你这么大了。"

闻言，单依安稍微缓了语气，无奈道："妈，我很忙。说吧，找我有什么事？"

"安安啊，妈跟你说个事，但你先答应我不能生气。"

"说吧，只要你不再叫我安安，我都不生气。"单依安头疼道。

"我跟乔治有孩子了。"陈书情激动地宣布道。

单依安的眉头不自觉地挑了挑，脸上看不出什么表情。

"然后呢？"他问。

陈书情的声音有点不安，说："我的临产期是10月，我可能会给你生个妹妹，医生说我是高龄产妇，孩子不一定能保住，如果有家人陪伴的话，心情会好很多，对孩子也好。所以我想，你什么时候有空过来看看我，陪我住一阵子。"

"你知道的，我没法在你那儿住。不过孩子出生了，我会去看的。"

"什么叫没法在我这儿住，每次我让你来看看我，你都推三阻四，不愿意来，但单单那边出什么事，我看你比谁都急，到底她是你妈还是我是你妈啊？你前阵子不是还有空带她出国玩，怎么就没空来看看我？"陈书情愤怒地朝儿子吼道。

都说孕妇脾气大，陈书情先前从单依安的秘书那里听到单依安带单单去全球旅游，本来就挺恼火的，现在她低声下气求儿子来看她，结果单依安还这么对她，她真是要气死了。

"爸走了，单单现在就我一个亲人，我不照顾她谁照顾她啊？她可是我妹妹啊！"

"谁是你妹妹！她才不是你妹妹呢！她就是个野种！"

"够了，妈，别让我再听到你用这种话骂单单！"单依安有些动怒地制止道。

没想到儿子会为了单单朝自己发火，陈书情气得一下子没了理智，口无遮拦道："你以为我在胡说八道吗？我说她是野种她就是！当年你爸跟我假离婚娶了她妈后，却又跟我藕断丝连，我还怀了你妹妹。结果被那女人发现了，她为了报复你爸，就跑去跟别的男人上床，然后才有了单单，所以单单不是野种是什么！"

"你说什么？"单依安的声音彻底冷了下来，他一字一顿地道，"你给我再说一遍！"

"我说单单根本就不是你妹妹！就你这傻子还老护着她！"陈书情冷哼道。

"你有什么证据说她不是我妹妹？"

"要什么证据？这是你爸亲口告诉我的。你爸早就知道单单不是他的种了，不然这些年他怎么可能会对这个女儿这么冷淡。只不过你爸当年为了从那个女人手里拿到公司的掌控权，不得不隐忍下来，骗单单妈说不再跟我联系了，当作不知道，认了这个女儿。你爸直到临死前，才把这事告诉我。"

初晨，是我故意忘记你

"他为什么不早说？"单依安一向是个很冷静的人，不管遇到什么事都是一副淡定的样子，但这会儿竟然有些失控了。

陈书情并没有发现儿子的异常，她还沉浸在对单单母亲的嘲讽与怨恨之中："早说？早说的话单单会心甘情愿地把那10%的股份拿出来吗？你爸一开始不说是为了要那公司，后来不说是看那小野种可怜，被抛弃了还落了个精神病。这应该就是报应吧，呵呵……"

"够了！别再说了！"

陈书情还没有说完，单依安便打断了她的话，他实在是听不下去了。不管陈书情说的是不是真的，单单都是他放在心尖尖上的人，怎么能容忍别人一声又一声"小野种"地叫呢，就算是他的母亲也不行。

没等陈书情继续往下说，单依安直接把电话给挂断了。

陈书情不解气地继续拨打电话，单依安没接。

他站在办公桌前冷静了一会儿，随后给亲子鉴定中心打了个电话。

（七）

五点的黄昏，大桥边的马路上看不到多少人影。一个穿着白裙的瘦弱女孩，双手环抱在胸前，头发凌乱，神色慌张地朝前走着。

她脚上的鞋一只坏了鞋跟，一只不知道踩到了什么东西脏兮兮的。风吹乱了她的裙摆，她瘦弱得宛如一只在风中摇曳的风筝。

鉴定结果还没出来，单依安办公室的大门突然被人推开。能不用敲门就可以推他门的，在他们公司也就只有黎初遥一个人了。

单依安躺在沙发上，微眯着双眼，随意地朝来人瞥了一眼，淡淡问道："怎么了，慌慌张张的！"

黎初遥没有跟他拐弯抹角，也不怕他生气，直截了当地说："单单不见了。"

单依安猛地转过头，目光冷厉地望着她，厉声道："你说什么？"

"单单不见了。刚才陈琪太打电话给我，说他原本跟单单在电影院里看电影，本来好好的，但单单突然情绪激动地跑了出去，然后人就不见了。他找了一路没找到，也没你的电话，就打电话来问我单单有没有回家。"黎初遥气也不喘地把话说完，然后有些愧疚地看着单依安。

早在黎初遥说话的时候，单依安的手就放在他桌前的烟灰缸上，如果来人不是黎初遥的话，那么眼前的人估计早就被砸了个脑袋开花了。

他恨恨地剜了黎初遥一眼，什么话也没多说，直接拿起手机拨打了家里的电话，问保姆单单回家了没有。

保姆并不知道单单出事了，直接说没有。

单依安挂了电话，拿起椅子上的外套，离开了办公室。

黎初遥紧紧地跟在他身后，边走边自我安抚道："单单应该不会有事吧？她这阵子状态都挺好的，应该不是发病了吧？说不定她这会已经坐车回家了，她身上应该是带钱了吧？"

黎初遥很慌，因为人是她介绍给单单的，倘若单单出什么事，别说单依安不会放过她，她也不会原谅自己。

"好端端的单单不会情绪失控的，除非陈琪太对她做了什么。"不知不觉两人已经走到了地下车库，单依安一边拿着车钥匙开门，一边说道。

黎初遥被他说得心里"咯噔"了一下，但还是实话实说了："陈琪太说他一时情动，没忍住想要亲单单，结果单单就失控了，打了他一巴掌后就跑出了电影院。他事先不知道单单受过情伤，有抑郁症，所以才……"

黎初遥的声音越来越小，到最后索性不再为陈琪太说话了，因为看得出来单依安此刻的脸色有多可怕。

单依安开门上车，黎初遥要跟着一起去，却被关在了门外。

她有些难堪，单依安朝她转过头来，冷酷道："黎初遥，倘若单单有什么事，你知道我的手段的，到时候别怪我心狠手辣。这会儿，麻烦你先去我们家等着，如果单单回家了，请立刻通知我。"

"你呢？"

"我去找她。"

"你知道她在哪里吗？陈琪太差不多找遍大半个城市了，都不见她人影。"

"这世界上现在如果还有一个人能找到单单的话，那个人只可能是我。"

没再跟黎初遥废话，单依安发动车子，急速地朝前开了出去。

他开得很快，眨眼就没了踪影。

黎初遥在停车场愣了会儿后，赶忙回过神来，去找自己的车，开去了单家别墅。

单依安说得没错，这世界上倘若连他都找不到单单了，那就再也没有人能找到她了。

他去了所有单单可能去的地方都没有找到，就连她曾经最爱去的摩天轮公园里也没有她的身影。他调了很多监控都没有找到单单，黎初遥那边也传来了信息，说单单没有回家。

当单依安快要绝望崩溃时，他突然想到了一个地方，就是单单妈妈以前住的那套小别墅，单单拿单氏 10% 的股份跟单父换的。

单依安从来没有去过那里，但那栋房是单氏的财产，他想找的话，一查就知道了。

从秘书那拿到房子的地址后，单依安急急忙忙开车赶去了那里。

车还没有进别墅的铁门，单依安远远地就看到坐在楼顶上白裙飘飘的单单，他的心一下子提到了嗓子眼。

听到汽车的声音，单单一动也没有动，她继续抬头仰望着天空，不知道在想什么。

单依安一下车，就急忙地推开门朝楼上跑了过去。他跑得很快很急，生怕自己稍微慢一点，就要失去单单了。

天台的门被用力地推开，单依安满头大汗地扶着门站在门口，单单就在离他五米多远的地方，背对着他坐在天台边上。

单依安都不敢朝她靠近，生怕吓着她，怕她一受刺激就会跳下去，所以他只能小声地呼唤着她的名字，轻声哄道："单单，哥来了，你到哥身边来。"

单单依旧没动，只是侧过头来，朝单依安看了眼，那张苍白精致的小脸上满是泪痕。

单依安看得心顿时就揪了起来，顾不得其他，几乎是连扑带爬地朝单单奔了过去，几步扑到了她的面前，紧紧地拽住了她的手，声音微颤道："单单，跟哥回家。"

单单看他一副胆战心惊的模样，伸出手来，轻轻地给他擦了把脸上的冷汗，柔声安抚道："哥，我没有想死，我只是很难过很难过而已。"

单依安稍微放下心来，小心翼翼地坐在她的身旁，伸手揽住她的肩膀，将她按在了胸前，道："为什么难过？是不是陈琪太欺负你了？别怕，回头哥就替你教训他。"

"不，跟他没关系，是我的问题。是我，哥，我真的没有办法，我觉得自己没救了，我的病好不了了。虽然我有很努力地想变好，想像个正常女生一样，在合适的年纪找个合适的人谈恋爱，陈琪太很好，我跟他在一起也很开心，可是，在电影院里，他的手一碰到我的脸，我就控制不住地感到恶心，我真的受不了，我想都没想就把他给打了。哥，除了唐小天外，我可能没办法再爱上其他人了。真是可笑，这么多年了，我都快把唐小天的样子忘记了，却还是走不出他留给我的阴影。我想，我最终还是会跟我妈一样吧，死在爱情里。"

"别说胡话，单单，你不会跟你妈一样的。你别忘了我们之前的约定，你要敢做，我就敢陪你。你舍得哥这么年轻，都没个老婆孩子，就跟你一起结束这短暂的人生吗？"单依安紧紧地抱着单单，似乎想要将她揉进自己的身体里。

他不允许她离开，不允许她消失。

单单埋在单依安的怀里，不停地在流泪，此刻的她就像只迷失在森林里的无助小鹿。单依安是她眼前唯一的光，她伸手拼命地抓着那道光，恳切地哀求道："哥，我该怎么办啊？若不是你，我早就活不下去了。我就是舍不得你。可是哥，我这样活着怎么可能会幸福！不会爱人的人，她怎么会幸福！"

"没关系的，单单，爱不了人没关系，谁规定人活在世上一定要有个很爱的人。你只要待在原地不要跑，乖乖地被爱就行了。要知道，被爱也是一种幸福。"

"可是谁会爱我呢？谁会爱个有病的女孩，谁会喜欢上一个神经病？"她绝望地哭着问。

单依安用力地抱着单单，用头贴着她的额头，目光坚定地安抚她："我会！"

"就算全世界的人都不爱你，单单，别怕，还有哥在，哥一个人会给你全世界的宠爱。"

"你永远也不会孤身一人地活着。"

"永远。"

（八）

单单的精神又一次受到刺激，单依安带她回家后，立刻让黎初遥请了张医生过来。

张医生给单单做了个催眠治疗，又给她开了点镇静剂。

单单吃完药，很快就睡着了。

黎初遥送张医生离开，单依安留下来陪着单单。

本来这种时候，黎初遥陪着单单或许要比单依安陪着更好，毕竟她们同为女人，可是当她看到单依安扶着精神恍惚的单单进屋时，她就觉得自己再也没脸待在单家了。

黎初遥一向是个自省的人，在单单的事上，的确是她考虑不周。是她把事情想得太简单了，以为单单旅游回来，病全好了，就急着想要看对方幸福，都没有跟陈琪太说清楚单单的情况，就把单单介绍给了他，所以才会出今天这种事。

不管单依安会怎么想她，她都没有脸面留下来了。

对于黎初遥的离开，单依安并没有多大反应，他的眼里现在只有单单。

沉睡的她，苍白的她，柔弱的她……每一个她，都让他觉得心疼。

即使在睡梦中，单单的眉头都紧蹙着。

单依安坐在一旁，一脸怜惜地伸出手，温暖的指腹轻轻地摩挲着她紧蹙的眉心。他暗自发誓道："单单，我再也不会让任何人伤到你。"

似乎听到了他的话，单单的眉头舒展了些。

单依安欣慰地微微扬起嘴角，指尖滑过她消瘦的脸颊，最后落在她樱红的唇瓣上。他慢慢地俯下身去，想要亲吻她，却最终只是亲了下她冰凉的额头。

"好梦，小妹。"他祝福道，起身离开了单单的房间，轻轻地关上了门。

单单的睫毛微微地动了一下，像是醒了，又像是没有。

单单找回来的第二天，单依安没去公司上班，留在家里陪着单单。

陈琪太闻讯拎着东西来到单家登门道歉，不过被单依安直接拒之门外，连单单的面都没有见着。迫于单依安的威慑，陈琪太也不敢多加纠缠，把礼物留下后就识相地走了。

单单站在她卧室的窗户前，没有出声喊住陈琪太，安静地目送他离开。

陈琪太先前带给了她不少欢乐，而今离开，她却感觉不到丝毫伤心。人的心真奇怪，一点谎都撒不了，爱不爱它最清楚。

看到受伤离去的陈琪太，单单不禁又一次想起了唐小天，忽然觉得自己跟小天没什么不同，明明心里都有个人，都放不开，却又不拒绝别人的爱意，渴望能有人能拯救自己，结果到头来，非但自己解脱不了，还把别人给害惨了。

人人都说爱情伤人，她曾以为自己是受伤的那一个，如今却也成了伤人的那一个。

原谅她到现在才懂得，原来被不爱的人爱着也是一种痛苦。

她若早些懂得这些，或许曾经也能像陈琪太一样，识趣地离开，这样的话，她与小天或许都能少痛苦一点。

门外突然传来单依安的声音："单单，醒了吗，吃饭了。"

单单猛地回过神来，没有回答，光着脚回到了床上，装作还没醒来的样子。

听不到回应，单依安又唤了一声，然后开门走了进来。

他的脚步声很轻，可是每一步都像是踩在了单单的心上，她的心跳变得很快。

单依安径直走到单单的床前，见她还在睡，有些担心地伸出手，想要探探她的额头看她是不是发烧了。

结果，没等他的手触及单单的头，床上的女孩突然睁开了双眼，低着声音叫了声："哥，你什么时候进来的？"

单依安的手停在了半空，他紧紧地盯着单单那双黑亮清明的眸，将她脸上的紧张慌乱一扫眼底，他的内心顿时有些乱。

她刚才根本就没有在睡，她这么紧张地避开他的手，是在排斥他吗？

为什么呢？

她以前都不会躲开他的手啊！

难道……

昨晚她也没有睡着？

看出了单单对自己的敌意，单依安皱起眉头，他朝床边走近一步，想要跟她解释，她却先开了口："哥，你能不能先出去一下，我换个衣服就下来吃饭。"

闻言，单依安欲言又止，但还是转身离开了单单的房间。

单依安一走，单单重重地靠在床上，如释重负地松了口气。

昨晚他亲她额头时她就醒了，她知道自己不该胡思乱想，可她跟单依安都是成年人了，正常的哥哥会这么亲吻妹妹的额头吗？

难道是她想多了吗？

他们毕竟是兄妹，单依安怎么会对她有那种想法，一定是她太敏感了，所以才胡思乱想了。

（九）

单依安刚下楼，就接到了秘书打来的电话，说黎初遥辞职了，现在正在公司收拾东西。

单依安当即变了脸色，没有多想，拿着车钥匙出了别墅。

等单单换好衣服下楼，单依安已经开车走了。

单氏企业里，一群人都好奇地围聚在黎初遥的办公室门口偷看里面的情况，黎初遥站在办公桌前，怀里抱着个大纸箱，箱子里装着她平常用的物品。

单依安坐在离她不远处的沙发上，跷着二郎腿，看不出他脸上的表情，但能感觉到他身上散发出来的压抑气场。

秘书琳达战战兢兢地站在一旁，拉着黎初遥的手，小心翼翼地劝："初遥姐，你要觉得有什么压力休个假就好了，好端端为什么要辞职呢？"

黎初遥不说话，琳达"求救"地朝单依安望去。

单依安没有看她，一双阴冷的眼眸紧紧地盯着黎初遥，冷声道："琳达你先出去，跟外面的人说一声，要不想卷铺盖走人的话就赶紧给我散开，都不用工作了吗？"

琳达不清楚这两人之间到底发生了什么，闻言，逃一般跑出了办公室。

围着门口的那群人也立刻做鸟兽散。单依安刚才说得那么大声，他们又不是聋子，听不见才怪呢。

人都跑没了，四周瞬间安静得很。

单依安从沙发上站了起来，朝黎初遥走了过去，表情缓和了些，放软语气道："如果你是因为昨天的事要辞职的话，我跟你道歉。抱歉，我不该因为单单的事迁怒于你，但是你知道的，单单对我来说很重要。"

"是，我知道，所以我才要离开。"黎初遥抬眼看向单依安，嘴角轻扬，目光沉静。

单依安皱了下眉头，有些不明所以地问："你什么意思？"

"单依安，我想走并不是因为你朝我发火了。我们共事这么多年，你知道我从来不是这么小气的人。我要走是我个人的原因。昨晚你那么急切地去找单单的样子，让我想到了一个人。那个人走后，我从来都没有找过他，一次也没有。以前我因为对我妈的愧疚，迫于我爸给的压力，不敢去找他，只能用跟你结婚来逼他出现。他的确出现了，但又离开了。他走后，我怨过他，也恨过他，一直不主动去找他。我觉得那是对我的惩罚，也是对他的惩罚。可是，直到昨天我才顿悟，如果我去找他了，我们的结局会不会不一样。不管我能不能找到他，至少我去找过了，至少我也为他努力过不是吗？你都可以不放弃单单，我怎么能放弃他呢？我怎么就这么狠心让他一个人留在外面？这么多年过去了，我想他一定很伤心，很怨我，所以，我要去找他。"说到最后，黎初遥眼眶已通红，泪落了下来，她慌忙地伸手去擦，不想被人看见。

她极力隐藏的脆弱，单依安"贴心"地当作没有看见。他打心眼里心疼她，伸手拍了拍她瘦弱的肩膀道："既然想去就去吧，不管结局如何，都不要让自己后悔。只是初遥，你还会回来吗？"

黎初遥没有回答他，她回答不出来，因为她不知道去哪里找李洛书。

单单失踪了，单依安最起码有地方寻她。可是李洛书不同，于这世界而言，他是孑然一身的孤儿，没有家，没有亲人，就连唯一的爱人，也抛弃了他。

黎初遥捂着嘴，摇了摇头，红着眼望向单依安："我不知道，不过我答应你，倘若我无路可去，日后回来，我会来找你。你还需要我的话，我永远都会是你的最佳拍档。"

黎初遥说完，朝单依安走近了些，唇瓣贴着他的耳畔低声道："单依安，希望我回来的时候，能看到你跟单单幸福。"

单依安震惊地看向黎初遥。

黎初遥微笑地看着他道："今天我去你办公室里交辞职信的时候，不小心弄倒了你的茶杯，看到了你放在文件夹下的那份亲子鉴定书，知道了单单不是你的妹妹，我也知道，你一直爱她。"

"黎初遥，你……"单依安望着黎初遥，说不出话来。

"单老板，祝你好运。"

没有再多逗留下去，黎初遥抱着纸盒离开了办公室。

单依安站在原地，没有再挽留她。他望着她潇洒离去的背影，默默祈祷她能找到她想找的人，找到她的幸福。

黎初遥走后，单依安给公司里所有的人都放了半天假，然后独自一人在她的办公室坐了很久。

对于黎初遥的离开，他总归是感到可惜的。

他们在一起这么多年，她就像是他的左膀右臂，世界上再也找不到第二个人能像黎初遥一样在工作上与他那么契合。

就像曹操再欣赏关羽也得放他去找刘备一样，有些人注定不会陪你一辈子。

离开公司前，单依安把那份亲子鉴定书锁进了自己的保险柜。他暂时还没有准备好告诉单单她的真实身世，最主要的原因，是不想她再受刺激。

从公司出来后，单依安本该直接回别墅陪单单吃饭，但想起先前单单对他的躲避，他的内心就很焦躁。别说单单不知道该怎么面对他，就连他自己都还没怎么想好以后该怎么面对单单。

正巧，达成企业的张总打电话过来，约他谈东詹那块地皮的事，单依

初晨
是我故意
忘记你

安也没再多想，掉转车头，去了跟张总约定好的酒吧。

（十）

单依安回家的时候已经是凌晨一点多了，单单还没有睡。晚上单依安没有回家吃饭，也没有事先打电话，她打他手机也打不通，找了他秘书得知了黎初遥辞职的事，便有些担心哥哥，所以一直没敢睡。

听到别墅外传来汽车的声音，单单穿着睡衣，一边焦急地从楼上跑了下来，一边喊保姆起来开门。

的确是单依安回来了，他晚上喝了不少，醉得不轻，张总跟另一个地产商将他搀扶进来。

张总跟单依安是老合作伙伴了，平素也没少来单家找过单依安，单单自然是认识他的。

她简短地跟张总他们道了谢后，就自己扶着单依安上楼，让保姆送张总他们出门。

单依安的房间就在单单的隔壁，单单将他扶到了床上，准备喊保姆上楼给他换衣服时，他突然睁开了眼睛，一把抓住了她的手。

单单一个没注意，整个人跌倒在他的身上，小脸紧紧地贴着他的胸膛。

她惊慌地朝单依安看了过去，紧张地叫了一声："哥。"

单依安眼神幽暗地看着她，脸上的表情有点迷离。

单单被他盯得有些头皮发麻，没等她再喊出声来，他突然翻身将她压在了身下，俯下头来。

他的唇有些冰凉，贴上单单的脖子的时候，单单吓得惊叫起来："哥，你干吗？你喝了多少酒啊？"

就在她惊叫的时候，单依安居然用力地吻住了她的嘴唇。

单单的大脑顿时一片空白，瞬间用力把他推开，猛地打了单依安一巴掌！

单依安被打得头撇了过去，停下了动作。他皱了皱眉头，一脸惊愕地望着被自己压在身下、慌乱不堪的单单，整个人瞬间清醒了许多。

他松开了抓着单单的手，脸上露出懊恼的表情来，一时之间不知道该说点什么好。

单单哭得浑身颤抖着，单依安看得很是心疼。

他忍不住伸出手来，想要给她擦眼泪，语无伦次地哄："单单，是我不好，我……"

他的手还没有触及单单，单单便趁他不备，用力地推开了他，惊慌失措地从床上爬了起来，朝门口跑了出去。

怕她出事，单依安连忙要追出去，身上的酒劲还没有散去，下床的时候，他的脚被绊了一下。顾不得察看自己的伤势，他便跌跌撞撞地追出了门。

单单已经跑回了她的房间，将自己反锁在了屋内，不管单依安怎么敲门喊她，她都没有开门。

保姆闻声从楼下跑了上来，站在单依安身旁，一脸担忧地问："单先生，出什么事了？"

单依安没有回答她，只是对她摆了摆手，沉声道："把这房里的备用钥匙给我拿来。"

保姆很快就拿来了钥匙。

单依安拿钥匙打开了门，屋内的灯光很暗，单单裹着被子坐在床上瑟瑟发抖，嘴里一直嚷嚷着："不要过来，不要碰我，走开！"

清冷的月光从敞开的落地窗照射进来，落了一地皎洁。

单依安安静地站在门口，没有上前也没有离开。

"单先生，小姐她……"保姆担忧地喊了他一声。

他对保姆挥了挥手，冷声道："你先下去吧。"

保姆还想说些什么，目光触及单依安那阴沉的脸色便不敢再多言，低着头先走了。

待保姆走后，单依安才往前走了几步，踏进房间，柔软唤了一句："单

初晨
是我故意
忘记你

单。"

他的声音带着微微的沙哑，还有心碎。

单单闻声，回头朝他看了过来，脸上的表情顿时变得十分惊恐，像见了鬼一般。她挥舞着双手，抓着自己的头发，痛苦地嘶吼："不要过来，求求你不要过来。"

单依安不为所动，几步向前，来到了她的身旁，一把抓住她乱动的双手，将她抱进了怀里。他按住她的头，竭力安抚道："单单，冷静下来，别伤害自己，听我说，听说我好不好！算我求你了！"

单单靠在他的怀里，她的鼻尖全是他身上的味道，她不由得又想起了刚刚那个吻，让她觉得无比恶心。

"放开啊！求求你放开我！你好恶心，放开我！"她拼命地挣扎。

"恶心？"单依安一把捏住单单的下巴，迫使她抬头看自己，冷声问，"为什么觉得我恶心？就因为我吻了你？"

他的眼眸变得一片漆黑，脸上的表情很是受伤。

单单看着他，胃里的恶心感越来越强烈了。他怎么能这样轻飘飘地说出来，他是她的哥哥，他吻了她，这难道不恶心吗？他是禽兽吗？他怎么能这么对她？他的所作所为简直比陈琪太还要让她恶心千百倍。

"单依安，我是你的妹妹。"单单红着眼，流着泪，绝望地说。

他明知道她有多讨厌被人触碰，明知道她的心病难医，他是她的哥哥，也要这么伤害她吗？

"不，你不是我的妹妹。"

单依安想过在很多种场景下告诉单单她的身世，却从来没有想过会是以现在这样的一种方式。别说单单没有做好准备，就连他自己都无法确定是否要告诉单单这一切。

可是，他等不了了。知道真相之后，他越发控制不住自己对单单的感情，他再也不甘心当个哥哥了，明明他可以像其他人一样爱她，他比所有人都更爱她。

他受不了被她排斥，被她恶心。

他不求她现在就爱他，只求，她能让他爱她。

"单单……"

（十一）

单单一直知道，对于父亲来说，她的母亲永远不是被爱的那个。他们互相憎恨，却又无法真正地逃离对方。就算是这样，单单的内心一直坚信，他们在恨的深处，还是有爱存在的。

单单知道，自己的妈妈爱那个男人有多深，对那段名存实亡的婚姻有多执着，没有一个人比她更清楚。

她一直坚信母亲对父亲的爱是无比坚贞的，却不曾想到，自己居然不是他们的孩子，自己原来是妈妈用来报复爸爸的工具，自己是恨的产物，一个生下来就不被爱的存在。

单单终于明白为什么从小到大，爸爸都不怎么关心自己；也终于明白为什么妈妈死后，爸爸都不想再看到自己一眼，连他临死的时候，他都不愿意让自己来见最后一面。原来，她的存在就是刺在爸爸心头的一把刀！试问谁会去爱她？

没有人。

如果她早知道自己不是单父的女儿，当年也不会天真地去绑架单依安来报复单父，也就不会遇到唐小天，也就不会有后来的孽缘，她就不会把自己搞成现在这个样子。

妈妈报复了单父，报复了自己和单父的婚姻，就连单单的爱情也一并被诅咒了，因而她才会爱而不得，不得善终。

这个真相对单单来说太过残忍，让她难以接受。她觉得自己像个笑话，她近三十年的人生，瞬间没有了任何意义。

如果她都不姓单了，也就不是单家的女儿了，那她还剩下什么呢？

没有亲人，没有爱人，呵……现在连家都没有了。

这样活着还有什么意义呢？

黑暗中，单单安静地坐在床上，没有吵也没有闹，只是双手抱着自己的膝盖，默默地流着眼泪。

她的反应要比单依安想象中的要平静，他不禁有些担心，下意识地喊了一声："单单，你还好吗？"

单单没有看他。

单依安突然看到她紧紧咬着嘴唇，红色的血液都在顺着嘴角流下，心猛然一紧，顿时变了脸色。他急忙伸手捏住了她的下巴，焦急道："松口，单单，你给我松口！"

单单不为所动，依旧用力地咬着自己的嘴唇，眼泪簌簌地直往下掉。

她似乎回到了与唐小天决裂的那一天，无尽的痛苦和绝望几乎将她整个人吞噬掉。

"单单，别忘了，你答应过我不再伤害自己的！"单依安一边迫使单单张开嘴，一边红着眼眶狠狠地说道。

单单痛苦地望着他，摇头："你都不是我哥哥了，我也不是单单了，你为什么还要管我？你不要管我！我这样的人，这么懦弱，这么讨厌，这个世界上根本没有人爱我，根本没有人想要我！我讨厌我自己！我讨厌我自己！"

单单情绪崩溃，她对自己的一切都否定了。她看到了放在茶几上的水果刀，猛地抓过来，对自我存在的厌恶，让她崩溃到了极点，她举起水果刀，想要划伤自己，用力挥下，却没有任何疼痛。

单单惊愕了几秒后，茫然地睁开眼，就看到单依安脸色发白地站在她的身前，他紧紧攥着自己握着水果刀的手，而那锋利的刀尖则深深地刺入了他的小腹。

血从他的伤口中渗出，一滴滴地落在红木地板上。

单单吓得尖叫起来，赶忙松开手，往后连退几步，瘫坐在地上，崩溃地用双手抱着头，望着地上越来越多的血，吓得哆嗦着从喉咙里发出一声：
"哥？"

单依安眉头紧皱着，趔趄着朝单单走去，一只手捂着伤口，另一只手
伸向单单，嘴里喃喃道："别怕，单单，别怕，哥哥爱你，我爱你。"

每走一步，他身上的血就流得越多，在距离她一步之遥的地方，他突
然体力不支地跪倒在地，凄然地唤了她一声："单单……"

她终于承受不住地朝他扑了过去，在血泊里抱着他，声嘶力竭地喊保
姆叫救护车。

他赢了，不管他是不是她的哥哥，无论他对她做了多么过分的事，她
都无法眼睁睁地看着他死去。

单单突然明白了单依安为什么不让她死了，那种心情应该就跟她此刻
是一样的，因为舍不得。

他们在一起相依为命这么多年，早已习惯了彼此的存在，所以即使生
活再不如意，他们也舍不得对方去死。

救护车很快就来了，昏迷不醒的单依安被人抬着上了车。保姆要跟着
过去，让单单一道去医院，单单拒绝了。保姆不清楚这兄妹两到底发生了
何事，但此刻也来不及多问。

救护车开走后，单单报警自首，举报自己失手伤人。

冰冷的手铐铐在手腕上的那一刻，单单回头朝救护车消失的方向看了
一眼，她的嘴角扬起一抹凄美的微笑，眼泪从清澈的双眸里流出，顺着脸
颊滑落。

她笑着哽咽，道了一声："再见。"

单单想，这也许就是她最好的结局。

单依安的脾气她最清楚，可她无法再跟他一同生活下去了。

以前，她以为他是亲哥哥，所以会忍不住依赖他，心安理得地去拖累他。
可是现在，他不是她哥哥了，她也不是单家的人，还有什么资格住着单家
的别墅，享受着单家的一切？

她知道不管她是谁，单依安都会一如既往地待她好。可是她不想这样，她不是傻子，她明白他看她的眼神带着何种情感，她做不了他的妹妹，也给不了他想要的爱情，所以她只能离开。

　　坐牢，对于她这种生无可恋的人来说，不失为一种好的选择。

　　（十二）

　　单单在看守所里被关押了一周就被放了出来，她并没有如愿被判刑入狱，原因是受害人说是自己弄伤的，跟妹妹无关，并上交了单单的精神证明，以此说明单单自首的时候都是在胡言乱语。

　　这个受害人自然是死里逃生的单依安，来接单单的也自然是他。

　　单单从看守所出来，一眼就看到了早就等候在门外的单依安。

　　不过才几日未见，单单觉得他清瘦了许多，脸色也不大好看，嘴唇有点发白。

　　他就站在离门口不远处的榕树下，一手捂着腹部，一手夹着根烟在抽。

　　听到脚步声，单依安下意识地朝她看了过来，目光上下打量了她一番，见她好好的，才重重地松了口气。他把手中未抽完的烟扔到地上，用脚碾灭后，朝她走了过来。

　　单单低着头，没有抬眼看他。

　　单依安也没生气，跟看守所里的所长唠叨了几句后，便拉着单单离开，司机早就开车等在那里。

　　单依安拽着单单的手径直朝前走去，待上车前，单单终于挣扎了起来，挣开了他的手，往后退了几步，坚定地说："我不回去。"

　　单依安转头，目不转睛地盯着她，带着妥协的语气哀求道："单单，跟我回家吧，那晚的事就当什么也没有发生过，以后，你还是我的妹妹，我还是你的哥哥。我发誓，我以后再也不会对你做任何逾越的事，也不会有其他人知道你的身世。只要你跟我走，一切都不会变，你想要什么我都可以给你。"

"单依安，我只是得了抑郁症而已，并不是脑子坏了。我们都是成年人了，不要再自欺欺人。我怎么可能还继续当你的妹妹呢？你放我走吧，也算放过你自己。"单单一脸平静。

"如果我不放呢？"单依安冷冷地看着她，抓着她的手用力地按在了那天被她所刺的伤口上，咬牙切齿道，"你刺了我一刀，这刀差点要了我的命，我怎么可能会让你就这么离开。"

"那你要我怎样？单依安，我这辈子不可能再爱上任何一个男人了，包括你。我不会爱你的，你就算带我回去，又能怎样？单单已经死了，我不是单单了。"

"你不需要爱我，你只需要留在我身边就可以了，做不做单单随便你，你只要留在我的视线里就行。"单依安红着眼睛望着她，放下了他全部的自尊与骄傲，恳求她留下。

单依安泪如雨下。

她拒绝不了他，而他也没有给她拒绝的权利。

单单最终还是跟单依安回到了单家别墅，继续做单家的大小姐，继续做他的妹妹。

而单依安也遵守了对她的承诺，再也没有对她做过任何逾越的事。他依旧很关心她，像哥哥一样关心她。

那晚让她恶心的吻，那晚血淋淋的刀，那晚钻心的疼痛与溃堤的泪水，似乎都不曾存在过，好像什么都没有发生，但单单知道，单依安跟她一样都成了"病人"。

他想用爱捆绑她，而她一心只想逃离。

这样病态的相处早晚会折磨死他们两个人，就像当初她母亲和单父一样，就连仅存的一点点爱都会被毁掉。

她终究还是不忍心他跟着她一起走向毁灭。

初晨，是我故意忘记你

（十三）

单依安觉得自己做了个很美又很悲伤的梦。

梦到他去医院拆线的那天，正好是他的生日，连日的阴霾天气在这一天终于好转。

若放在以前，单宅今日里肯定是热闹非凡的。只是如今，偌大的房子里只有他和单单两个人。他忘了自己的生日，而她却记得。

他刚回来，单单就躲进了厨房开始忙碌，近日她跟保姆学了不少新菜式，想亲手给他做顿生日餐。

"单单。"他倚着厨房门框轻轻唤了她一声，一双眼从未从那个忙碌的小身影上离开，好像一眨眼就会失去她一样。

"哥，你去坐着。"单单回头，苍白的脸上难得出现笑容，"一会儿就好了。"

他们依旧扮演着哥哥跟妹妹的角色，看起来那么和谐，那么融洽，内心已如枯木逢春。

他点头却毫无行动，就这么一直看着她，看着她在厨房忙忙碌碌地切菜煮面……

这些从前他一直期盼的画面悉数在眼前呈现，他觉得很不真实，却又忍不住沉醉其中。

"单单。"他又喊她，生怕这只是梦一场。

"哥，快好了。"

熟悉的声音传来，他稍微安下心来。

墙上时钟嘀嘀嗒嗒走着，不知道过了多久，单单终于搞定一切。她关了火，小步跑到他的身边，道："哥，你先去餐桌前等我一会儿。"说完就伸手推他往前走。

他微微一愣，很快移动了脚步。

他和单单好像很久没这么亲密过了。

这一切太不真实了，所以他格外不安。

等他就座，单单又示意他闭上眼睛不要偷看。

"好。"

他听话乖乖闭眼，只要是她的要求，他都会尽力做到。

脚步声去了又来，他听声音猜测着她的动作。

"默数三秒，睁开眼。"她终于停下来。

"一"

"二"

"三！"

"哥，生日快乐！"

他大概永远无法忘掉这一刻了吧，单单捧着长寿面眼含笑意，深深望着他："生日快乐。"她又重复一遍，还不忘炫耀自己的成果，"你看，这些可都是你爱吃的。"

她在说桌子上的美味佳肴，可他的眼睛里只有她。

他很久很久之后还会想起这个瞬间，山珍海味美味佳肴无一比得上那碗长寿面——单单亲手做的长寿面。

单单似乎很开心，她坐在他身边不停在说话，不停在笑。

他们一起开了香槟庆祝，或许是酒意太浓，他眼前越来越模糊，他看不清她的脸，伸出手想要触摸她，却在指尖触及她肌肤的那一刻，突然惊慌地收回手，懊恼地道歉："对不起，单单。"

"哥，"单单靠近他，盯着他的眼睛一字一句地说，"该说对不起的是我，对不起，我太过自私伤害了你。"

"不，单单，是我不好，我……"

他的话未说完，柔软的唇贴上来，她含着泪轻轻地吻了下他的脸颊。

这吻来得太过突然，让他难以招架，他明知这是梦，却还是不愿意醒来。

"哥。"一双小手抱紧他。

他有些醉了，头靠在她的怀里，眼里有了泪。

初晨，是我故意忘记你

她温柔地抱着他，伸手给他擦眼泪，哽咽地道歉，说："对不起，单依安，我始终无法爱上你。"

　　这果真是个梦，如若不是梦，单单怎会亲吻他；如若不是梦，她怎会愿意抱他。

　　"再见。"

　　他却又好像分不清楚到底是梦境还是现实，他能感觉到那双从自己脸颊滑过的手，柔软而又温暖，他能闻到空气中弥漫的独属于单单的气息。

　　"单单。"

　　他翻身抱紧身边的人，睫毛轻轻颤了颤，像是想到了什么不太好的事。

　　"单单。"

　　他的声音开始有些急促，甚至还带着些许绝望。

　　好像冥冥之中有声音告诉他，若放了手，就再也见不到他的单单了。

　　一瞬间，他想到她的笑、她的泪、她的吻。

　　他咬紧嘴唇，谁也不能把单单从他身边带走。

　　可是下一个瞬间，他眼前那张脸越来越模糊。单单好像有什么话要对他说，可是不管他怎么努力去听，都听不太清楚。

　　单单不快乐。

　　他突然心痛起来，他总觉得要对她好，要把最好的都给她，却忘记了，那些并不是单单想要的。

　　她是他最爱的人，他却把她变成了他的囚徒。

　　"哥。"她又在哭了。

　　他能想象得到她的样子，长长的睫毛挂着泪珠，一双大眼睛通红通红的，肯定是这样的。

　　"你不要哭。"

　　"我知道你不开心，我知道。"他想睁开眼想抱她，想给她擦眼泪，可是喉咙像被什么掐住，眼睛像是被什么遮挡。

　　不管他怎么努力，都没办法再向前一步。

"哥，再见。"

全世界在这一刻彻底静了下来，他终于听到那熟悉的、微弱的呼吸声正在远离自己。

他想喊她名字，想让她留下来，可是怎么都喊不出声。

"砰——"关门声响起，伴随着风吹起窗纱的细碎声音传来。

他闭着眼睛缓缓握紧空空的右手，这一刻，他终于彻底地、完完全全地失去了她。

不知道过了多久，他才缓缓睁开了眼。

屋子里空荡荡的——单单走了。

他想起单单好看的眉眼，想起她恬静的笑容，想起她那个突如其来的吻。脸颊还有温度残留，好像就是在不久之前，他还在为那个吻而心动。

单单一定会走的，单依安其实早就知道。

他有无数个办法留她下来，可是他不想再继续这么做了。

单单是一朵注定只能生长在别处的花，他若不想她枯萎，唯一能做的就是放手让她离开。

你若不伤，岁月无恙。

"单单。"

"再见。"

"初晨2"可能是我间隔时间最久、写的时间也最久的一本小说了，我是从2012年底开始写"初晨1"的，距我今年1月份开始写"初晨2"已经过去了两年。说真的，要不是内容没写完，我真的不会开2，但是当时写1的时候，字数已经远远超出出版字数要求，我问猫猫怎么办，爆字数了，猫猫问我：你后面还有内容要写吗？

我说：还有好多好多好多。

她说：那你先结尾吧，结了再开2。

我说：好的。

当时我们是准备出版后立刻就开第二部的，因为当时在我脑子里有好多"初晨2"的内容，我觉得再写个两三本都没问题。

可是，事不遂人心，我出版完"初晨1"之后，"夏木"居然运气非常好地卖了影视版权，于是我又全身心地扑入了"夏木"的坑里，写了"夏木"的剧本，写了"夏木3"，写了"夏木"影视书，写写写，"初晨2"就此搁置了。

等我忙完一切，回想起"初晨2"还没写完，原来在我脑子里塞满的内容，早就已经被我遗忘得不知道去哪一个国家了，但是大体的脉络我还是记得的，他们的命运，我一开始给他们设置的结局，我还是记得的。

我在假装"初晨"已经写完了和捞出来真正写完它之间犹豫了几个月，

还是决定，捞出来写了吧。于是，我从今年 1 月份开始写"初晨 2"，开始写之后我才发现这是一项多么艰难的任务，两年前的稿子，两年前的人物和感情，让我有点接不上，我把"初晨 1"翻出来，看了好几遍，把脑子清空，融进去想了好久好久才开始下笔。

饶是这样，开头还是重写了七八遍，有一次我在微博晒了"初晨 2"的开头，我当时觉得：嗯，这版应该不用改了，结果和现在出版的开头一对比，简直没一个字一样。就这样，我以写两万字重写三遍、写两万字重写三遍的进度往前走着，到了 3 月的时候，我的身体开始变得很不好，腰椎间盘突出，颈椎也疼，每天从床上爬起来腰部都会抽筋，坐在椅子上没十分钟就酸疼得难受，注意力极其不集中，我真觉得写稿子对当时的我来说太艰难了，不想写了，想休息一年半载养好身体再写。

可是这个时候，我得知猫猫得了肺癌的消息，原来她从去年 11 月就查出来了，只是一直瞒着我，不想让我知道。到今年 3 月，她已经病得下不了床了，医生也说很危险了，她这才告诉我。她说她一疼就是一整夜，睡不了一分钟，她说她吃不下任何东西，却又很想吃。

她说她没有什么愿望，唯一的愿望就是少一点疼痛，能好好吃顿饭。

她说她想看完"夏木"电影，想看完"初晨 2"，不知道能不能等到。

她说已经不能再帮我做书了，她把我交给了公司最好的编辑邵年，让我以后好好跟着她。

我特别难过，真的，但是我不知道和她说什么，我不能说加油，不能说坚持下去，因为她不想听这些话，我只能说，猫猫你等着，我快写完了，电影快出了，你等着我。

于是，我又重新打开 Word，拼命地写"初晨 2"，我就想快点写完，可是有时候越急就越写不好，总是写着写着自己很不满意，然后删掉重写。我以前写稿子，写两万字就会给猫猫看一下，她说好，我才继续写，说不好，会让我重写。我经常为了重写不重写的事和她争论不休，有时候还会吵上半天。现在她没力气管着我了，我居然每写满两万字就自己检查一下，

初晨，是我故意忘记你

觉得不好，自己就主动重写了。习惯有时候是挺可怕的一件事。

　　但是六年了，我不后悔养成这个习惯，这个习惯让我很有底气，我能挺着腰杆和我所有的读者说，你买到的这本书，每一个字都是我认认真真写出来的，是经过三四次重写，筛选出来的最好的句子和内容，我不愧对任何一个买书的人。

　　就这样写着写着，写到 7 月底，"初晨 2"终于写完了。我想给猫猫看，但是又不想发给她看，她的精神非常差，每天连手机都很少用，我怕她累着，可是又怕她想看，这毕竟是她跟着做的书，是我的书。

　　因为我知道，我们两个对于彼此，都是和别人不一样的存在，我在她眼里不是普通的作者，她在我眼里，不是一般的编辑。

　　我们是互相搀扶，从"小透明"一起往上走的朋友、知己。

　　纠结了好多天之后，我最终还是发给了她，不管她有没有力气看完，"初晨 2"这本书她并没有像她说的那样，她缺席了，并没有。

　　以后我的每一本书她都不会缺席，因为她留给了我最好的习惯。

　　不管别人会不会记住她，我这辈子一定会牢牢记住她的。

　　她是我的编辑，我的朋友，她是我投稿八九家出版社不中之后，第一个说我的"夏木"写得非常好的编辑，她是我的伯乐，是陪我从最底层一步步往上爬的人。

籽月
2015 年 8 月 11 日

致可爱的小读者们 💛

编辑和我说要做《初晨》五周年影视纪念版的时候，我并不意外。

从《初晨》全篇完结并上市这五年来，一直有小读者给我发私信，说有多喜欢这本书，喜欢这本书里的人物，为这些人物悲苦的命运流下泪水，他们一边哇哇地哭，一边喊我后妈。这也让我一次次想起了书中的每一个人，想起了可爱的小初晨和他最喜欢的姐姐，想起了他们清贫又辛福的童年，他们生一辆自行车，分一块泡泡糖，他们相亲相爱，让从没享受过亲人温暖的李洛书羡慕。

漂亮的少年李洛书，因为心底的羡慕之情忍不住去接近这对姐弟，和他们成为最好的朋友，想在阳光照耀的地方蹭那一点点光亮。人啊，都是向往光明的。也因对这光明的向往，他最终迷失了自己，甚至成了另外一个人，以另外一个人的身份守护着自己心里的光。

我最初创作这些人物的时候，其实心里也是很模糊的，只是想写一个快乐的故事，呈现几段曲折的命运。可是写到后来，故事里的人物好像活了过来，每个人都有自己的感情，自己的欲望，自己的忌惮。他们好像真的在另外一个世界，因为各种各样的原因，遵从各自性格的驱使，做出了自己的决定，仿佛脱离了我的左右，演变成这样一本精彩的小说。

能遇到这本书，遇到这本书里的每个人，我很幸运。

也因为他们的真实、他们的魅力，这个故事被影视公司的编辑一眼相中。还记得版权洽谈期间她和我说，她觉得自己看的好像不是小说，而是漫画，书里的人物每一帧都像画面一样在她眼里浮现。她看完后第一时间联系了我，希望能把它拍成电视剧，让更多人看到这部作品。

当她说这些的时候，我看到了她眼里的喜欢，她对这本书的理解，对书中人物的怜惜。我觉得，她可以做好这本书，所以就将版权交给了她。

果然，她没有让我失望。《初晨》这部剧请来了很多非常优秀的演员来演绎，其中包括我最喜欢的白敬亭和孙怡。

应该过不了多久，这部剧就能上映了。

希望到时候能有更多人认识我们最好的李洛书、黎初遇、韩子墨、辛依安和记忆里最深的初晨……

籽月

2020 年 8 月 24 日

初晨，是我故意忘记你